KB072817

레전드급 전생자 5

홍성은 퓨전 판타지 소설

초판 1쇄 찍은 날 § 2021년 5월 18일
초판 1쇄 펴낸 날 § 2021년 5월 25일

지은이 § 홍성은
펴낸이 § 서경석

총괄팀장 § 노종아
편집책임 § 이민지
디자인 § 스튜디오 이너스

펴낸곳 § 도서출판 청어람
등록번호 § 제387-1999-000006호
등록일자 § 1999. 5. 31
어람번호 § 제1-3138호

주소 § 경기도 부천시 부일로 483번길 40 서경B/D 3F (우) 14640
전화 § 032-656-4452 팩스 § 032-656-4453
http://www.chungeoram.com
E-mail § chungeorambook@daum.net

ⓒ 홍성은, 2021

ISBN 979-11-04-92347-0 04810
ISBN 979-11-04-92312-8 (세트)

목차

제1장

—

오아시스 II

　—탐사 점수만 보면 보물이 하나 섞여 있는 것 같긴 한데, 뭐가 보물인지는 모르겠네요. 이 던전에서 레갈리아가 발견됐다는 말은 들어본 적이 없는데…….

　그런데 라플라스는 아직 보물이 뭔지 모르는 모양이었다.

　그래서 나는 나지막한 목소리로 라플라스의 이름을 불렀다.

　"라플라스."

　—네, 새 주인님.

　"도자기 굽는 기술은 얼마짜리야?"

　—도예 기술 말씀입니까?

　"그래."

　—조각 기술과 비슷합니다.

　"아. 그 기초, 일반, 숙련, 전문의 순으로 두 배씩 더해지는? 5루블부터 시작하고?"

ㅡ잘 기억하고 계시군요. 그렇습니다. 전문은 50루블입니다
만……

그것도 기억하고 있다. 애초에 물어본 건 몰라서 물어본 게
아니었으니. 아니, 몰라서 물어본 게 맞긴 한데, 물어본 목적은
따로 있다.

"어차피 지금 여기서 도자기를 구울 순 없으니, 나중에 다시
상담해야겠네."

ㅡ그런데 갑자기 도예 기술은 왜…….

"아, 이 보물을 되살리려면 도예 기술이 필요하거든."

나는 각성창에서 부러져 나간 도자기 손잡이를 꺼내 들었다.
그렇다. 손잡이. 도자기도 아니고 손잡이다.

ㅡ…그게 보물입니까? 그냥 도자기 파편이 아니라?

라플라스의 말대로 이 정도면 그냥 파편이라고 봐도 된다.

그런데 이게 보물이다.

"응. 놀랍지?"

ㅡ정… 말 놀랍네요.

라플라스의 적절한 반응에 비로소 흡족해진 나는 낄낄 웃
었다.

"위에 올라가서 가니메디아에게 물어봐야겠다. 가다메아에
도자기 굽는 시설이 남아 있는지……."

ㅡ지금 새 주인님의 계좌에는 2,019루블이 남아 있습니다.

마치 화제를 돌리기라도 하듯, 라플라스가 뜬금없이 잔고를

말했다.

"드디어 2,000루블을 넘겼네."

솔직히 나는 이번 유적에서 별로 위기감을 느끼지는 못했다. 단지 물과 섞여 입안으로 들어오는 사막 어인들의 피와 체액이 조금, 아니, 많이 불쾌했을 뿐이다.

하지만 카를은 나와 달리 여러 번 죽었고, 그만큼의 루블을 내게 남겨주었다. 그 덕에 이 유적에서 꽤 많은 루블을 얻을 수 있었다.

뭐, 식인사자와의 전쟁으로 모은 쪽이 더 많긴 하지만!

아무튼 2,000루블을 넘겼다는 건 감회가 새롭다.

"신기록인가?"

─그렇습니다.

이것도 꽤 여유가 생겼기에 가능한 기록이다. 서부 변경에 그대로 남아 있었다면 이거 다 쓰기 바빴겠지. 루에노에게 치이고 이름 없는 대대에게 쫓기고 하면서…….

"남부 대륙으로 오길 잘하긴 한 것 같네."

─그렇습니다. 제 조언이 적절했습니다.

"부정할 수 없군."

─그런 의미에서 뭔가 구입하시겠습니까?

아니, 여기서 판촉을?

"지금 당장 필요하지도 않은데 뭐……. 아, 그렇지."

나는 뭔가를 떠올렸다.

"라플라스."

―네, 새 주인님.

"6령급의 정령법을 배우는 데에는 루블이 얼마나 들지?"

내 질문이 꽤나 갑작스러웠는지, 라플라스는 바로 대답하지 못했다.

―…6령급이 존재한다는 건 말씀드린 적이 없는데요?

"6령급이 있다는 정보조차 유료인 거야?"

―그렇게 말씀드리면 6령급이라는 경지가 존재한다는 것 같지 않습니까?

쳇, 안 걸리는군.

"그럼 존재하지 않는 거야?"

―그 질문에 대한 답변은 유료입니다.

"아, 그래? 얼만데?"

―100루블입니다.

"존재한다는 소리네."

가격만 봐도 감이 온다.

"그래서 6령급의 정령법은 대체 얼마야?"

―적어도 새 주인님께서 다섯 개체의 정령을 완전히 성장시키신 후에나 말씀드리는 게 도의에 맞는 것 같네요.

라플라스의 목소리에 한숨이 섞였다.

하긴 아직 소환해 둔 정령도 셋뿐인데 벌써 6령급이니 뭐니 하는 게 섣부르긴 했다.

인정할 건 인정해야지.

"알았어, 그때 이야기하자."

―알겠습니다.

"그럼 6령급 찍으려면 루블 많이 모아 놔야겠네."

4령급이 500루블, 5령급이 1,000루블이었으니 6령급 찍으려면 최소가 1,500루블, 어쩌면 3,000루블쯤은 필요할지도 모른다.

아니, 대현자 성향을 생각하자면 3,000루블이라는 예상도 너무 낮게 잡은 걸지도.

"루블 더 모아야겠네."

―…악마의 두개골은 안 쓰실 건가요?

"아, 그거 쓰긴 써야지."

이미 술법을 2성급으로 올려놨으니, 3성급까지만 올리고 필요한 술법을 취득하면 두개골도 사용할 수 있게 될 거다.

"두개골 쓰는 법이 세 가지인가 있다고 했지?"

―그렇습니다. 첫 번째가 악마 소환의 매개체로 쓰는 것, 두 번째가 신령에게 제물로 바쳐 소원을 비는 것, 세 번째가 연금술의 재료로 쓰는 것입니다.

"세 번째에 구미가 당기는군. 어떤 식으로 쓸 수 있는데?"

―지금 당장 가장 추천드릴 만한 건 악마의 뿔을 갈아서 대환단에 섞어 약으로 쓰는 겁니다.

응? 뿔?

"그럼 두개골 전부를 쓰는 건 아니네?"

―그렇습니다. 대환단을 하나만 만들어 쓰실 거면 뿔 끝부분 조금이면 됩니다. 남은 부분은 다른 용도로 사용하셔도 됩니다.

"남은 부분은? 어떤 식으로 쓰는 걸 추천해?"

―제가 괜히 악마 소환을 가장 먼저 추천드린 게 아닙니다.

아하.

하지만 나는 그런 라플라스의 추천이 별로 내키지 않았다.

"악마를 소환해서 어디다 쓰라는 거야?"

악마라는 존재 자체가 별로 내키지가 않는다. 당장 내가 이 세계에서 처음 만난 악마가 그저 사람의 악성을 촉발시키겠다고 먹을 필요도 없는 어린애들을 잡아먹는 카오아만이기도 해서, 내 안의 악마에 대한 이미지는 아주 나빴다.

나도 이런데 다른 사람들은 어떨까? 악마를 데리고 다니다가 돌이나 안 맞으면 다행 아닐까?

―그야 처치하시면 되죠.

그런데 라플라스의 입에서 나온 악마의 용도는 기상천외했다.

"뭐? 소환해서 죽이라고?"

―그렇습니다.

라플라스의 목소리는 평온하기 그지없었다.

―운이 좋으면 온전한 악마의 두개골을 하나 더 얻으실 수 있습니다.

"뭐야? 두개골 하나 써서 두개골 하나 얻는 거면 손해 아니야?"

뿔을 갈아 먹은 두개골을 써서 온전한 두개골을 먹으면 이득인 것 같지만, 악마 소환을 얻는 데 쓰는 루블을 간과하면 안 된다.

게다가 '운이 좋으면'이라는 단서가 들어갔다는 건 운이 나쁠 경우에는 그 본전도 못 찾는다는 뜻이니 더욱 경계하게 될 수밖에 없었다.

라플라스는 그런 내 경계심을 간단히 무너뜨렸다.

—악마를 소환해서 부리려면 두개골을 넘겨줘야 하지만, 소환하자마자 계약 없이 바로 처치하시면 두개골은 그대로 남으니 이득이지요.

"오, 과연!"

말만 들으면 그 귀하다는 악마의 두개골을 계속 얻을 수 있을 것 같다. 물론 운이 좋아야 하겠지만, 운이야 시행 횟수를 늘리는 것으로 보완할 수 있으니까.

"그리고 그렇게 얻은 잉여 두개골은 신령한테 주고 소원을 빌면 되겠군?"

—그렇습니다.

듣다 보니 혹한다. 꽤 괜찮은 장사 같다.

—다만 운이 안 좋으면 소환한 악마와 싸우다 죽을 수도 있으니, 짜라스트라계의 성법을 충분히 단련하신 후 임하시는 것을 추천드립니다.

아니, 이게 결국 또 성법 올리라는 판촉으로 이어지네.

죽어 봐야 과거로 회귀하는 게 전부인 대현자에게는 별로 큰 흠이 되지 않겠지만, 한 번 죽으면 그대로 끝인 내게는 무시할 수 없는 페널티다.

적어도 2류급 성법 갖곤 안 되겠지. 최소한 4류급까지는 올려야 안심이 될 것 같다.

"역시 라플라스, 빈틈이 없구나."

─칭찬으로 듣겠습니다.

"그래……. 3성급 술법이라……. 아, 그러고 보니 어차피 올리긴 올려야 하는구나.

딱히 악마의 두개골 때문만이 아니라, 새로 얻은 식인사자의 정수와 식인사자 왕의 정수를 가공하고 연금술로 연금약을 만들어 먹으려면 술법을 올려야 하긴 하다.

"맞아, 독심대환단 먹어야지."

그러고 보니 독심대환단도 만들어 뒀었는데 까맣게 잊고 있었다. 원래는 안전을 확보한 유적 안에서 대환단을 복용할 생각이었기에 뒤로 미뤄뒀던 건데…….

"여긴 너무 좁군."

약을 먹은 후 왕의 검법을 써서 효과를 증대시켜야 하는데, 이 수중 유적은 왕검을 휘두르기엔 너무 좁았다.

"나가서 먹어야겠네."

─그러시지요.

뭐, 나중 이야기는 나중에 생각하기로 하고.

─그럼 3성급 사시겠습니까?

"그래. 산다."

라플라스는 얼마나 몸이 달았던 건지 바로 딜부터 진행했다.

─315루블입니다.

"딜!"

*   *   *

이 유적에 칼을 휘두를 공간은 충분하지 않았지만, 연금술을 쓸 공간은 충분했다.

애초에 지난 대현자의 유적에서 얻은 [연금 쉐이커]가 있었기에 가능한 일이기도 했다. 시티 오브 툴루에서 얻었던 구형 연금 기구로 연금술을 쓰려면 제대로 된 책상이 필요했던 걸 생각하면, 이 쉐이커도 유용하긴 유용하다.

결과.

"완성!"

나는 [마각대환단]을 만들었다.

아, 정확히는 만들었다는 표현은 어폐가 있다. 청심대환단에 악마의 뿔을 비롯한 다양한 연금 재료를 빚어 넣어 한 달간 숙성시켜야 완성되니까.

기왕 판을 벌인 김에 나는 이 자리에서 [사자심대환단]과 [사자왕심대환단]도 만들기로 했다.

사자왕심대환단은 당연히 식인사자의 왕이 내놓은 정수로 만든 것이다. 평범한 식인사자의 정수로 만든 사자심대환단과 별개의 것으로 취급되니 두 개 다 먹는다고 약효가 줄어들지는 않는다.

다만 사자심대환단은 1주일이면 숙성이 끝나는데 사자왕심대환단은 2주나 걸린다.

"그럼 일단 나가자마자 독심대환단 먹고, 그 다음에 일주일 기다려서 사자심대환단 먹고, 또 일주일 후에 사자왕심대환단 먹으면 되겠군."

─그 다음에 2주 기다려서 마각대환단 드시면 됩니다.

"먹어야 할 때 되면 알람 좀 해줘."

─알겠습니다.

뭐, 이 정도 수확이면 술법 3성급과 연금술 3성급에 든 루블이 아깝지 않다 싶다. 아무리 본직이 트레저 헌터라도 강해져서 나쁠 건 없으니 말이다.

"그럼 이제 나가볼까?"

이제 여기서 볼일은 끝났다.

*   *   *

유적에서 나오자마자 내가 한 일은 가니메디아에게 부탁해 널찍한 공터 하나를 빌리는 것이었다. 그 공터에서 나는 독심대환단을 먹고 왕의 검법을 하루 종일 휘둘렀다.

결과.

"바로 4검급이 되지는 못했군."

─욕심이 너무 크신 거 아닙니까?

"뭐, 다음에는 되겠지."

─욕심이 너무 크신 거 아닙니까?

그다음 내가 한 일은 도자기를 구울 만한 가마를 확보하는 것이었다. 이것도 가니메디아를 통하니 금방이었다.

"아직 사막 무역로가 살아 있었을 때엔 이 도시의 특산품 중 하나가 도자기였습니다."

가니메디아가 아련한 목소리로 말했다. 과거형으로 말하는 걸 보니 지금은 아닌 모양이다.

그거야 뭐 어쨌든 어차피 자기는 내가 직접 구워야 했다. 따라서 나는 라플라스로부터 숙련 등급의 도예 기술을 구입했다. 그리고 곧바로 복원 작업에 착수했다.

숙련 등급의 도예 기술은 루블값을 톡톡히 했다. 나는 복원에 성공한 [가다메아의 술병]을 바라보며 배부른 미소를 지었다.

아, [가다메아의 술병]이라는 보물의 이름은 내가 붙였다. 라플라스도 모른다니 별수 있나.

—저, 새 주인님.

"응?"

—그, 가다메아의 술병이라는 보물은 어떤 기능을 갖고 있는 겁니까?

"궁금하니?"

—…네, 그렇습니다.

"그렇다면 알려주지."

나는 흐흣, 하고 한 번 잘난 척을 해준 후 라플라스에게 설명했다.

"내가 복원해 낸 이 가다메아의 술병이라는 보물은 진짜 보물이야. 이 보물이 어떤 능력을 지녔냐 하면 말이지?"

—네, 네!

"놀랍게도! 담아 놓은 술을 따를 때마다 같은 양의 술을 생성하는 능력을 지녔다는 거야!!"

나는 흥분해서 외쳤다.

즉, 술을 아무리 마셔도 도로 채워진다!

—아……

"반응이 왜 그렇지? 놀랍지 않나?"

—그, 놀랍긴 한데요……. 이제까지 발굴하셨던 보물들하고는… 조금 결이 다른 것 같아서.

"그렇지. 이게 훨씬 훌륭하니까."

나는 콧대를 높이며 잘난 척했다.

"이걸로 이제 술을 아껴 마실 필요가 없게 됐어! 그 하이넥 가문 특산 시트러스 페르피나 브랜디도 다 먹고 나면 어떻게 하냐는 고민도 할 필요가 없어졌지! 정말 대단하지 않아?"

—저, 제한 같은 건 없습니까?

"있긴 해. 이렇게 만들어낸 술을 다른 곳에 옮겨 담으면 하루 만에 다 증발해 버리거든."

술 팔아서 돈을 벌 생각이었다면 치명적인 단점일지도 모른다.

"그러니까 따라놓은 건 그날 다 마셔야 해!"

그러나 애초에 마실 생각이었다면 신경도 안 쓰이는 단점이 된다!

—…과음에는 주의를 해주시기 바랍니다.

내 설명을 들은 라플라스는 한참 동안 침묵했다가, 이런 말을 흘렸다. 과음이라는 단어를 들으니 너무나도 자연스럽게 뇌리에서 엘리사 바르하에 대한 기억이 부상했다.

"아, 뭐. …크흠. 그거야 물론. 당연하지."

같은 과오를 두 번 반복할 수는 없지 않은가?

…조심해야지.

＊　　　　　＊　　　　　＊

다음 날, 아침.

"…어라?"

나는 가니메디아의 침상에서 눈을 떴다.

"…어라?"

여기가 어딘지는 알겠는데, 내가 왜 여기서 이러고 있는지 모르겠다.

"끄응……."

머리를 절레절레 흔들며 몸을 일으키니, 옆에 누워 있던 가니메디아의 모습이 보였다. 어째선지 알몸이었는데, 홑이불을 가슴까지 끌어 올린 모습이 묘하게 색기 있어 보였다.

"으음……."

그런데 이렇게 보니 가슴이 약간 도톰하게 부풀어 오른 것도 같고…….

"여유 중인가?"

아직 어린데 불쌍하게도. 나는 가니메디아를 안쓰럽게 보았다.

"그런데 왜 내가 알몸으로 가니메디아랑 같이 자고 있지?"

—과음은 삼가시라고 말씀드린 게 몇 시간이나 지났는지 모르겠습니다만.

라플라스의 궁시렁대는 목소리에 나의 의문은 풀렸다.

아, 술 먹었구나.

그 사실을 떠올리자마자 마치 사슬에라도 엮인 듯 잊고 있던 기억이 속속 올라왔다.

$$* \qquad * \qquad *$$

"내일 이 도시를 떠날 생각입니다."

가다메아에서 볼일은 다 끝났기에, 나는 가니메디아에게 작별 인사를 건네기로 했다.

"정말로 떠나시는군요."

가니메디아는 마치 비련의 여주인공처럼 말했다. 이 말에는 뭐라고 대답해야 할지 몰랐기 때문에, 나는 그냥 입을 다물고 있기로 했다.

"뭔가 더 필요한 건 없으신가요?"

"이미 많은 것을 받았습니다."

가니메디아는 내가 이 도시에 머무는 동안 가능한 한 필요한 모든 것들을 내게 제공해 주었다. 도자기를 굽는 데에 필요한 가마까지 제공받았으니 뭐 더 말할 게 없지.

비행 주술을 사용하는 데에 필요한 날개옷도 한 벌 선물 받았다. 라플라스에게 듣기론 이거 한 벌 만드는 데에 돈과 시간과 노력이 상당히 많이 들어간다던데 주는 게 당연하다는 듯 흔쾌히 내주는 걸 보고 나 말고 라플라스가 꽤 놀랐다.

그런데 여기다 뭘 더 얹어주려고. 아낌없이 주는 나무냐?

"그러시다면… 오늘 저녁 식사를 함께하시는 것 정도는 허락해 주시죠."

뭘 지금 와서 새삼스럽게.

"그렇게 하시죠."

나는 생각한 대로 말하는 대신 이렇게 말했다.

저녁 식사로는 만찬이 차려졌고 식사를 하는 도중에 가니메디아가 도자기가 잘 구워졌냐고 묻는 바람에 나는 그만 [가다메아의 술병]을 자랑하고 말았다.

물론 자랑이라는 건 그냥 말로 끝난 게 아니고, 진짜로 술을 무제한으로 따르는 걸 보인 것을 뜻한다. 그리고 그렇게 따라 낸 대량의 술은 마시지 않으면 그냥 말라 버린다.

그럼 내가 어떻게 해야 됐겠는가?

정답은 정해져 있다.

마셔야지!

그래서 마셨다. 계속 마셨다.

3검급까지 오른 내력을 이용하면 취기를 날리는 건 간단했으나, 그러기에는 술이 너무 맛있었다. 이런 술을 그냥 날린다고? 그건 안 될 말이지! 그래서 나는 그냥 버텼다. 아니, 사실을 말하자면 버티지도 않았다. 그냥 취했다.

그래서는 안 됐었는데.

그 뒤의 기억은 드문드문 난다.

내가 취하긴 취했는지 가니메디아에게 한 잔을 권했던 것 같다. 아니, 내가 미성년자에게 무슨 짓을? 그랬더니 가니메디아가 뭔가 비장한 표정으로 받아서 마신 기억이 난다.

그 뒤에는 맛있는 안주가 있다면서 자기 방으로 초대했고⋯ 나도 거절할 이유가 없어서 따라가서 같이 마시다가⋯⋯.

"⋯이렇게 됐군."

이번에는 인정하지 않을 수 없게 된 것 같다.

인간의 욕심은 끝이 없고 같은 실수를 반복한다는 것을.

―기억이 나신다니 다행입니다.

라플라스는 이렇게 되어버린 나를 비난하지 않았다. 대신 이렇게 물었다.

―그럼 이제 어떻게 하시겠습니까?

"이제 출발해야지."

뭔가 위화감이 남아 있긴 하지만, 나는 그냥 예정대로 움직이기로 했다.

오늘 떠나기로 했으니 떠나야지.

나는 기지개를 펴고 가니메디아의 방에서 나왔다. 방에서 나오자마자 문 바로 옆에 서 있던 이카로사와 눈이 마주쳤다. 호위라도 서고 있었던 건가?

"좋은 아침."

"아, 안녕하십니까! 구원자님. 좋은, 좋은 아침⋯ 입니다!"

어째선지 이카로사는 제대로 말을 못 했다. …반응이 이상한데?

'몸살인가?'

—아닌 것… 같습니다만.

나는 시험 삼아 이카로사의 어깨에 손을 얹고 나지막하게 기도문을 올렸다. 그리고 적당한 타이밍을 잡아 치유 성법을 발동시켰다. 아무런 반응이 없는 걸 보니 몸살인 것 같지는 않은데.

"구, 구, 구, 구원자님……!"

그때, 이카로사가 무슨 비둘기 같은 소릴 내며 날 불렀다.

"왜?"

내 태연한 반응에, 그제야 이카로사의 얼굴에 붉은 기가 가셨다.

"아무 일도… 없었던 겁니까?"

"무슨 일?"

내 되물음에 이카로사의 얼굴이 다시 달아올랐다.

"그…… 남녀 간의 일 말입니다!"

"남녀? 가니메디아는 남자잖아."

"…예?"

"…응?"

그때, 등 뒤의 문이 열렸다.

"저, 구원자님. 말씀드릴 게 있습니다만."

어째선지 가니메디아가 세상 다 산 것 같은 얼굴로 나를 불렀다.

$$* \qquad * \qquad *$$

진실.

가니메디아는 여자였다.

아니, 이걸 눈치 못 챈 건 내가 둔감한 탓이 아니다. 그저 나는 라플라스의 정보를 과신했을 따름이다.

―왜 또 거기서 제 탓을 하시는 겁니까?

'당연히 네 탓이지. 네게서 다운로드받은 도시 정보에는 대주술사 가니메디아는 남성이라고 기록되어 있던데?'

―남성으로 알려져 있다고 기록되어 있을 터입니다만.

'응.'

확실히 그랬다.

'그러니까 남자라는 소리잖아.'

―대외적으로 남성이니 남성으로 알려져 있다고 기록했을 뿐입니다.

라플라스는 가니메디아의 진짜 성별은 대외비라며, 이런 심화 정보를 알기 위해서는 가니메디아의 정보를 따로 구입해야 한다는 누가 들어도 궁색한 변명을 늘어놓았다.

'그럼 대외비라고 알려줘야지.'

―그걸 알려 드리는 것부터가 유료 정보입니다…….

'치사하긴.'

—이걸 정한 건 제가 아니라…….

'하긴 대현자지.'

대현자가 하는 짓이 그렇지 뭐.

나는 그냥 내가 크게 양보해 넓은 마음으로 납득해 주기로
했다.

—그보다 이제 어떻게 하시겠습니까?

'…글쎄.'

라플라스와의 대화로 현실도피를 하고 있던 나는 다시금 눈
앞의 현실을 마주해야만 했다.

눈앞의 현실이 뭐냐면…….

"죄송합니다."

가니메디아가 내 앞에서 절을 하고 있었다.

"구원자님을 이대로 보내면 안 된다는 생각에 그만……."

나는 가니메디아를 몇 번이고 일으키려고 들었지만, 펑펑 울
면서 절하기를 멈추지 않으려는 모습에 결국 어떻게 해야 할지
모른 채 방치할 수밖에 없게 되었다.

—술을 잔뜩 먹이고 육탄 공세를 퍼붓는다는 잘못된 수단
으로 새 주인님을 유혹하려 한 것에 대한 죄책감도 있긴 있습
니다만, 처녀로서 최후의 수단일 육탄 공세로도 새 주인님을
공략하지 못했다는 자괴감 때문에 저러는 것도 있습니다.

'그게 내 탓은 아니잖아.'

그렇다고 가니메디아의 공세에 홀랑 넘어가 가다메아에 정착
하는 것도 내게 있어선 해피 엔딩일 리 없었다.

내겐 생의 목표가 따로 있으니.

"스승님, 부디 고개를 들어주십시오."

그렇다고 평생 이렇게 하라고 내버려 두고 갈 수는 없으니, 나는 일단 위로의 말을 건네 보기로 했다.

"어차피 저는 신의 명령에 따라 세계를 돌아봐야 할 운명이 있습니다. 저는 그 운명을 거부할 수 없습니다."

새빨간 거짓말이었다. 게다가 하고 보니 위로의 말인 것도 아니었다.

"이것이 신의 뜻입니다. 가다메아를 구한 것도, 식인사자의 왕을 죽인 것도 모두 제가 저 스스로 하고자 마음먹은 것이 아니라 그저 신의 뜻이 따른 것에 지나지 않습니다."

"…설령 그러하더라도, 제가 구원자님께 품은 마음은 변하지 않습니다."

아, 감사의 마음. 감사의 마음이겠지. 나는 나한테 유리한 대로 생각하기로 마음먹었다.

"알겠습니다. 오늘은 제가 떠나지만, 다음에 다시 뵐 일이 있을 겁니다."

그리고 그런 생각을 갖고 한 말을 들은 가니메디아의 반응은 극적이었다. 슬픔과 절망, 그리고 수치심으로 가득 채워져 어두웠던 얼굴에 빛이 돌아온 것이 그것이었다.

"…네!"

…내가 잘못 대답한 건 아니겠지?

—…앗.

너, 그 반응 좀 그만해라.

*   *   *

잭 제이콥스는 가다메아를 떠났다.

하늘을 가르고 날아가는 잭 제이콥스의 뒷모습을 바라보며, 가니메디아는 씁쓸함을 곱씹었다.

꽤 많은 것을 건 육탄 공세였으나 실패로 돌아가 버린 건 어쩔 수 없는 일이다. 설마 마지막까지 남자라고 생각하고 있을 줄이야. 가니메디아 본인도 그러리라고는 예상하지 못했다.

어중간하게 이불을 덮지 말고 완전히 알몸이 되어 먼저 덮쳤어야 했었을까. 그런, 이상한 후회가 남았다. 훌쩍, 하고 가니메디아는 눈물을 삼켰다. 가다메아를 위해 이 한 몸을 바치겠다고 생각하고 벌인 일이었다.

식인사자들과의 전쟁에서 승리했다고는 하나, 가다메아의 미래는 아직 완전히 개였다고는 볼 수 없었다. 왕이 죽었어도 식인사자 무리는 남았으니, 그것들이 도시를 위협할 가능성이 아직 남아 있었다.

물론 잭 제이콥스가 대량의 식인사자 시체를 넘기고 떠났으니, 그 시체를 가공해서 무기를 만들고 처치하면 되긴 될 것이다. 그러나 그 과정에서 얼마나 많은 희생이 따를까?

그 희생을 치르느니 제 한 몸 바쳐서라도 저 강력한 잭 제이콥스라는 사내를 이 도시에 붙들어 매어놓는 것이 나을 거라고 판단했다. 누구라도 그렇게 판단했으리라.

그러나 실패했다.

실패한 것은 어쩔 수 없는 일이다.

그런데 막상 일이 어그러지고 나니 기이한 감정이 자리 잡았다. 상상을 했다. 저 중년의 남자, 잭 제이콥스와 부부 생활을 하는 상상을.

생각보다 나쁘지 않았다. 그런 미래도 있을 법하다고 느꼈다.

그러나 그 청사진이 완전히 부서져 사라진 지금, 가니메디아는 생각했던 것보다 깊게 낙담하는 스스로에게 놀랐다.

한참 동안이나 동쪽 하늘을 바라보고 있던 가니메디아는 잭 제이콥스의 모습이 점으로조차 보이지 않을 때가 되어서야 옥상에서 내려왔다.

"대주술사님."

이카로사가 그녀를 맞아들였다. 하르페이아의 대장. 가다메아의 가장 강력한 무력. 대주술사가 쥔 권력의 원천. 더불어 이제부터 가장 고생해야 하는 사람이다. 가니메디아는 이카로사에게 약간의 미안함을 느꼈다.

"잘 안 됐네."

"유감입니다."

이카로사 또한 씁쓸하니 웃었다. 너무 많은 감정이 섞여 오히려 무슨 생각을 하는지 모르겠는 표정이었다.

"이제 어쩌시겠습니까?"

"어쩌긴, 식인사자 잔당들을 물리치고……."

"아뇨, 약혼 말입니다."

이카로사의 말에, 가니메디아는 씁쓸하게 웃었다.

가니메디아가 주변에 남자로 알려진 까닭은 따로 있었다. 전임 대주술사의 의향이었다.

"약혼 자체가 터무니없는 일이지. 그 망상이 실제로 이뤄질 거라고 생각한 건 스승뿐이야."

가다메아의 전임 대주술사이자 가니메디아의 스승이었던 그는 자신이 이렇게 빨리 죽을 거라고 예상하지 못했다. 그래서 자신의 자리를 위협할 수도 있는 가니메디아를 어디다 치워 버리려고 들었다. 그 방법이 약혼이었다.

가다메아 서북부의 강력한 세력인 카트하툼의 실질적 지배자나 다름없는 바르하 가문의 가주, 엘리사 바르하와의 약혼. 여제자에게 남장을 시켜 다른 여성의 데릴사위로 들인다는 미친 발상은 의외로 착착착 진행되었다.

심지어 당사자, 엘리사 바르하가 가니메디아의 실제 성별을 눈치챘음에도 불구하고.

카트하툼과 가다메아의 결혼동맹이라는 대의 앞에, 당사자들의 실제 성별은 별로 중요하지 않았던 탓이다.

물론 가니메디아의 스승이 죽어버리고 엘리사 바르하가 원인 모를 열병에 몸져 누워버렸을 뿐만 아니라 양 도시의 길을 식인사자 무리가 끊어버리는 초유의 사태가 일어난 탓에 반쯤은 없던 일이 되어버리고 말았지만, 만약 모든 일이 어그러지지 않았다면 가니메디아는 지금쯤 엘리사 바르하와 결혼하기 위해 카트하툼으로 향했을지도 모르는 일이었다.

"하지만 지금껏 남장을 유지하지 않으셨습니까?"

"이제 와서 바꾸기 애매해서 유지했던 것뿐이야."

가니메디아는 옷매무새를 다듬으며 변명처럼 말했다. 그러고 보니 지금 입고 있는 옷도 남자 옷이었다. 옷에서 손을 뗀 가니메디아는 한숨을 내쉬었다.

"구원자님… 잭 제이콥스 님이 내 정체를 아무 데나 말씀하고 다니시리라는 생각은 들지 않는다만. 어디까지나 만약의 일이라는 게 있으니……."

"일단은 카트하툼에 전령이라도 보내볼까요?"

식인사자 떼로 인해 막혀 있던 길이 뚫린 것도 불과 며칠 전의 일이다. 섣불리 움직일 이유가 없으니, 우선 전령을 보내 연락을 하고 천천히 일을 움직이는 것이 옳으리라. 그렇게 판단한 가니메디아는 고개를 끄덕였다.

"그러고 보니 구원자님께선 서쪽에서 오셨지. 카트하툼에도 들르셨을지도 모르는 일이야."

"전령에게 넌지시 알아보라 전하겠습니다."

척하면 척이었다. 이카로사의 일처리가 마음에 든 가니메디아는 다시금 고개를 끄덕였다.

제2장

—

사막을 뒤로하고

가다메아를 나선 나는 땅을 내려다보며 외쳤다.

"날아다니기 좋은 날씨로군!"

하늘은 청명했고 바람은 잔잔했다.

이런 날에 기껏 배운 비행 주술을 안 써먹고 뭐 하겠는가. 그러므로 나는 날개옷을 입고 주술을 나 자신에게 걸어 스스로 두 팔을 퍼덕여 하늘을 날고 있었다.

"상쾌하다!"

물론 하늘을 나는 것은 이번이 처음이 아니다. 가다메아에서 이카로사에게 비행 강습을 받으면서 날아다닌 적이 있으니까.

그 이전에 글라이더를 타고 난 것이나 이카로사에게 매달려 날아다닌 것도 포함하면 생각보다 비행 경험이 풍부한 셈이라고 할 수 있었다.

그러나 누구의 도움도 받지 않고 나 홀로 이렇게 도시 멀리까지 나와서, 내가 직접 날개를 퍼덕이며 날아다니는 것은 또 다른 경험이었다.

뭐가 다르냐면, 조금 더 스릴 있었다.

—죽음을 극복하셨습니다.

두 번이나 죽을 뻔했으니까.

물론 내가 아니라 카를이.

"그냥 날아다니기만 해도 루블을 버는군."

이제 와서 긴장감을 품기에는 내가 너무 잘 날고 있었다. 이제는 낙타도 없는데 메시지 좀 받았다고 지상으로 내려가서 뜨거운 사막을 헤치며 걸어 다닐 생각은 없었다.

그래서 나는 계속, 계속 날았다.

*   *   *

당연한 이야기지만 아무리 낙타가 사막에서 빨라도 푹푹 파묻히는 모래 위를 걸어서 이동하는 것보다는 날아가는 게 더 빠르다.

—도착했습니다. 비행 주술 덕에 일정이 대폭 단축됐군요.

그 덕에 나는 가다메아를 나선 지 사흘째 되는 날 새로운 대현자의 유적 입구에 도착할 수 있었다.

"이번에는 사막 한가운데로군."

이정표가 될 만한 것이라곤 아무것도 없는, 그냥 모래밖에 없는 사막 한가운데. 이번 유적 입구는 이런 곳에 있었다.

"문은 어디 있어? 어떻게 들어가?"

입구가 있다고 언급했지만, 실제로 입구가 보인 것은 아니었다. 그냥 라플라스가 여기라고 하니까 여기까지 온 것뿐이다.

이런 당연한 내 질문에 대한 라플라스의 대답은 어이없었다.

—이제부터 모래를 치우셔야 합니다.

"뭐? 설마……."

—그렇습니다. 던전의 입구는 모래 속에 파묻혀 있습니다.

안 해! 라는 말이 목구멍까지 올라왔지만 나는 애써 삼켰다.

"얼마, 얼마나 파야 하는데?"

—12m 정도 되겠군요.

장난하냐? 라는 말은 삼키지 않았다.

"장난하냐?"

실제로 말해봤더니, 라플라스는 억울한 듯 말했다.

—새 주인님께는 별로 어려운 일이 아니지 않습니까?

사실 그렇긴 했다.

"후… 진짜 보상 구리기만 해 봐라."

나는 모래 속에 몸을 던졌다. 그리고 각성창을 열었다. 그러자 막대한 양의 모래가 각성창 안으로 들어왔다. 나는 각성창 안을 모조리 점령하려는 뜨거운 모래가 다른 물건들에 닿기 전에 빼내 다른 곳에 모래를 뿜어내 버렸다.

그 작업을 다섯 번 반복하자 비로소 모래 유적의 입구가 드러났다.

─죽음을 극복하셨습니다.

카를은 이 모래 치우다가 죽은 적도 있는 모양이다.

"이거 카를은 어떻게 열었어?"

각성창 없이 이 작업이 가능하기나 하나? 그런 생각에 한 말이었는데, 라플라스의 대답은 내 뒤통수를 가볍게 강타하는 성질의 것이었다.

─시즌을 봐서 이 부근의 모래가 모래 폭풍으로 날아갔을 때 맞춰서 방문하는 방법을 쓰셨습니다.

나는 한참 침묵했다가, 애써 입을 열었다.

"…나도 그랬으면 됐지 않을까?"

─다음 시즌은 10년 후로 예상되고 있습니다.

"……."

─사실 랜덤성이 좀 있어서 10년 후도 확실하진 않습니다.

라플라스의 설명을 듣고, 나는 그냥 각성창으로 모래를 퍼다 나르는 노가다 쪽이 더 낫다는 사실을 인정할 수밖에 없게 되었다.

"아무튼… 들어가자고."

─공략을 구매하시겠습니까?

"그건 들어가고 나서 판단하지."

*　　　　*　　　　*

이번 유적에는 모래 골렘들이 잔뜩 돌아다녔다.

모래 골렘들은 꽤 강적이었다. 코어의 위치를 자유자재로 바꾸면서 동시에 몸의 크기와 형태까지 자유자재로 바꾸니 처치하는 데 애를 먹을 수밖에 없었다. 검기를 두른 칼로 베어도 그 자리만 잘렸다가 다시 합쳐지니 미치고 팔짝 뛸 노릇이었다.

─공략을 구매하시겠습니까?

"아니!"

나는 악에 받쳐 소리 질렀다. 그리고 그렇게 소리 지른 순간, 나는 오기로나마 모래 골렘 공략법을 빚어내었다.

"뒈져라!"

콰!

사실 공략법을 빚어내었다고 말하기도 좀 뭐하다. 그냥 피식이로 산소를 전방에 뿜어낸 후 정령류탄을 터뜨리는 게 전부였으니.

이제까지도 언제든 사용 가능했던 방법이지만 그동안 망설였던 건 실내에서 폭발을 일으키는 위험성을 염려했기 때문이다.

그러나 악에 받친 나는 그냥 위험성을 무시하기로 마음먹었다.

콰! 콰!

"진작 이럴걸!"

비록 폭발로 유적의 벽이 그슬리고 흔들리고 난리도 아니었으며 나까지도 폭발의 여파에 휘말려 피해를 아예 안 볼 수 없는 건 아니었으나 효과 하나만큼은 확실했다.

모래 골렘들이 단번에 터져 나간다! 폭발 한 번에 골렘 방 하나 클리어다!

―앗, 아아…….

라플라스가 신경 쓰이는 신음 소릴 냈지만 나는 무시했다.

어차피 나는 불꽃의 속성력을 충분히 갖고 있고, 대현자의 건축 기술은 신뢰할 만했다. 내가 좀 아픈 것만 참으면 리스크는 제로다!

―제로가 아닙니다만!

"알 게 뭐냐!"

쾅! 쾅! 쾅! 끄어어어……!

유적의 마지막 방에서 몸을 일으킨 초거대 모래 골렘조차 폭발 세 방에 터져 나갔다.

"클리어!"

―새 주인님! 머리가……!

라플라스가 지적한 대로 내 머리카락이 그슬리고 타서 엉망이었지만 나는 신경 쓰지 않았다. 정확히는 신경 쓰지 않기로 했다. 나중에는 분명 신경 쓰일 테지만 지금 당장 신경 쓸 이유가 없었다. 아무튼 없었다!

"클리어!!"

나는 같은 말을 한 번 더, 하지만 이번에는 더 크게 외치는 것으로 모든 것을 갈음했다.

*   *   *

이번 유적에서 얻은 보상은 다음과 같았다.

먼저 유물.

"이건… 모자인가?"

가장 눈에 띄는 건 실크 햇 모양의 유물이었다. 모양만이 실크 햇일 뿐, 실제로는 비단으로 만들어진 것 같지는 않았다.

"혹시 이거 사람 머리카락으로 만든 건가?"

―그렇습니다.

"우왓, 기분 나빠."

모자로 엮인 머리카락 색은 굉장히 다양했다. 약간 과장을 섞어서 100가지는 되는 것 같다.

―유물의 이름은 [모발 모자]입니다.

"있는 그대로의 이름이네. 효과는 뭐야?"

―그 모자를 쓰고 원하는 머리모양과 색, 모질 등을 떠올리면 그대로 실현됩니다.

라플라스의 설명을 들은 나는 짜게 식었다.

"가발이잖아, 그거."

―그렇게도 말하지요.

"가발은… 가짜 머리카락일 뿐이야."

나는 만질 때마다 부서져 나가는 머리카락을 만지지 않으려 노력하며 말했다.

저지르는 건 순간이지만 후회는 길다.

뼈저린 인생의 교훈을 하나 더 얻는 순간이었다.

나는 굳이 모발 모자를 뒤집어쓰지 않고 그냥 각성창 안에 넣었다. 그러자 겉모습만이라도 풍성한 머리칼을 되찾을 수 있게 되었다.

"오."

이상하게 이것만으로도 기분이 꽤 나아졌다.

"나는 꽤 단순한 성격인 모양이로군."

—…….

라플라스가 아무 반응도 보이지 않는 게 이상하게 기분 나빴다. 하지만 기분이 나쁘다는 걸 인정하면 왠지 지는 것 같아서 나도 굳이 대답을 종용하진 않았다.

"그리고… 이건 또 뭐야?"

쇠처럼 보이는 금속이 금괴처럼 가공되어 있었다. 겉보기에도 무거워 보이지만 실제로는 더욱 무거워서, 마치 금괴를 드는 것 같았다. 아니, 어쩌면 금보다도 무거울 수도 있겠다.

—그것은 운철괴입니다.

아예 모르는 단어가 나왔다.

"운철이 뭐야?"

—운석에서 나온 쇠라는 의미입니다.

"쇠야?"

아니, 쇠가 이렇게 무거울 리 없는데. 그러나 내가 추가 질문을 던지기 전에 라플라스는 이미 설명하고 있었다.

—정확히는 철이 아니라 다른 금속입니다만, 그걸 몰랐던 먼 과거에 붙여져 현재에 와선 되돌릴 수 없을 정도로 굳어진 명

칭이니 이해해 주시기 바랍니다.

"아하. 그럼 그렇지."

나는 납득하고 고개를 끄덕이려고 했지만 라플라스의 설명은 아직 끝난 게 아니었다.

―대단히 단단하고 마력 전도성이 좋아 마법사들에게 선호받는 소재입니다. 물론 단순히 단단하다는 점 때문에 무기를 다루는 전사들이나 기사들에게도 수요가 높습니다.

라플라스의 긴 설명에서 나는 요점을 짚어냈다.

"즉, 비싸다는 소리군."

―물론 그렇습니다만, 구하기 힘들고 한정된 소재이니만큼 어지간하면 잘 두셨다가 직접 쓰시는 걸 추천해 드립니다.

요점이 아니었던 모양이다. 아무튼 이 비싸고 희귀한 운철괴가 다섯 개, 내 수중에 들어왔다.

"뭐, 알았어. 이거 가공하려면 무슨 기술이 필요한데?"

―마법, 혹은 대장 기술입니다. 최선은 둘 다 얻는 것입니다.

"먼 훗날이 되겠군."

뭐가 어떻게 꼬인 건지 술법부터 흑법까지 골고루 익혔지만 마법하고는 영 연이 없었다. 처음에 뭘 살지 고를 때 라플라스가 비싸고 효율성이 좋지 않다고 설명한 탓도 있긴 있었다.

뭐, 언젠간 쓸 때가 있겠지.

나는 운철괴를 각성창 안에 수납했다.

이것들 외에도 거대 모래 골렘을 비롯한 골렘들의 코어들 또한 유물로 체크되었기 때문에, 꽤 많은 양의 탐사 점수를 벌어들일 수 있었다.

하지만 그 탐사 점수를 모조리 갈아 먹는 게 있었으니 그건 바로 능력의 업그레이드였다.

"아니, 여기서 3,000점을 갈아 없애네?"

트레저 헌터의 직감, 손재주, 몸놀림. 이 셋을 다 잡아먹고 탄생한 것이 [트레저 헌터의 유적 탐사 능력 1]이다. 지금까지 얻은 능력들의 통합 버전이라는 점에서 나쁘지는 않았으나, 걱정거리는 따로 있었다.

"업그레이드에 3,000점이 든다는 건 능력 향상에도 3,000점이 든다는 소린데."

―어차피 세 능력을 따로따로 올리는 데에 1,000점씩 들었으니 본전 아닌가요?

"…그렇게 생각하니 또 그럴듯하긴 하네."

그래도 가다메아에서 대량으로 얻은 탐사 점수가 단번에 갈려 나가니 마음이 편할 리는 없었다. 게다가 이걸로 끝인 것도 아니고. 유물 감식을 3으로 향상시키는 데에 1,000점을 추가로 소모했더니 보유한 탐사 점수는 금방 바닥을 보였다.

―잔여 탐사 점수: 10점

바닥은 말 그대로 바닥이었다.

"두고두고 쓰려고 했던 점수였는데……."

바람 한 줄기가 가슴 귀퉁이를 스산하게 스치고 간다. 그 바람의 이름은 허무.

물론 이것이 후회를 뜻하지는 않는다.

3단계로 강화된 유물 감식의 성능은 그만큼 대단했으니까.

2단계였을 때는 고작 3m에 불과했던 감식 가능 거리가 30m까지 크게 확장되고, 설령 시야에 없더라도 유물의 위치를 감지 가능한 기능이 추가되었다.

비록 유물이 있는 방향만 대충 짐작할 수 있는 정도지만, 이쪽의 위치를 바꿔가며 방향을 짐작하면 결국 유물의 위치를 어느 정도 파악할 수 있다는 점에서 별로 아쉽지는 않았다.

이전에 감식 가능 거리였던 3m 범위 내에서는 또 따로 강화되었다. 기존에는 손에 닿아야 가능했던 유물의 기능 확인을 그냥 눈으로만 보고 확인할 수 있게 된 것이 그것이었다.

이리저리 유물의 위치를 옮겨가며 유물 감식의 성능을 확인하던 나는 나름 만족하며 허무감을 어느 정도 떨쳐낼 수 있게 되었다.

─그런 말씀 마시고, 이번에 얻은 루블을 어떻게 하실지 결정하시는 게 어떻습니까?

내가 기운을 차린 걸 보고, 라플라스가 곧장 판촉을 걸어왔다. 역시 빈틈이 없는 녀석이다.

─신성력도 3류급에 오르시기도 하셨으니, 새로운 성법을 배우실 때가 된 것 같습니다만······.

"엉? 뭐?"

라플라스의 말에 나는 정신이 번쩍 들었다.

"내가 3륜급에 올랐다고? 언제?"

―방금 전에 머리카락에 치유를 걸고 계실 때쯤 오르셨습니다. 모르셨습니까?

나는 얼른 각성창에서 손거울을 꺼내서 봤다. 거울 안 잭 제이콥스의 풍성한 머리털 뒤에는 세 겹의 헤일로가 확실하게 윤곽을 드러낸 상태였다.

―머리모양을 다듬으실 때 눈치채셨을 거라 믿었습니다만……

"머리모양 신경 쓰느라 몰랐어. 이게 이렇게 됐나."

기왕 손거울을 꺼낸 김에 머리모양을 다시 한번 다듬은 후, 나는 고개를 끄덕였다.

"보는 사람마다 축복을 걸고 다닌 보람이 있어."

―네, 정말로 그러셨죠. 심지어 대가를 받지 않고도 축복을 거실 때도 있으셨으니……

"손해 보는 것도 아닌데 뭐."

어차피 잭 제이콥스의 성물에서 자연스럽게 새어 나오는 신성력으로 쓰는 거다. 써도 없어지고 안 써도 없어질 거면 당연히 쓰는 게 낫지.

생각난 김에 잭 제이콥스의 성물을 꺼내 열어 보았다. 어느새 안에 있던 광휘석의 빛이 많이 옅어져 있었다.

"성물의 빛이 다해 가는군."

―시간이 많이 흘렀죠. 보통은 1년에 하나면 충분합니다만……

"이 성물을 내가 얻었을 때 이미 광휘석이 많이 작아져 있었지. 알아."

나는 성물 안의 광휘석을 꺼내고 새로운 광휘석을 집어넣었다. 그러자 성물은 다시 빛을 되찾았다.

뭐, 아직 광휘석은 많다. 10개나 남았으니……. 이걸로 나는 앞으로 10년은 더 싸울 수 있다.

내친김에 걸어두었던 축복을 갱신하고, 하나 더 축복을 거니 정상적으로 걸렸다. 이로써 축복을 동시에 세 개 유지할 수 있게 된 것을 확인했다.

"역시 3륜급에 도달한 게 맞군."

—그렇죠?

"그래, 3륜급에도 오른 마당이니 성법을 좀 사긴 해야겠어."

사실 이대로 루블을 모아 정령법 6령급을 준비하려는 생각도 없지는 않았지만, 이렇게 쌓인 신성력을 그냥 내버려 두는 것도 비효율적이다.

악마를 소환해서 처치해 악마의 두개골을 양산한다는 계획을 더 빨리 진행하기 위해서라도 슬슬 성법 쪽을 정비해야 할 필요성이 있었다.

"그럼 일단 짜라스트라계 성법을 3륜급으로."

—50루블입니다. 혹시 다른 계열의 성법은 안 올리십니까?

"나중에 올리지 뭐."

어차피 짜라스트라의 신관인 잭 제이콥스가 다른 신의 힘을 다룰 수 있다는 게 밝혀져서 좋을 게 없다. 아무리 여기가 라틀란트 제국과 신성교단의 영향력 바깥인 변경 지역이더라도 소문의 전파력을 경시해서는 안 된다.

더군다나 그 힘을 당장 쓸 일이 생기면 그때 가서 라플라스로부터 성법을 구입하면 그만인 일이다. 서둘러서 미리 구입할 이유는 어디에도 없었다.

—아쉽네요……. 새 주인님의 경조사비 계좌 잔고는 1,794루블입니다.

라플라스는 아쉬워했지만, 나는 아랑곳하지 않았다.

"그리고 타이밍 놓치지 말고 이것도 먹어놔야지."

나는 각성창에서 [사자심대환단]을 꺼내 들었다. 원래 청소를 마친 유적이 가장 안전한 법이다. 이번 유적의 보스방이 꽤나 넓어서 검법 수련에 안성맞춤이기도 하고. 여기서 안 먹을 이유가 더 적었다.

결과.

나는 실망했다.

"이번에도 4검급에 오르지는 못했군."

—그야 그렇죠. 당연한 일입니다.

라플라스의 대답에는 어째선지 안도하는 기색이 보였다.

나는 그런 녀석을 한 번 놀려 주고 싶어졌다.

"하지만 절반쯤은 도달한 것 같은데."

사실은 좀 허세가 섞인 혼잣말이었다.

—…예?

하지만 효과는 굉장했다.

조금만 더 해 볼까.

"사자왕심대환단을 먹으면 4검급이 될 거 같아."

—그러시군요······.

라플라스는 더 이상 놀랍지도 않다는 듯 말했지만, 떨리는 목소리는 녀석이 충분히 놀랐음을 드러내고 있었다. 나는 낄낄 웃었다.

"뭐, 어쩌면 마각대환단까지 필요할 수도 있어."

—설령 그렇더라도 실망할 이유는 어디에도 없는 대단한 성취입니다.

그것은 위로도 무엇도 아닌, 순수한 진실의 전달이었다.

"그렇구나."

라플라스가 좀 약이 올라야 놀리는 맛이 있는데. 진지하게 나오니 재미없다.

혁, 혹시 내가 지 놀리는 거 알고 이러나?

나는 잠깐 의문을 가졌지만, 곧 고개를 저었다.

아무렴 어떠랴. 이런 걸로 약이 안 오른다면 다른 걸로 놀리면 된다.

지금껏 휘두른 몬토반드의 왕검을 각성창 안에 수납하며, 나는 쾌활하게 말했다.

"자, 그럼 여기서 볼일도 끝났군. 나가볼까?"

—다음 유적 정보를 구매하시겠습니까?

"당연하지. 딜!"

그렇게 내 다음 목적지가 정해졌다.

　　　　*　　　　*　　　　*

　나는 대현자의 유적을 떠나 하루를 더 날아 다음 날 정오가
되기 전 작은 오아시스 마을에 도착할 수 있었다.

　그 마을에서는 내가 하늘을 날아다니는 걸 보고서도 두려워
하기는커녕 오히려 크게 기뻐하며 내게 몰려들었다.

　이런 시골의 작은 마을에서 외지인을 이토록 환영하는 건
어떤 특별한 이유가 없으면 좀처럼 일어나지 않을 일이다. 그
이유를 몰라 내가 어리둥절한 채 서 있으려니, 촌장으로 보이
는 늙은이가 대표로 내게 말을 걸었다.

　"혹시 귀인께서는 가다메아의 하르페이아십니까?!"

　말하는 걸 들어보니 내가 가다메아 기동경비대의 일원인 줄
안 모양이다. 하긴 이 지역에서 이런 비행 주술로 하늘을 날아
다니는 건 하르페이아 정도니 오해하는 것도 무리는 아니다.

　"그건 아닙니다만, 가다메아에서 온 것은 맞습니다."

　"오오!"

　"그럼 역시!"

　내가 하르페이아가 아니라고 해도 놀라며 기뻐하는 걸 보니,
중요한 건 기동 경비대원인지 아닌지가 아니라 가다메아에서
왔다는 사실 같았다.

　"그, 그렇다면 식인사자들에 의한 가다메아의 포위가 풀린
겁니까?"

　이 대답은 깔끔하게 해줄 수 있다.

"그렇습니다."

내 대답에 귀를 기울이느라 거의 완전한 침묵을 유지하고 있던 사람들은 갑자기 숨을 삼키더니, 일제히 소리를 지르며 만세를 부르기 시작했다.

"됐다! 살았어!!"

"만세! 감사합니다! 만세!!"

촌장에 이르러선 눈물마저 훔치며 내 손을 양손으로 부여잡고 떨리는 목소리로 말했다.

"저희 마을에, 흐극. 오신 것을……! 환영합니다……!!"

이럴 땐 어떻게 반응해야 하는지 모르겠다.

＊　　　　＊　　　　＊

라플라스의 설명에 따르면, 이 마을은 가다메아의 캐러밴이 머무르며 쓰는 돈으로 먹고 살던 곳이라고 한다.

그런데 가다메아가 날개 달린 식인사자들에 의해 포위되어 캐러밴이 오지 않으니, 이 마을 사람들은 천천히 말라 죽어 갈 수밖에 없었다.

이런 상황에서 내가 가다메아의 트레이드마크나 다름없는 비행 주술을 써서 날아오니, 사람들이 이렇게 반응하는 것도 무리는 아니라는 듯했다.

그래서 나는 치유와 축복을 뿌리지 않고도 마을에서 최고의 접대를 받을 수 있었다. 그래 봐야 가난한 마을이니 그저 촌장의 집에서 잘 수 있는 게 고작이긴 했지만.

그렇다고 내가 치유와 축복을 뿌리지 않은 건 아니었다. 당연하지, 쓸수록 느는 게 성법인데 안 쓰는 게 더 이상하다. 3튜급에도 올랐겠다, 성물에 광휘석도 새로 채워 넣었겠다. 안 쓸 이유보다 쓸 이유가 훨씬 많았다.

내게서 치유나 축복을 받은 이들은 나한테 뭘 더 못 줘서 안달인 상태가 됐지만, 그러기 전에 이미 마을이 제공할 수 있는 최상의 서비스를 전부 받은 내게 그들이 줄 수 있는 건 그리 많지 않았다.

"잭 제이콥스 님의 이름을 기억할 것입니다!"

"후대에 전하고 전해, 언젠가 반드시 은혜를 갚을 것입니다!"

결국 마을 사람들은 빚을 냈다. 마음의 빚이 가장 비싼 건데 이걸 너무 싸게 샀다. 그렇다고 거절할 수도 없으니 나로서는 고개를 끄덕이는 수밖에 없었다.

*   *   *

사막을 가로지르는 동안 세 개의 오아시스 마을을 더 들렀으며, 마을마다 비슷한 일이 반복해서 일어났다. 그만큼 이 사막 지역에서 가다메아가 미치는 영향력이 크다는 걸 실감할 수 있었다. 이 사막 주변 지역의 생계를 책임지는 가장이나 다름 없는 존재라 할 수 있겠다.

이윽고 나는 듬성듬성이나마 자라난 수풀과 초목을 오랜만에 보게 되었다. 드디어 사막 지역을 벗어났다는 증거였다.

　―여기서부터는 제국의 영향력이 미치는 지역이니, 날개를 접으시는 걸 추천드립니다.

　"응? 아니, 왜?"

　―비행 주술에 대한 인식이 그리 좋지 않거든요. 잘못하면 괴물로 오인당해 눈먼 화살을 맞을 수도 있습니다.

　눈먼 화살 하나 맞는다고 죽을 나는 아니지만, 불쾌하고 불편한 경험을 군이 사서 할 필요는 없다. 그래서 나는 라플라스의 조언을 순순히 받아들여 날개를 접었다.

　그리 어려운 일은 아니었다. 변신 브로치를 쓰면 될 일이니.

　그리고 나는 반나절을 걸었다.

　"아니, 왜 이렇게 멀리서 날개를 접으라고 한 거야?"

　―하늘에 있는 건 멀리서도 보이게 마련이니까요…….

　맞는 말이다. 맞는 말이라서 더 성질난다. 그렇다고 라플라스 탓을 할 수는 없으니 더욱 더 성질이 난다.

　아무튼 그렇게 반나절을 걸어서 도착한 곳은 작은 목장이었다. 그 목장에서 주인 부부의 오래된 부상 후유증을 치료해 준 후, 나는 하룻밤 머물 곳과 음식, 그리고 조랑말을 한 마리 선물 받았다.

　조랑말을 타고 마을로 향하면서 버릇처럼 피식이와 정령 합일을 유지하고 있던 도중, 나는 자연스럽게 깨달았다.

　"피식이의 성장이 끝났군."

　내친김에 나는 완전히 성장한 피식이의 능력을 사용해 보았다.

"피시이이이······!"

피식이에게 정령력을 쏟아부으니, 그만큼 피식이가 주변의 산소를 끌어 들여 제거하고 흡수한 산소는 압축시켜 한 방울의 액화 산소를 만들어 내었다.

"피식!"

압축을 해제하면서 만들어낸 액화 산소를 방출했더니, 그 액화 산소가 작은 폭발을 일으켰다.

"수수하군."

―하지만 강력하죠.

라플라스의 말대로다. 만약 피식이의 산소 압축 능력을 밀폐된 공간에서 사용하면 그 안의 생명체를 질식사시키는 것도 가능하다.

게다가 방금 전에 일어난 폭발이 작았던 건 정령력을 적게 사용했기 때문일 뿐, 5령급에 해당하는 내 정령력 전부를 쏟아부으면 폭발의 규모는 저 정도로 멈추지 않을 것이다.

물론 그냥 단순히 피식이로 초고순도의 산소를 대량으로 풀어 넣고 불만 붙여도 폭발은 일어난다. 예전에도 가능했지만, 완전히 성장한 피식이는 더욱 순수한 산소를 더 많이, 더 강력한 압력으로 만들어낼 수 있어서 훨씬 더 강력한 폭발을 선보일 수 있다.

"심플한 게 강력한 법이지."

마음에 들었다.

"피식!"

피식이도 자신의 새 능력이 마음에 든 모양이고.

—네 번째 정령을 소환하실 때가 되었군요. 어떻게 하시겠습니까?

이 와중에도 라플라스는 판촉에 여념이 없었다. 일관성이 있어서 좋네.

"글쎄, 뭐 추천할 만한 정령이라도 있어?"

—자유 소환을 하시는 건 어떻습니까? 산소의 정령… 피식이만 보더라도 성장이 빠른 건 확연한데요.

"아니, 다음 자유 소환을 해봐야 물의 정령이나… 라면의 정령이 나올 것 같아서."

근거 없이 하는 소리가 아니다.

내가 첫 자유 소환으로 불러낸 정령은 K—2의 정령? 이라고 할 수 있는 끼릭이. 그다음 자유 소환으로 불러낸 정령은 산소의 정령이다.

K—2, 산소. 둘 다 내가 생존에 필수 불가결하다고 생각했던 것들이다. 내 주관적 세계의 근간은 생존이었으니…….

그럼 총과 산소가 충족됐다면 그 다음 필요한 게 무엇이겠는가?

물과 식량이다.

아무리 그래도 라면의 정령은 농담 섞어서 한 말이지만…….

뭐, 밀가루의 정령쯤은 진짜로 나올지도 모르겠다.

—물의 정령은 몰라도 라면의 정령은 꽤 궁금합니다만.

"난 안 궁금해."

괜한 농담이었다.

"아무튼 그래서 지정 소환을 하고 싶은데… 뭐가 좋을까?"

─그러시다면… 역시 불의 정령을 추천드리고 싶군요.

라플라스는 잠깐 고민하는 척하더니 곧장 답을 꺼내 들었다.

"내가 불의 속성력을 갖고 있어서?"

─그렇습니다. 속성력은 정령 친화력 또한 겸비하고 있으니, 새로 소환된 불의 정령은 금방 성장할 겁니다.

"그런데… 사실 지금 나는 불의 정령이 할 수 있는 건 대부분 할 수 있지 않나?"

불의 정령으로 할 수 있는 게 뭐가 있을까? 불을 지르거나, 폭발을 일으키거나, 반대로 불을 꺼버린다든가 하는 게 아닐까?

하지만 1차원적인 활용법만 생각하자면 지금도 다 가능한 것들이다. 속성력을 이용해 불을 지를 수도 있고, 피식이를 통해 폭발을 일으킬 수도 있다. 반대로 산소를 제거해 불을 끌 수도 있다.

뭔가 내가 상상하지 못한 고차원적인 응용 방법이 있다면 또 모르겠지만, 그게 아니라면 지금 불의 정령을 소환해야 할 이유가 그리 많진 않았다.

─그건 그렇습니다만.

라플라스는 간단하게 인정했다.

─정령의 숫자를 우선적으로 채우고 싶으시다면 불의 정령보다 더 좋은 선택은 드물 겁니다.

라플라스의 말에 나는 잠깐 고민했다가, 역시 고개를 저었다.

아무리 제국의 영역 내에 들어왔다지만, 아직 나는 루에노와 다른 대륙에 있다. 정령의 숫자도 하나 더 소환하면 넷. 그렇게까지 서둘러서 숫자를 맞출 필요가 있을까?

결과, 내가 내린 결론은 이거였다.

"아니, 성장이 조금 늦더라도 내게 도움이 되는 유용한 정령을 소환하고 싶어."

이번에는 성장보다 내실을 우선시하도록.

이런 내 의견에, 라플라스는 마치 기다렸다는 듯 다음 의견을 내어놓았다.

─새 주인님의 뜻이 그러시다면, 저는 흑암의 정령을 추천드리고 싶습니다.

그런데 흑암의 정령? 검은 어둠의 정령이라는 뜻인가?

…어둠이 원래 검지 않나?

"어둠의 정령하고는 다른 거야?"

모르면 물어보면 되지.

나는 질문했고, 라플라스는 답변했다.

─어둠의 정령은 아시다시피 단순한 어둠을 다루는 정령이고, 흑암의 정령은 응축된 어둠의 힘을 다루는 정령입니다.

"응축된 어둠?"

어디서 들어본 용어다.

─3야급 이상의 흑법사가 흑법을 사용하기 위해 필요로 하는 어둠을 응축시킨 자원입니다.

어디서 들었나 했더니 흑법용이었다. 내 흑법 실력은 1야급에 불과하기 때문에 어디서 주워듣긴 했어도 다운로드 받지는 않은 정보였다.

─군이 풀어서 말하자면 응축된 어둠의 정령이라고 할 수 있겠습니다만, 대현자님께서는 흑암의 정령이라고 이름을 붙이셨습니다.

내가 혼자 생각하고 있으려니 라플라스가 마저 설명했다.

"응축된 어둠은 어차피 3야급 흑법사가 되면 얻을 수 있는 자원 아니었나?"

─그 말씀은 맞습니다만 직접 어둠을 응축하는 것은 피곤한 일입니다. 아, 제 감상이 아니라 대현자님의 감상입니다. 이걸 정령력으로 대신할 수 있다면 시간과 노력을 크게 절약할 수 있으실 겁니다.

아무래도 흑암의 정령의 용도도 신성의 정령이랑 비슷한 것 같다.

"그런데 내 흑법은 1야급이잖아. 응축된 어둠을 쓸 일이…….
아아."

나는 각성창 한구석에 처박아놓고 그 존재조차 잊고 있었던 유물 하나를 꺼내 들었다.

시티 오브 페르핀에서 바이론 페르핀에게서 얻었던 어둠장막의 단검. 응축된 어둠을 충분히 채우고 허공을 가르면 사람들의 인지에서 벗어날 수 있는 능력을 지녔다.

그동안은 1야급의 흑법밖에 못 써서 응축된 어둠을 수급 받을 길이 없기에 내팽개쳐 놨었지만, 흑암의 정령을 소환해서 안

정적으로 응축된 어둠을 공급받을 수 있다면 어둠 장막의 단검 또한 실컷 써먹을 수 있게 될 것이다.

그제야 나는 라플라스가 왜 내게 흑암의 정령을 추천했는지 납득하고 고개를 끄덕였다.

"나쁘지 않네."

─저도 그렇게 생각합니다.

물론 라플라스는 흑법을 3야급까지 팔아먹으려는 1석 2조의 속셈으로 내게 흑암의 정령을 추천한 거겠지만, 그걸 포함해서도 나쁘지 않다고 판단했다.

"좋아, 소환하자."

따라서 나는 흑암의 정령을 소환하기로 했다.

＊　　　＊　　　＊

"이게 흑암의 정령인가."

뭉게뭉게 피어오르는 어둠의 덩어리. 그것이 흑암의 정령이었다.

"잘 왔다. 이제부터 네 이름은 컴컴이다."

흑암의 정령은 자신의 몸을 뒤덮은 어둠 속에서 꾸물거리며 고개를 끄덕였다. ···꾸물이라고 할 걸 그랬나? 이런 생각이 잠깐 들긴 했지만, 나는 굳이 결정을 뒤집지는 않았다.

"좋아, 당장 시작해 볼까?"

나는 컴컴이에게 정령력을 집어넣고 응축된 어둠을 토해 내도록 했다. 그리고 그렇게 얻은 응축된 어둠을 어둠장막의 단검에 밀어 넣으려 시도했다.

"이게 응축된 어둠인가."

뭔가 아주 질척거리는 진흙 같았다. 아니, 진흙이라기보다는 흙탕물에 더 가까울까. 흙탕물이라고 하기에는 또 점성이 너무 높은 중간 단계의 느낌이라 할 수 있었다.

애초에 이건 어둠을 응축한 거라 물질조차 아니니 사실 둘 다 아니지만.

나는 응축된 어둠을 어둠장막의 단검에 집어넣으려고 노력했다. 하지만 잘 되지는 않았다.

"이거 너무 흘러내리는데."

마치 물을 손으로 쥐려고 하는 것 같았다.

하기야 나는 1야급의 흑법사에 불과했고, 응축된 어둠을 다루는 방법까지는 몰랐다. 처음부터 잘하면 그게 더 이상한 거긴 하지.

─구매하시겠습니까?

라플라스가 성질 급하게도 판촉을 시작했다.

"기다려 봐. 익숙해질 것 같아."

─그게 그렇게 쉽게 익숙해지는 게…….

라플라스가 말하자마자, 나는 한 움큼의 어둠을 어둠장막의 단검에 삽입하는 것에 성공했다.

─…아닙니다만.

"음, 조금씩 감이 잡히는 것 같은데. 효율은 별로 안 좋지만."

─…새 주인님께서는 재능이 있으시군요.

"너 보면 할 말 없을 때 갑자기 내 재능 칭찬하더라."

뭐, 잘 먹히니 자주 하는 거겠지. 실제로 나는 기분이 좋아졌다.

사실 뭐가 어떻게 된 건지는 나도 잘 모른다. 하다 보니 됐다는 느낌이다. 그래도 같은 식의 작업을 몇 번씩 반복하다 보니 어느 정도 요령이 붙는 것 같았다. 뭐가 어떻게 되는 건지 그 이론은 여전히 모르지만, 그냥 느낌적으로 이렇게 하면 된다는 느낌이다.

"대충 된 것 같군."

비록 상당한 양의 정령력을 소모하긴 했지만, 얼추 단검의 힘을 완충시킬 수 있었다.

─대단하시군요. 주인님께서는 힘을 다루는 소양을 갖고 계신 것 같습니다.

라플라스의 칭찬이 바뀌었다. 지적당했다고 다른 어휘를 써 본 모양이다.

"만약 네 말이 맞다면 아마 왕의 검법 덕이 아닐까 하는데."

─그렇습니까?

"나도 자세히는 몰라."

지구에서는 해보지도 못했던 걸 여기 와서 갑자기 잘하게 된 이유를 내가 정확히 알 리가 만무하다.

─아무튼 잘하셨습니다.

"그래, 나는 잘했지."

─그런데 흑암의 정령을 쓰는 법은 이게 전부가 아닙니다.

"응? 그게 뭔데?"

─신성의 정령과 흑암의 정령을 정령 합일시켜 보십시오.

"반짝이와 컴컴이를?"

둘이 상극 아닌가? 생각하면서도, 나는 라플라스의 말대로
했다. 그러자 반짝이와 컴컴이, 둘 다 사라져 버렸다.

아, 아니다. 그 자리에 존재하고 있다. 소환한 당사자인 내가
순간 그 존재를 눈치채지 못할 정도로 존재감이 희미해지기는
했지만 분명 존재한다.

─그 상태로 정령력을 주입해 보십시오.

둘이 이렇게 될 줄 미리 알고 있었는지, 라플라스가 태연한
목소리로 말했다.

"……!"

그 말대로 하자, 어떤 힘이 생성되었다. 아무런 빛도 어둠도
생성되지 않은 채 말이다!

"라플라스, 이게 뭐야?"

─대현자께서는 이 힘을 성암력이라 부르셨습니다.

성스러운 어둠의 힘인가. 단순한 센스지만 직관적이다.

─이 힘을 원천으로 사용하시면 성법과 흑법을 동시에 사용
할 수 있을 뿐만 아니라, 어지간한 수준에 오른 성법사나 흑법
사가 아닌 이상 성법이나 흑법을 사용한다는 걸 들키지 않은
채 사용할 수 있습니다.

"오오……!"

사실 효율이 좋진 않다. 그냥 반짝이를 통해 신성력을 생산해 낼 때보다 두 배가량 되는 정령력을 투입해야 같은 양의 성암력을 생성해 낼 수 있으니까.

하지만 몰래 두 힘을 그것도 동시에 사용할 수 있다는 이점은 결코 적지 않다. 아니, 크다! 잭 제이콥스가 아닌 신분으로도 대놓고 성법을 쓰고 다닐 수 있다는 소리니까.

그러니 내가 흥분을 안 하고 배기겠는가!

"좋았어, 라플라스! 잘했다!"

―도움이 되었다니 다행입니다.

나는 희희낙락하며 내 헤일로에 성암력을 보관해 보려고 했다. 하지만… 안 됐다.

하긴 명확하게 따지자면 신성력이 아니니 헤일로에 안 들어가는 게 당연하긴 하다.

그럼 이걸 어디다 보관하지?

"라플라스, 이 성암력이라는 건 비축 못 하는 거야?"

―현재로썬 그렇습니다.

"그럼……."

―네, 필요할 때마다 생성해서 쓰시고 남은 건 버리시면 됩니다.

하긴 반짝이랑 컴컴이는 육안에 보이지 않으니 소환해 두고 바로바로 쓰는 식으로 쓸 수 있을 것 같긴 하다. 좀 불편하긴 하지만…….

"현재로썬 그렇다는 건, 나중에는 보관할 방법이 생긴다는 거야?"

―그 질문에 대한 대답은 유료입니다.

"그렇군……."

있다는 소리네. 뭐, 나중에라도 방법이 생긴다면야 그걸로 됐지. 나는 성암력을 바로 축복을 갱신하는 데에 써버리고 나머진 흩어버렸다.

처음 흥분한 것에 비하면 살짝 실망하긴 했다. 그러나 라플라스는 내가 그냥 실망하고 있게 내버려 두지 않았다.

―사실 흑암의 정령… 컴컴이가 충분히 성장하고 새 주인님 께서도 흑법을 3야급까지 올리시면 대낮에도 흑법을 쓸 수 있게 됩니다만.

"…너한테는 다 계획이 있었구나."

그런 말을 들으니 흑법을 사야만 할 것 같은 기분이 강하게 든다.

하긴 진짜 실존하는지조차 모르는 6령급을 위해 무작정 루블을 모으는 것보다는 흑법을 사서 마음껏 쓰는 게 낫지 않을까? 어차피 컴컴이를 키우려면 매일 일정량 이상의 정령력을 응축된 어둠으로 바꿔야 하기도 하는데, 이걸로 흑법을 단련하는 것도 괜찮을 것 같다.

나는 잠깐 고민했지만, 다음 유적에서 어떤 능력을 요구할지 모르니 일단은 보류하고 조금 더 루블을 모은 후 천천히 생각해 보도록 하기로 마음먹었다.

                    *   *   *

조랑말이 구릉지를 타박타박 걸어 올라갔다.

등 위에 타고 있는 내가 할 말은 아니지만, 조랑말은 언덕을
오르는 걸 힘겨워하는 것 같았다. 이렇게 힘들어하는데 속도
가 느린 걸 탓하고 있을 수야 없다.

라플라스의 안내에 따르면, 이 속도로 가면 다음 마을까지
가는데 사흘이나 걸린다고 한다.

"으음."

그래서 생각하던 나는 해결법을 떠올렸다.

"라플라스."

—네, 새 주인님.

"다음 마을까지 이렇게 멀다면 그냥 흑법 그림자 숨기 쓰고
하늘을 날아가는 게 더 낫지 않았을까?"

라틀란트 제국의 사람들이 하르페이아의 모습을 보고 괴물
을 먼저 떠올린다면, 그냥 그 모습을 숨겨 버리면 되지 않을까?
그런 발상이었다.

—물론 그렇습니다.

"뭐?"

—하지만 그림자 숨기를 쓰고 움직일 때 은폐 능력이 크게
저하된다는 걸 기억하십시오. 그리고 비행 주술은 다 좋지만
날개를 홰칠 때 소리가 꽤 크게 납니다.

"아, 그랬지."

나는 납득했다. 이건 내가 답답한 나머지 흑법의 약점을 제대로 고려하지 못한 게 맞다.

"결국 그게 그렇게 이어지는군."

라플라스의 방금 지적은 더 높은 수준의 흑법을 사서 은폐 능력을 상향시키면 된다는 이야기이기도 했다. 즉, 고도의 판촉이다. 내 잠깐의 실수를 곧장 기회로 연결하는 녀석의 수완은 인정할 수밖에 없다.

"그렇다면… 라플라스."

―네, 새 주인님.

"이 주변에 루블을 벌 만한 곳이 있어?"

흑법을 사고서도 루블에 여유를 남겨두고 싶다면, 루블을 더 벌면 그만이다.

―지금은 계좌 잔고에 꽤 여유가 있지 않으셨나요?

나는 라플라스의 말에 대답하지 않았다. 여기서 굳이 정령법 6령급을 대비하느라 루블을 모아놓겠다고 말할 이유가 없었다. 사실 숨길 이유도 없었지만, 뭐 그거야 아무튼.

―유물은 없고 아마도 유적도 아니지만, 경조사비를 벌 만한 곳은 있습니다.

"오, 거기가 어디야? 가깝나?"

―가깝습니다.

"좋아, 가자."

그리하여 나는 루블 파밍에 나섰다.

루블 파밍이라고는 해도 뭐 특별한 걸 하는 건 아니었다.

"키에에에엑!"

"끼에에에엑!!"

나는 또 한 무리의 고블린들을 처치했다.

그리 어려운 건 아니었다. 칼을 휘둘러 처치해도 되고, 도끼를 던져도 되며, 하다못해 침을 뱉… 는 건 안 되지만 쏘면 되니까. 굳이 정령력을 써가며 끼릭이를 쏠 필요는 별로 없었다. …정령력으론 컴컴이 키워야지.

―죽음을 극복하셨습니다.

그럼에도 불구하고 카를은 이놈들한테 죽어본 적이 있는 모양이었다. 그냥 자다가 목이 따였을지도 모르지만 어쩌면 루블을 벌기 위해 일부러 죽었을지도 모르는 일이다.

뭐 어느 쪽이건 상관은 없었다.

나는 루블만 벌면 그만이니까.

"1루블 써서 20루블을 버니 이득이구만."

고블린 소굴에 대한 정보 하나 값이 1루블, 소굴 싹 쓸면 어지간하면 죽음 극복 루블이 나오니 20배 이득인 셈이다. 물론 인건비, 그러니까 내 노동이 들어가긴 하지만 이거 참 괜찮은 장사다.

게다가 이런 고블린 소굴이 한두 개가 아니었다. 차라리 창궐한다는 표현이 더 어울릴 정도였다.

"세계 곳곳에 고블린들이 있다더니……. 아예 다른 대륙인 여기에까지 고블린들이 출몰할 줄이야."

―라틀란트 제국에서는 고블린이 적은 편입니다. 오히려 제국 중앙에서 멀수록 이런 족속들이 많습니다.

라플라스의 설명에 따르면 라틀란트 제국은 어떤 지역의 행정력을 확보하자마자 고블린 퇴치를 우선적으로 행한다고 한다.

현지인들의 저항감 없이 군사력을 투사할 수 있는 좋은 기회인 데다, 깔끔하게 잘하면 주민들의 지지를 끌어올릴 수도 있으니 안 할 이유가 더 드물다.

반대로 말하면, 고블린이라는 족속은 이 세계 어디 어느 곳에나 있을 정도로 그 수도 많고 다양한 지역에 분포, 서식하고 있다는 소리다. 라틀란트 제국이 제국군을 들어다 지속적으로 소탕 작전을 벌여도 그 종자가 끊이지 않을 정도니, 그야말로 이 세계의 바퀴벌레라 해도 과언이 아니다.

―바퀴벌레 구제도 중요한 일입니다. 고블린들이 바퀴벌레를 먹고 살거든요.

"구역질 나는 소리 하지 마라."

나는 역겨운 고블린들의 씨를 말리기로 결심했다.

제3장

—

백색의 도시

　라플라스에게서 정보를 사고 조랑말을 타고 다각다각 돌아다니며 고블린 소굴이 보일 때마다 처치하러 들어가기를 며칠.

　나는 새삼스러운 사실을 깨달았다.

　"더 빨리 가자고 시작한 고블린 사냥인데……."

　루블 버는 재미에 폭 빠지는 바람에 시간을 더 낭비하고 말았다.

　"아니, 잠깐. 이게 과연 시간 낭비일까?"

　단언컨대 아니다!

　기왕 하는 김에 어둠장막의 단검을 다루는 데에 익숙해지겠답시고 단검만 써서 사냥하기도 했는데, 이 수련법은 확실히 효과가 있었다.

어둠장막을 켜고 공격을 시도할 때 어느 시점에 상대가 나를 인식하는지, 한창 공격하던 도중에 갑자기 어둠장막을 켜면 어떤 반응을 보이는지, 이런 잡다하지만 실전에서는 중요한 데이터를 풍부하게 수집할 수 있었다.

유물의 능력은 각성창에 넣자마자 알 수 있지만, 상대의 반응이나 그에 따른 응용법 등 직접 사용해 봐야 와닿는 것도 있었기 때문에 괜찮은 훈련이었다.

컴컴이와의 정령 합일을 수련하는 데에도 안성맞춤이었다.

컴컴이와 정령 합일을 쓰면 내 전신을 어둠으로 뒤덮을 수 있는데, 이걸 이용해서 내 모습을 감추거나 할 수 있었다. 그런데 컴컴이가 생산해 내는 응축된 어둠은 평범한 어둠보다 확연히 짙어서, 합일을 써서 모습을 숨겨봤자 그 위치가 바로 들키는 단점이 있었다.

그래서 나는 적절한 농도의 어둠을 생성해 내는 요령을 익히는 데에 애썼고 그 노력은 보상받았다. 1야급의 흑법으로도 3야급에 해당하는 은폐능력을 얻은 것이 그 성과였다.

물론 이 과정에서 컴컴이도 성장시킬 수 있었다. 사실 단순 효율로 치자면 그냥 컴컴이에게 직접 정령력을 불어넣는 게 더 좋다. 그런데 의외로 이 방법이 더 효율이 좋았다.

─고블린을 죽인 덕택입니다.

"뭐야, 흑암의 정령은 설마 죽음이라도 빨아 들이냐?"

─그런 건 아닙니다만, 활약을 함으로써 존재력의 성장이 가속화됨에 따라……

"하긴, 그러고 보니 반짝이도 악마를 죽였을 때 성장이 더 빨라졌었지."

라플라스의 설명이 길어질 것 같아서 적당히 커트했다.

단순히 응축된 어둠을 다루는 기술도 늘었다. 어둠장막의 단검을 헤프게 쓰고 소모한 응축된 어둠을 보충하는 과정에서 당연히 숙련되게 마련이었다.

이 모든 장점을 차치하고, 일단 고블린 사냥은 재미가 있었다.

실로 중독적인 재미였다!

"왜 영국 귀족들이 호주에다 토끼 풀고 사냥 다녔는지 알겠어."

고블린들은 적절하게 영악하고 교활하다.

불리하다 싶으면 도망치고, 모습을 숨기거나 한다. 덫을 놓고 함정을 파고 기습을 하거나 일부러 도망치고 포위를 시도하기도 한다. 이러한 하찮은 시도는 처음에는 거슬렸으나 나중에는 파훼하는 재미가 생겨났다.

게다가 이놈들, 의외로 가지각색의 개성이 있어서 질리질 않았다. 같은 국면에서도 어떤 놈은 역습을 시도하지만 다른 놈은 도망치거나, 아니면 항복하거나 했다.

마지막으로 이놈들은 학살해도 죄책감이 느껴지질 않았다. 이놈들 소굴에 가보면 먹다 남은 사람의 갓난아기나 반쯤 타버린 여자의 허벅다리 같은 게 있었다. 늙은 농부를 습격해 죽이고 그 시체를 질질 끌고 가는 고블린 무리와 마주친 적도 있었다.

별 긴장감이 느껴지진 않지만, 현생 인류와 이놈들은 엄연히 생존경쟁 중이었다.

고블린은 인간의 약한 개체를 노려서 파먹거나 아니면 열심히 번식해서 그 수를 늘렸다. 싸울 수 있는 인간은 가족을 지키기 위해서라도 고블린의 개체수를 줄여야 했다.

처음 라틀란트 제국의 대고블린 정책을 들었을 때 나는 그게 제국의 영향력을 넓히기 위한 수단이라고 평가 절하 했었지만 현장에서 보는 모습은 전혀 달랐다.

제국의 행정력이 닿지 않는 변경에서 고블린들은 꾸득꾸득 그 숫자를 늘리고 있었고, 변경에서 사는 사람들에게 있어서 고블린을 상대하는 건 문자 그대로 생존 전쟁이었다.

그러니 내가 열심히 고블린을 안 죽이고 배기겠는가?

―죽음을 극복하셨습니다.

아, 물론 고블린 사냥을 시작한 주목적이 루블 벌이인 건 변함없다.

"좋아, 이 정도면 3야급을 배워도 되겠군."

―드디어!

라플라스가 기다렸다는 듯 외쳤다.

듣기 드문 들뜬 목소리였다.

*　　　　　*　　　　　*

나는 3야급의 흑법을 배웠지만, 그렇다고 고블린 사냥까지 그만둔 건 아니었다.

─이제 이 주변의 고블린 소굴이 될 만한 곳은 모두 청소가 완료되었습니다.

어느새 취미 생활이 된 고블린 사냥이 끝나 버린 것에 대해 내가 느끼는 감정은 절반이 아쉬움, 나머지 절반은 후련함이었다.

"그럼 이제 이 주변에는 고블린이 없는 거겠군?"

─그건 또 모르죠. 워낙 생존력이 뛰어난 놈들이라……. 한 쌍만 살아남았어도 곧 예전처럼 다시 불어날 겁니다.

어느 정도 눈치는 채고 있었지만, 라플라스의 입에서 확실한 답이 나오니 내 입에서도 한숨 섞인 넋두리가 나올 수밖에 없었다.

"고블린 사냥에 끝이 없는 이유가 있군."

─하지만 새 주인님 덕에 이 주변은 최소한 5년은 조용할 겁니다.

위로 섞인 라플라스의 말에 나는 픽 웃었다.

"아무 의미도 없는 짓은 아니었다, 이거지?"

─본래의 목적은 확실히 이루셨죠. 새 주인님의 계좌에는 1,594루블이 남아 있습니다.

"아, 그랬지."

그러고 보니 원래는 이게 다 루블 벌자고 하던 짓이었다.

1야급이었던 흑법을 3야급까지 올리느라 600루블을 써 버렸음에도 불구하고 잔고를 다시 1,500루블 위로 올려놓았으니,

확실히 성과는 컸다.

—그럼 이제 보상을 받으러 가시죠.

"그래, 많이 뒹굴었다."

보상이란 건 물론 고블린을 사냥한 보상이다. 이 지역 주변의 마을이나 도시는 어지간하면 고블린 사냥에 대한 보상을 내어준다. 물론 고블린을 사냥했다는 증거로 고블린 시체에서 잘라낸 코를 보여 증명해야 했지만.

큰 도시일수록 보상이 큰 건 당연했기에, 나는 이 주변에서 가장 큰 도시로 갈 생각이다. 더욱이 그 도시가 당초의 목적지이기도 했으니 다른 곳으로 샐 이유가 없었다.

"그럼 가볼까?"

나는 변신 브로치를 이용해 날개옷을 입고 비행 주술을 사용했다. 그리고 3야급의 흑법인 [밤 감추기]를 사용해 모습을 감췄다.

밤의 자연스러운 어둠을 이용하는 1야급의 그림자 숨기와 달리 밤 감추기는 응축된 어둠을 쓰는 대신 다소 격렬한 움직임과 소리마저도 감춰준다.

즉, 하늘을 날아가도 안 들킨다는 소리다.

"날아가면 금방이지!"

나는 희희낙락하며 홰를 쳤다. 내 몸은 금세 하늘로 날아올랐다.

*   *   *

끝없이 이어질 것만 같은 언덕을 오르고 올라가다 비로소 정상을 밟고 내려다보면 그곳이 바로 이 지역의 가장 큰 도시인 시티 오브 화이트였다.

"여길 걸어 올라왔으면… 죽을 수도 있었겠군."

내가 아니라 조랑말이.

나야 하늘을 날아왔으니 이 언덕이 큰 문제가 될 리 없었다.

―시간을 들여 천천히 오셨으면 그럴 일도 없습니다만.

나는 라플라스의 말을 못 들은 척했다.

―슬슬 착지하시는 편이 좋을 것 같습니다.

"나도 알아."

라플라스의 조언을 들은 나는 언덕의 정상을 밟기 전에 지면으로 내려와 날개옷을 벗고 흑법 밤 감추기를 해제했다.

그리고 각성창을 열어서 고블린들의 코를 그동안 날개옷의 발톱으로 집어 운반해 온 조랑말 위에 실었다.

이게 다 자연스러운 연출을 위한 준비다.

고블린 코를 너무 많이 모은 탓인지, 그걸 등 위에 실은 조랑말이 휘청거렸다.

그냥 각성창으로 옮기는 게 더 편하긴 한데, 다른 사람들에게 각성창의 존재를 들켜서 좋을 일이 없다. 사람은 생소한 걸보면 일단 배척하게 마련이니까.

그렇게 준비를 다 마친 후에야 나는 발 아래로 내려다보이는 도시의 모습을 관찰할 마음의 여유를 되찾았다.

"백색 도시라."

도시 이름이 증명하듯, 시티 오브 화이트는 도시의 모든 건물이 흰색에, 바닥에 깔린 타일도 흰색. 도시 주변을 둘러싼 성벽마저도 흰색이었다. 하도 흰색 일색이라 강박증에 걸린 게 아닐까 의심스러울 정도였다.

"딱 봐도 시티 같네."

라틀란트 제국, 즉 고대 제국의 형식이 그대로 드러나는 도시 구획만 보더라도 여기가 어느 세력의 땅인지 금방 알 수 있었다.

—그렇습니다. 그러니 도시 안으로 들어가기 위해서는 제국의 방식을 따라야 하지요.

"역시 그렇겠지?"

나는 고개를 끄덕였다. 내가 지금 취하고 있는 모습은 잭 제이콥스의 것이었지만, 도시에 신성 교단의 신전이 있다면 방랑 신관의 신분으로 도시에 들어가려 하는 건 별로 현명한 짓이 못 되었다. 라플라스는 그것을 지적하고 있는 거였다.

"그럼 오랜만에 루브스 페르핀의 신분을 써야겠군."

—도시 정보를 구매하시겠습니까?

은근히 흘린 혼잣말에 라플라스가 곧장 반응해 판촉을 걸어왔다. 굳이 이 타이밍에 판촉을 거는 이유는 아마도 루브스 페르핀의 신분을 써서는 안 되기 때문일 가능성이 컸다.

"얼만데?"

—4루블입니다.

"의외로 싸네?"

도시 내부에 유적이나 보물 같은 건 없기 때문일 가능성이 컸다. 그럼 유적은 도시 바깥에 위치하는 거려나?

"딜!"

도시 정보는 상대적으로 저렴한 가격임에도 활용도가 높았기에 사 둬도 손해를 볼 일은 좀처럼 없다는 것을 나는 이미 경험으로 알고 있었다.

—다운로드를 시작하시겠습니까?

"그래."

고작 4루블 어치의 정보가 얼마나 되겠냐 싶어서, 나는 곧장 다운로드를 택했다. 그런데 그 4루블의 정보가 의외로 충실했다. 그렇다고 현기증이 일 정도는 아니었지만.

"음······."

다운로드 받은 정보를 곱씹고 있으려니, 라플라스가 곧장 이런 말을 건넸다.

—새로운 신분을 구매하시겠습니까?

라플라스의 제안을 들은 나는 한숨 섞인 목소리로 불평을 털어놓았다.

"어째 도시 정보가 싸더라."

*   *   *

시티 오브 화이트는 독특하기 짝이 없는 도시였다.

고대제국의 문화권이고 라틀란트 제국의 행정구역이면서 동시에 제국과는 동떨어진 남부대륙에 위치한 곳. 심지어 도시의 시작은 고대제국이 성립되기도 전에 존재했던 고대문명 퀴레이나의 식민지였다.

이 유서 깊은 도시의 시민들은 그 연원으로 말미암아 기이한 아집을 품게 되었다. 그것은 자신들이야말로 고대문명이 남긴 온전한 후손이며 고대제국은 물론 라틀란트 제국보다도 고귀한 존재라는 생각이었다.

그게 또 완전히 틀린 말은 아니었다. 고대문명이 발아했던 땅은 고대제국에 의해 점령당했고, 그 당시 고대문명의 귀족들은 이 남부대륙의 식민지로 근거를 옮겼으므로.

다만 그 사실이 자신들을 고귀하게 만들어 주지 않는다는 점을 시티 오브 화이트의 시민들은 반쯤은 의도적으로 간과했다.

게다가 결국 시티 오브 화이트도 고대제국에 의해 무너졌으며, 고대제국이 멸망한 후에는 라틀란트 제국의 치하에 놓이게 되었다는 점에서 볼 때, 사실 이 땅이 갖는 의미는 고대문명의 근거지와 크게 다를 바가 없었다.

그럼에도 불구하고 시티 오브 화이트의 시민들이 은연중에 갖고 있던 선민의식은 그대로 남아 돌출되었고, 그리하여 지금 현재 이 도시는 제국의 치하에 놓여 있으면서도 제국인은 무시하는 기이한 풍속이 자리 잡게 되었다.

"그래서 제국 귀족은 귀족 취급을 해주기는커녕 오히려 더

괄시한다고?"

─암살이라도 안 하면 다행이지요.

아무리 다른 대륙에 위치해 있다고는 한들, 행정적으로는 라틀란트 제국 소속인 도시가 제국 중앙에 밉보이면 곤란하다. 그러니 다른 말이 나올 가능성을 원천적으로 차단하기 위해 암살이라는 극단적인 선택도 별로 망설이지 않는다고 한다.

"그리고 풍토병에 걸려서 죽었다고 둘러댄다고? 그게 먹혀?"

─실제로 풍토병이 있긴 하니까요.

따라서 루브스 페르핀의 신분은 사용할 수 없다. 당연히 레너드 몬토반드도 안 된다. 카를 페르디넌트는 논외다. 그러면 잭 제이콥스가 남는데…….

"그런 주제에 왜 신전은 세워 놨대?"

─현 라틀란트 제국의 신성교단 소속이 아니라 고대문명 퀴레이나 시대 때부터 이어져 온 원조 신전으로써…….

"아, 아무튼 그래서 방랑 신관은 안 받아준다는 거잖아."

그렇다고 신분증 없이 들어가는 게 해결법이 될 수는 없다. 신분이 불분명한 부랑자를 받아 줄 시티가 아니니까.

라플라스가 새 신분 이야기를 꺼낸 이유가 이거였다.

"더러워서 다른 곳 간다고 하기엔 또…….”

당초에 목적지로 삼은 유적이 이 도시 주변에 있다. 유적에 들어가기 전과 후, 휴식과 보급을 챙기기에는 위치가 너무나도 절묘하다.

더군다나 이 도시의 정보를 사느라 이미 4루블을 지불했다.

그냥 손절 해도 되긴 되지만, 기왕 산 걸 활용하고 싶은 마음도 있다.

"그래, 새 신분은 얼마야?"

결국 나는 그냥 신분을 사기로 했다.

—고르실 수 있습니다.

"어, 그래?"

라플라스가 제시한 신분은 총 셋으로, 하나는 귀족, 다른 하나는 일반 시민, 마지막 하나는 노예였다. 당연히 가격은 귀족이 가장 비쌀 것 같았는데, 의외로 노예가 더 비쌌다.

"뭐야? 왜?"

—유료입니다.

"아니, 이것도 유료야?"

나는 끙끙거리며 고민하다가, 결국 노예로 골랐다. 이제까지의 경험상, 비싼 게 가장 좋다는 원칙은 무너진 적이 없었기 때문이다.

게다가 귀족이 5루블이었다. 너무 쌌다. 레너드 몬토반드와 같은 값이라니. 거의 그 정도에 달하는 리스크 내지는 페널티가 있을 게 빤했다.

—30루블입니다.

그뿐만이 아니라 노예의 가격이 엄청나게 비쌌다. 페르핀 가문의 가주이자 옛 시장이던 루브스 페르핀도 15루블이었던 것 같은데, 노예가 그 두 배라니……. 이건 뭔가 있어도 있을 수밖에 없다.

"자, 그럼 시체 찾으러 가볼까?"

—아뇨, 괜찮습니다.

"잉?"

—노예, 그러니까 스파타 일리아다이의 신분 가격에는 시체를 찾지 않아도 되는 가격이 포함된 거라서요.

"아, 그런 거야?"

—그렇습니다. 해당 신분의 정보를 바로 다운로드 받으시겠습니까?

"그래."

*   *   *

스파타 일리아다이의 일생은 그야말로 인생역정이라 할 만했다. 그 이름은 가명이며, 가문 또한 실존하지 않는다. 진짜 이름은 그 스스로조차 모르며, 지금의 다소 거창한 이름과 성은 그를 노예 검투사로 부렸던 주인이 붙인 것이었다.

아주 어릴 때 노예로 잡혀 자신의 혈통과 출신지조차 모른 채 검투사로서 길러진 그는 열두 번의 검투 시합에서 모조리 우승을 거두고 그의 주인에게 부와 영예를 안겼다. 그것이 그가 스무 살도 되기 전의 일이었다.

열두 번의 우승은 스파타의 몸값을 모조리 지불하고도 남을 업적이었기에, 원칙대로라면 그는 노예에서 해방되어야 했다.

그러나 스파타의 주인과 시티 오브 화이트의 시민들은 그를 해방시키고 싶어 하지 않았다. 스파타의 주인은 그를 통해 돈을 더 벌기를 원했고 시티 오브 화이트의 시민들은 그의 검투시합을 계속 보고 싶어 했기 때문이었다.

이러한 이해관계가 맞물려, 스파타의 해방은 거절되었다.

그리고 시티 오브 화이트의 모든 시민들이 고대하는 가운데, 스파타의 열세 번째 검투 시합이 잡혔다. 가장 크고 화려한 검투 시합이 될 예정이었다.

하지만 그 검투 시합이 실제로 성사되는 일은 없었다.

시티 오브 화이트의 다른 검투사들에게 있어 스파타는 두려움과 질시의 대상이기도 했지만 동시에 희망이기도 했다. 노예 검투사가 실제로 해방될 수 있다는 희망. 다른 검투사들은 스파타를 통해 자신들의 실낱같은 희망이 실현되는 것을 보고자 했다.

그 희망이 꺾이자, 검투사들은 절망에 앞서 분노했다. 서로 칼을 맞대고 싸우던 검투사들이 하나로 묶인 최초의 순간이었다. 그 분노는 단숨에 끓어올랐고, 모든 노예 검투사들이 동시에 들고일어났다.

심지어 노예 검투사가 아닌 일반 검투사, 귀족 계급의 검투사들까지 노예들과 함께 들고일어났다. 반란의 불길이 삽시간에 커지는 순간이었다.

그러나 검투사들의 반란은 쉬이 잡혔다.

시티 오브 화이트에 주둔한 라틀란트 제국군 기사는 강철의 갑옷을 입고 말을 탄 채 긴 마상창으로 검투사들의 칼이 닿지 않는 거리에서 공격이 가능했다. 그뿐만이 아니라 내력과 외력을 다뤄 설령 칼이 닿는 거리더라도 검투사들의 검은 갑옷을 뚫지 못했다.

아무리 검투사들이 인간도살자라고 하나, 체계적인 훈련을 받고 집단 전투를 통해 전쟁을 치루는 기사들에 비하면 단순히 육체의 힘으로 피륙을 가르는 검투는 엔터테인먼트에 불과했다.

검투사들은 단 한 번의 돌격을 받아 내지 못하고 와해되었다.

그들은 패배했고, 반란은 실패로 돌아갔다.

그것으로 모든 것이 끝났어야 했다. 그런데 막상 반란이 진압되고 보니 상황이 이상하게 돌아가기 시작했다.

스파타 일리아다이는 엄청난 인기를 끌어 모으던 검투사였던 것에 비해, 라틀란트 제국군은 식민지의 점령군이라는 인식이 컸다. 그런 제국군의 기사들이 스파타를 비롯한 검투사들을 때려잡으니, 시민들은 이 상황 자체를 엄청나게 불쾌하게 받아들였다.

"그래서… 시민들이 반란군을 풀어달라고 시위를 벌였다고?"

다운로드된 정보를 되새김질하던 나는 황당함을 참지 못하고 그렇게 혼잣말을 하고 말았다.

—그렇습니다. 그 시위에 시티 오브 화이트의 정계는 스파타의 처형을 취소하는 것으로도 모자라 그의 반란죄를 무효화시

키고 심지어 노예에서까지 해방시켜 줍니다. 스파타의 주인이 무효 소송을 냈지만 바로 그날 성난 시민들의 습격에 팔이 부러지고 바로 소송을 취하했지요.

"왜… 이렇게 된 거야?"

─인간님들의 군중심리는 저로서도 이해하기가 힘들 때가 있습니다.

인공정령님의 인간비판은 오랜만에 듣는다.

─하지만 당시의 일을 회고하는 역사가들은 주요한 원인으로 스파타 일리아다이의 얼굴을 꼽습니다.

"엥? 얼굴?"

─그렇습니다. 잘생겼거든요.

라플라스의 말에 나는 입을 다물고 다운로드된 정보를 들여다보았다.

…확실히 잘생기긴 했다. 이건 인정할 수밖에 없었다.

"그래서 여자들이……."

─아뇨, 스파타에 대한 인기는 남녀노소를 가리지 않았습니다. 고대문명 퀴레이나는 성적으로 자유분방했던 탓에…….

"아무튼 알았다."

나는 라플라스의 말을 끊었다. 그리고 다시 정보를 읽기 시작했다.

스파타 일리아다이는 첫 검투 시합에서 우승을 거두자 그것을 우연으로 여겼고, 두번째 검투 시합에서 우승을 거두었을 때는 자신의 실력이라 여겼다.

그러나 세번째, 네번째, 그 뒤로도 계속해서 기적적인 연승 기록을 세우면서, 그는 자신이 신의 총애를 받았기 때문이라고 믿기 시작했다.

마지막으로 반란의 선두에 써서 제국군 기사를 베었음에도 상처 하나 입지 않고 처형당하지도 않았을 뿐만 아니라 무죄로 방면되고 노예에서 해방되었을 때, 스파타 일리아다이는 스스로가 태양신의 아들이라 믿어 의심치 않게 되었다.

스파타 일리아다이는 검투사 노예에서 해방되었음에도 시민 신분으로 검투 경기에 나가 다섯 차례나 우승을 거듭했다.

거액의 우승상금을 손에 쥔 스파타는 자신의 모든 재산을 라틀란트 제국에서는 그 명맥이 끊겨 잊힌 퀴레이나 문명의 신인 태양신 일리어스에게 봉헌하겠다고 선언하고 실제로 시티 오브 화이트의 중심가에 신전을 세우기에 이르렀다.

그리고 스스로 신의 아들을 자처하며 대신관 자리에 오르니, 시티 오브 화이트의 시민들은 그를 인정하고 일리어스 신앙은 도시의 주요종교 중 하나가 되었다.

"아니, 이게 된다고?"

—됩니다.

"어떻게!"

—잘생겼으니까요.

"…농담하냐?"

—너무 짧게 설명했군요.

그 순간 나는 라플라스의 의도를 깨달았다.

실제로는 길게 설명하고 싶은 주제에, 긴 설명에 대한 정당성을 손에 넣기 위해서 일부러 말도 안 되는 요약을 한 거다.

그러나 눈치를 챈 게 너무 늦었다. 명분은 넘어갔다.

이렇게 된 이상 라플라스의 설명을 듣는 수밖에 없다.

―스파타는 자신이 일리어스의 아들이라는 근거로 자신의 외모를 들었습니다. 태어나면서부터 잘생긴 건 부모로부터 물려받을 수밖에 없는 것이니, 잘생긴 일리어스 신의 아들인 자신이 잘생긴 건 당연하다는 논리로요.

…뭔가 설명이 이상한데?

―그건 설득력이 있었습니다. 적어도 시티 오브 화이트의 시민들에게는요.

이상한 건 시티 오브 화이트의 시민들이었다.

"진짜냐……."

―그런 말이 설득력이 있을 정도로 스파타가 잘생긴 탓이라고 할 수 있겠군요.

나는 눈을 껌벅였다.

"잘생겼다는 건 굉장한 거로구나."

―네, 상상하시는 것보다 훨씬 대단합니다.

그렇게 내 말을 받은 라플라스는 아무렇지도 않게 다음 설명을 이어 나갔다.

―덤으로 스파타가 신성력을 다루고 기적을 일으킨 것도 영향을 미쳤습니다.

"그게 덤이냐?"

보통 그게 더 중요하지 않나? 그러나 아니었다.

—그야 시티 오브 화이트에는 이미 다른 신들의 신전이 있고, 그곳의 신관들도 기도술을 통해 기적을 일으킬 수 있으니까요. 그런 건 스파타와 일리어스 신전만의 강점이 될 수 없습니다.

뭔가 태클을 걸고 싶은데 마음 한구석에선 납득하고 마는 나 자신이 싫다.

"그런데 용케 검투사인 스파타가 기적을 쓰는군?"

—신성력은 믿음의 힘이고, 스파타의 믿음은 확실했으니까요.

라플라스의 말대로, 스파타의 신분값에는 1:1 검투의 기술과 전투감각 등 검투사로서의 능력과 기술뿐만 아니라 일리어스 신의 이적을 일으키는 기도술과 유사성법이 포함되어 있었다.

내친김에 나는 일리어스의 기도술과 유사성법을 살펴보았다.

"유사축복으로 태양의 축복이 있군."

—현재 시각이 정오에 가까울수록, 하늘이 맑을수록 힘이 세지는 효과를 지녔습니다. 다만 밤에는 오히려 힘이 감소하는 페널티를 안게 되니 사용에 주의하시기 바랍니다.

실제로 쓸 때는 밤에 축복을 해제하면 그만이지만, 스파타의 신분으로 활동할 때는 밤에 약해진 모습을 가장해야 하니 염두에는 둬야 하는 페널티다.

아쉽게도 그 외의 기도술이나 유사축복은 대현자의 성법과 겹치거나 하위호환이라 그리 큰 가치가 있어 보이지는 않았다.

"대신관씩이나 되셨으면서 겨우 이 정도라니."

아무래도 스파타의 신분값이 이렇게 비싼 원인은 기도술이나 유사성법 탓이 아닌 듯했다.

─눈치채셨을지 모르겠습니다만, 스파타의 신분 가치가 높게 매겨진 주된 요인은…….

"…외모구만."

라플라스가 그렇게 외모를 강조했으니, 눈치채기 싫어도 눈치채게 된다.

아무튼 스파타의 외모 덕인지 시티 오브 화이트에서 일리어스 교단은 급성장을 하게 된다.

도시의 사교 모임에서는 일리어스 신전에 얼마나 많은 기부를 했는지, 그리고 스파타와 얼마나 면식이 있는지가 자랑거리가 되었다.

일개 노예 검투사였던 스파타 일리아다이가 도시의 유력자로 급부상하는 순간이었다.

당연하지만 이 일을 그리 환영하지 않는 무리는 얼마든지 있었다.

대표적으로 스파타를 비롯한 검투사 일당이 일으킨 반란을 제압했음에도 시민들에게는 그리 환영받지 못한 라틀란트 제국의 기사단과 그 추종자들이 있었다. 목숨을 걸고 싸워 도시의 치안을 지켜냈음에도 그들이 세운 공로는 아무것도 아닌 것, 때로는 욕먹을 일이 되었다.

둘째로 원래 도시의 기득권 한 축을 차지하고 있던 기존의 신전 세력을 꼽을 수 있겠다. 그들은 스파타와 일리어스 신전에게 자신들의 기득권을 빼앗겼다고 느낄 수밖에 없었다. 실제로도 신전의 기부금 수입이 줄었고 영향력 또한 약해졌으니, 일방적인 피해망상인 것은 아니었다.

셋째로 검투사로서의 스파타를 지지한 열성적인 팬들이었다. 일리어스 신전을 세우고 그 대신관 자리에 스스로 앉은 이후 스파타는 더 이상 검투 시합에 나서지 않았다. 팬들은 이일을 우려해서 스파타의 해방에 반대한 거였고, 검투사 반란이후 그들의 우려는 실제가 되었다.

세 세력은 처음에는 서로를 적대적으로 대했으나, 일리어스 신전이 강성해지고 스파타가 영향력을 넓혀갈수록 서로의 이해관계가 일치함을 깨닫게 되었다. 그리고 그것은 세 세력의 연합으로 이어졌다.

연합세력의 온갖 중상모략과 더러운 술책으로 일리어스 신전의 상승세는 멈췄다. 새로운 신도수도 줄어만 갔고, 기존의 신도들도 이탈해 나갔으며, 기부액도 줄었다.

스파타 일리아다이는 신전의 기부금과 자신의 영향력이 줄어드는 것은 신경 쓰지 않았으나, 위대한 태양신을 찬양하는 이들이 주는 것은 심각하게 여겼다. 그래서 돌파구를 찾기 시작했다.

자신의 반대자들 중 제국의 기사단이나 다른 신전을 회유하는 것은 불가능하나, 검투사 시절의 팬들은 회유할 수 있겠다고 여긴 스파타는 오랜만에 검투 시합에 나갔다.

오래 쉰 탓에 감은 조금 떨어졌어도 대신관으로서의 힘은 더 강해진 덕에, 스파타는 어렵지 않게 우승했다. 팬들은 간만의 시합에 열광했고, 더욱 열정적으로 그를 응원했다.

여타 반대세력은 이러한 스파타의 행보를 위협적으로 여겼다. 지금의 연합세력을 동원해서도 아슬아슬하게 견제하고 있는 상태였는데, 검투 팬들이 떨어져 나가면 어떻게 되겠는가? 그들은 극심한 불안감에 시달려, 결국 극단적인 실력행사에 나선다.

일리어스 신전에 불을 질러 버린 것이 그것이었다.

한밤중에 활활 불타는 신전 안에는 간만의 검투 시합에 지쳐 잠든 스파타가 있었다. 불이 크게 났기에 일리어스 신의 신도들마저도 그가 살아나올 수 없을 거라 믿었다.

그러나 스파타는 운 좋게 살아나왔고, 훗날 전설이 될 설교를 한다.

―태양은 서쪽으로 져 죽은 것처럼 보여도, 다음 날 아침이면 다시 부활한다. 일리어스 신 또한 그러시다. 태양은 죽지 않는다.

일리어스 덕에 자기가 살아나왔다는 요지의 설교였지만, 광신적인 스파타의 추종자는 그의 설교를 잘못 알아들었다.

"그러니까 스파타 님은 불사신인 거죠?!"

자신의 믿음이 진실이라 믿어 의심치 않은 그 광신도는 더 많은 사람들에게 확실하게 교훈을 주기 위해서 사람들이 잔뜩 모인 대낮의 광장에서 스파타 일리아다이에게 기름을 붓고 불을 질러 버렸다.

　"아니, 미친."
　나는 정보를 곱씹다 말고 혀를 찰 수밖에 없었다. 스파타의 정보만으로 벌써 세 번째다. 하지만 어쩌겠는가? 황당한 건 황당한 거다.
　자기 신도에게 살해당하다니!
　"이거 스파타 죽은 거지?"
　─그렇습니다.
　"죽인 놈은 어떻게 되고?"
　이 이후의 정보는 스파타의 정보에는 없었다. 그 시점에서 스파타는 죽었고, 그 뒤의 일을 알 필요가 없기 때문이다.
　따라서 여기서부터는 라플라스의 설명에 의지할 수밖에 없다.
　─그 자리에서 불타 죽은 스파타의 시체를 가리키며, '이것이 서쪽', '스파타 님은 동쪽에서 다시 오실 것이다.'라고 발언했습니다.
　"미친놈 아냐?"
　사람 죽여 놓고 왜 개소리지? 자기합리화도 작작 해야 뻘소리지, 저건 그냥 미친놈 개소리다.

—그 후 일리어스 신전의 탄원을 받아 아주 가벼운 처벌만을 받고 풀려난 후 일리어스 신의 신도들의 추대로 신전의 새로운 대신관이 되었습니다.

"…미친놈들이네?"

풀어달라고 하는 놈들도 미친놈들이지만 그런다고 풀어주는 놈들도 미친놈들이다.

—그리고 새로운 대신관과 그를 따르는 신도들은 스파타의 소생과 귀환을 기다리고 있습니다. 아직까지도요.

"다 미쳤어……."

광기가 순간적으로 사람들을 홀릴 수는 있어도, 스파타 사후의 지금까지 이어지고 있다는 건… 이쯤 되면 그냥 무섭다.

"아, 설마 시체를 찾을 필요가 없다는 게……."

—그렇습니다. 이제 새 주인님께서는 도시 동쪽 문을 통해 들어가시기만 하면 됩니다. 그럼 사람들이 멋대로 스파타 일리아다이가 부활했다고 생각하고 환영해 줄 겁니다.

들어가기 싫어졌다.

"아니… 그런데 내가 스파타 일리아다이라는 걸 어떻게 증명하지?"

—적당히 스파타라고 주장만 하시면 됩니다.

"그걸로 돼?"

—물론이죠. 그렇게 잘생긴 남자가 이 세상에 여럿 있지는 않습니다.

"아."

그게 말이 되냐고 반문해야 하는데, 나는 반문하지 못했다.

과연 외모만으로 30루블인 신분이라고 해야 하려나.

애써 납득한 나는 천변의 백면으로 스파타 일리아다이의 모습을 취하고 모발 모자로 스파타 특유의 곱슬기 있는 붉은 머리카락으로 머리를 뒤덮었다.

이러고 거울을 보니, 굳이 애써 납득할 필요가 없어졌다.

"잘생기긴 했군."

─새 주인님께서 여성이거나 남성 취향이었다면 감상이 달라졌을 터입니다만.

"아니, 뭐……. 그래, 들어가 보자고."

나는 그냥 라플라스의 말을 못 들은 척하고, 반쯤은 체념한 채 시티 오브 화이트로 터벅터벅 걷기 시작했다.

주인의 마음을 아는지 모르는지, 조랑말의 말발굽 소리는 따각따각 경쾌하기만 했다.

*   *   *

시티 오브 화이트의 시장은 라틀란트 제국의 다른 시티 시장들과 다른 독특한 위치를 점한다.

그 직함은 시장임에도 불구하고 실권은 없는 것이나 다름없으며, 마치 제국 측의 외교관과도 같은 역할을 수행하기 때문이다.

그렇다면 이 도시의 실권은 누가 쥐고 있느냐는 질문에는 시청의 관료들이라는 대답이 돌아온다.

시청의 관료들은 시장에 의해 임명되지만, 이것은 행정상의 절차일 뿐이고 실제와는 다르다. 실제로는 도시의 유력 가문들이 시청의 각 부서를 하나씩 떼어 갖고 입김을 불어넣고 있는 것이 현실이다.

이러한 구조 속에서 시장은 도시행정을 움직이기 위해 각 부서장에게 명령을 하지 못하고 대신 협상을 해야 한다. 그것도 부서장이 아닌 유력 가문의 가주에게.

그렇다고 시장이 완전히 허수아비인 것만은 아니다. 도시의 가장 강력한 무력 집단인 기사단을 움직일 권한은 시장의 고유 권한이기 때문이다.

만약 도시의 토착 가문이 정해진 선을 넘으면 시장은 곧장 기사단을 움직여 그 가문의 영토와 재산을 초토화시킬 것이다.

반대로 명분도 없이 기사단을 움직이는 무리수를 던졌다간 도시 전체를 상대로 싸워야 할 수도 있었다. 아무리 강력한 기사단이라도 보급도 없이 도시 전체와 싸우는 건 자살행위다.

토착 가문들의 입장에서도 같은 논리가 적용된다. 도시 전체가 라틀란트 제국 전체를 적으로 돌려 살아남을 수는 없다. 하지만 죽을 땐 죽더라도 시장 하나는 죽이고 끝낼 수 있다.

결국 누구도 마음 놓고 전횡을 할 수 없는 환경 아래, 도시의 모든 세력이 선은 넘지 않은 채 미묘한 균형을 유지하고 있었다.

이 미묘한 균형은 지난 수백 년 동안 우여곡절을 겪는 동안 성립된 것이었고, 의외로 별 무리 없이 잘 돌아가고 있었다.

그런데 지금으로부터 7년 전, 균형을 무너뜨리는 존재가 나타났다.

스파타 일리아다이.

그리고 일리어스 신전.

"그때만 생각하면 지금도 악몽을 꿔."

시티 오브 화이트의 현 시장, 베이다 자작은 씹어뱉듯 외쳤다.

그동안 도시 권력의 균형이 유지됐던 건 각 유력가문이 서로를 견제했기 때문이었다. 가문 간의 불화를 틈 타, 시장과 제국 세력은 비로소 필요한 만큼의 영향력을 점할 수 있었다.

그러나 일리어스 신전은 불화를 무력화시켰다. 원래 대단히 사이가 나빠야 할 가문의 가주들이 신전에 옹기종기 모여앉아 예배를 보더니, 서로와 온건히 대화할 기회를 갖게 되었다.

그렇게 가주들끼리 만나 서로 간의 오해를 말로 풀게 되니 이제까지는 잘 통했던 이간책을 더 이상 사용할 수 없게 되었다.

그나마 다행인 건 같은 신세가 된 기존 신전 세력을 아군으로 끌어들일 수 있었던 거였지만, 그들과 손을 잡는 건 베이다 자작으로서도 부담이 컸다.

평생 시티 오브 화이트에서 살겠다면 모를까, 만약 제국 중앙으로 복귀하게 된다면 신성교단 이외의 신전과 손을 잡은 것이 주홍글씨로 남을 테니 말이다.

아무리 근본적으로는 같은 신이라고 한들, 신성교단은 자기 교단 바깥의 신전에 대해 대단히 배타적인 태도를 취했다.

그렇기에 베이다 자작으로선 시티 오브 화이트에 뼈를 묻겠다는 심정으로 내린 결단이었다. 그러한 그의 결정은 다행히 좋은 결과로 이어졌다.

우여곡절은 많았지만 결과적으로는 스파타 일리아다이가 죽었으니까.

스파타를 죽인 광신도들은 놈의 부활을 기다린다며 광신을 이어나갔지만, 그래도 도시 시민들 중 대다수는 제정신인 덕에 도시 전체의 세력구도는 일리어스 신전이 세워지기 이전으로 되돌아갔다.

"평온한… 축복받을 만한 일상이여."

그러나 지금, 그 일상이 깨졌다.

"시장님! 스파타 일리아다이께서 죽음에서 부활하셨다고 합니다!"

자신의 비서가 기적을 목격한 이의 전형적인 표정과 목소리로 그렇게 울부짖었기 때문에.

'아니, 이 멍청한 년은 자기가 어디 소속된 건지도 모르는 건가?'

하지만 지금은 비서의 지능을 욕하고 있을 때가 아니었다. 그녀가 가져온 소식이 실제로 놀라운 소식이었기 때문이다.

"사람이 죽음에서 부활했다고?"

라틀란트 제국 수도 신성교단 중앙신전 교황들이 간혹 죽은 사람을 되살리는 경우는 있지만, 그건 교황들이나 가능한 일이다.

그 교황들마저도 부활제식을 시도하려면 며칠 동안이나 쉬지 않고 기도를 올리며 어마어마한 양의 신성력을 소모해야 한다.

즉, 부활제식을 요구한다는 건 교황급의 성직자에게 며칠간이나 식음을 전폐하고 끊임없이 기도하는 고행을 한 끝에 일생토록 쌓은 신성력을 모두 버리고 일반신도로 내려오라는 것과 마찬가지인 요구와 마찬가지였다.

당연하지만 설령 라틀란트 제국의 황제라 하더라도 그 부활제식을 받는 건 힘들다.

더욱이 부활을 시키기 위해서는 시체가 필요하고, 사망한 지한 달이 넘어서도 안 된다. 시체의 상태가 좋을수록, 사망한지 얼마 안 됐을수록, 죽기 전에 건강했을수록 부활할 가능성이 높다.

반대로 보자면 이 조건들에 결격이 있을 때마다 부활 가능성이 크게 떨어진다는 소리다.

그런데 스파타 일리아다이는 그 어느 조건도 충족시키지 못했다. 놈은 교황도 아니었을뿐더러, 시체는 한 줌 재가 되어 일리어스 신전의 성소에 모셔져 있었고, 죽은 지는 며칠 몇 달도 아니고 몇 년이 넘었다.

즉, 스파타 일리아다이가 부활할 가능성이라고는 정말 티끌의 눈곱만큼도 없다.

그럼에도 불구하고, 부활했다고?

그게 되나?

"사람이 아니라 스파타 일리아다이예요! 태양신의 자식이요!!"

비서는 갑갑하다는 듯 시장의 말을 정정했다. 누가 갑갑해해야 하는지도 모르는 표정이었다.

"게다가 그냥 돌아온 게 아니라 우리 도시에 큰 선물을 가지고 돌아오셨다고요!"

"큰 선물?"

"네. 고블린의 코 천 개요."

비서의 그 대답에는 아무리 스파타 일리아다이와 일리어스 신전에 유감이 많은 시장이라도 눈을 휘둥그레 뜰 수밖에 없었다.

그간 고블린들이 시티 오브 화이트와 주변 민가에 부려온 패악질이 얼마나 컸던가? 잠시만 토벌을 그쳐도 하수도를 거슬러 숨어들어 아이들을 납치하거나 부녀자들을 습격해 간만 꺼내 한 입 먹고 버려두거나 하는 놈들이다.

그놈들 때문에 기사단을 정말 끊임없이 토벌에 보내야 했는데, 또 기사단이 토벌에 나서면 귀신같이 알고 도망쳐 버리는 바람에 허탕을 치기 일쑤였다. 시장은 도시에 고블린들의 첩자가 있는 건 아니냐는 말도 안 되는 고민까지 남몰래 품을 정도였다.

고블린 퇴치를 전문으로 하는 용병이라도 고용하면 좀 나았겠지만 시티 오브 화이트의 콧대 높은 시민들은 용병들을 도시 내부에 들여놓기만 해도 민원을 빗발처럼 퍼붓는다.

하긴 용병을 들여놓는 건 시장 본인에게도 꺼려지는 일이었다. 기사단의 가치가 떨어지면 안 되니까.

그래서 시장은 도시 주변에만 정기적으로 기사단을 돌려 성과 없는 토벌만 계속 해왔을 뿐이다. 어쨌든 기사단이 움직이면 고블린들이 도망치니까.

그런데 그 고블린들을 처치했다고?

그것도 천 마리나?

잘라낸 코가 썩어 없어지지도 않을 단기간 동안 그 정도 숫자를 처치했다면 아마 이 근방의 고블린들은 거의 다 씨를 말렸고, 남은 놈들도 겁에 질려 다른 지역으로 떠났을 것이다. 실질적으로는 완전 토벌에 성공한 것이나 마찬가지인 성과였다.

도시를 통치하는 시장의 입장에서는 응당 기뻐해야 할 일이나, 생각 외로 별로 기쁘지는 않았다. 마치 정적에게 자신의 무능함을 지적받은 것 같은 기분이었다.

"정말 대단하군."

그러나 이러한 속내를 아랫사람 앞에 드러낼 수는 없는 법이다.

"그렇죠? 스파타 일리아다이 님은 정말 우리 시티 오브 화이트의 영웅이세요!"

이 비서 년, 다 알고 일부러 속을 긁는 걸까? 혹시 이년이 고블린들의 내통자 아닐까?

시장은 스스로 생각해도 말이 안 되는 피해망상에 잠깐 잠겼다.

"…정말 그렇다면 만나 뵈러 가야겠군."

이미 시장은 그 부활해 돌아왔다는 자칭 스파타에 대한 결론을 내린 터였다.

'놈은 가짜다.'

시장은 놈을 직접 대면하고, 무슨 수를 써서든 가짜의 가면을 잡아 뜯어낼 생각이었다.

힘들게 손에 넣은 안온한 일상을 되찾기 위한 시장의 고독한 싸움이 바로 지금 시작되었다.

*   *   *

시티 오브 화이트에 당도한 나는 일단 어마어마한 환영 인파에 질렸다. 어디서 소문을 듣고 온 건지 도시의 시민들이 도시로 향하는 도로에 주르륵 늘어서서 소릴 질러 대고 있었다.

"스파타!"

"스파타 님!"

"스파타 님! 이쪽을 봐주세요!"

"스파타 니이임!!"

도시 입구에 들어서기도 전인데 이 난리라니. 아무리 이 도시가 분지 지형에 위치해 있어서 접근하는 이방인의 모습을 금방 확인할 수 있다고는 해도 소문이 너무 빠르다.

도시에 접근하기 전에 만난 순찰대에게 내 신분을 밝히긴 했지만, 그래도 공무원인 순찰대원들이 내 개인정보를 이렇게 불특정 다수에게 쉽게 뿌려 버릴 줄은 몰랐다.

―도시 정보에 있습니다만.

아, 그런 내용이 있긴 있었다. 이 도시 공무원들은 모두 각

유력 가문에서 꽂아 넣은 거나 다름없는 존재들이라고.

그래도 이 정도일 줄은 몰랐지. 아는 것하고 직접 겪어보는 건 확실히 느낌이 다르더라고. 이것도 알고 있었지만 이번 경험으로 새삼 피부에 와닿게 느껴졌다.

열기가 너무 뜨거웠다. 이러다 데이겠다.

"물러나십시오! 질서를 지켜 주십시오!"

"위험합니다! 줄에서 떨어져 주십시오!"

그래도 도시 기사단이 내게 달려들어 소릴 질러 대며 손을 마구 내밀어 대는 시민들로부터 나를 보호하려는 움직임을 보여주는 건 조금 고마웠다.

아무리 내가 사람한테 깔려 압사당할 정도로 연약하지는 않다지만 그렇다고 깔리는 걸 좋아하거나 즐기진 않으니까 고마워할 일이 맞다.

그런데 어느 순간, 기사들의 기세가 날카로워졌다.

"시장님께서 오십니다! 길을 열어 주십시오!"

"물러나, 물러나라고!"

조금 전까지는 그나마 예의를 지키던 기사들이 칼집을 씌운 채라곤 하지만 칼까지 꺼내 들며 사람들을 물렸다. 그리고 그렇게 해서 만들어진 공간을 통해 시티 오브 화이트의 시장, 베이다 자작이 등장했다.

"흠. 오랜만이로군, 스파타 일리아다이."

기사들의 활약 덕에 군중을 뚫고 들어온 베이다 자작은 허장성세를 가득 올린 자세로 내게 말했다.

"시장님께서는 변함없이 헌앙한 모습이시로군요."

나는 스파타처럼 말했다. 노예 출신이라는 콤플렉스 때문일까, 스파타는 쉽게 말해도 될 걸 굳이 어렵게 말하는 버릇이 있었다.

내 인사를 받은 베이다 자작은 나를 뚱하니 보더니, 짧게 한숨을 내쉬었다.

"…후, 누가 보면 진짜 스파타 일리아다이인 줄 알겠어."

솔직히 철렁했다. 내가 진짜 스파타가 아닌 건 사실이니까. 하지만 애써 내색하지 않고 그 시선을 받고 있으려니, 베이다 자작은 갑자기 내게 접근해 두 손가락으로 내 뺨을 잡아당기기 시작했다.

"우오오오오오! 네 이 놈, 가면을 벗겨주마!!"

솔직히 방심한 면도 없지 않다. 왜냐하면 위기 감지가 아예 반응하지 않았기 때문이다. 그야 그렇지, 내가 뺨 좀 꼬집힌다고 뭐 어디가 어떻게 되기라도 하겠는가? 그냥 순수하게 기분만 나빠졌을 뿐이다.

"이게 무슨 짓입니까, 시장님!"

아무튼 기분은 나빴기 때문에, 나는 베이다 자작을 밀어내며 외쳤다.

"지, 진짜로군. 이럴 수가……."

"아니, 이 무슨 경우 없는……!"

나는 화를 내려고 했다. 화를 내려고 했는데…….

"와, 진짜다!"

"진짜가 나타났다!"

"진짜 스파타 님이야! 만세!!"

"태양신의 자손께서 죽음에서 부활하셨다!"

나와 자작을 둘러싸고 있는 사람들이 갑자기 소리를 꽥꽥 질러대더니 그 자리에서 엎드려 절하고 춤추고 노래 부르고 난리를 치기 시작했다.

"일리어스 신이여! 일리어스 신이시여! 우리를 구원하소서!"

"우리를 죽음의 늪에서 건져 올리소서!!"

이거 완전 광신도들이었다. 아, 광신도라는 사실은 알고 있었는데 내 눈과 귀와 피부로 느끼니 공포 그 자체였다.

"그만! 그만하게! 이것으로 증명이 끝난 게 아니야!"

그때, 베이다 자작이 소리를 빽 질렀다.

"이 자가 진짜 스파타 일리아다이라면 검투 시합에서도 승리해 보일 터! 시합에 참가하시게."

갑작스러운 제안이었으나 나는 싱긋 웃었다. 바라던 바였기 때문이다.

"좋습니다."

"와아아아아아아!!"

내 대답에 대한 반응은 청중들이 대신했다.

"스파타 님! 스파타 님의 시합을 또 볼 수 있다니!"

"난 처음이야! 오늘 처음 보는 거라고!!"

"첫 경험 부럽다! 나랑 머리 바꾸자!!"

그런 사람들의 반응을 지켜보며, 나는 머릿속의 생각을 한

층 더 단단히 굳혔다.

'음, 역시 미친놈들이다.'

―그렇죠?

나는 라플라스의 대답에 약이 올랐다. 왜 이렇게 약이 오르지?

*   *   *

시티 오브 화이트의 검투 시합장, 암피세아트로는 고대 제국식도 아니고 고대 문명식으로 지어진 전통 있는 건축물이었다. 아무리 세대를 거듭해 개축과 보수가 이어졌다고 하더라도, 이 오래된 건물이 유적이 아닐 리가 없다.

'맞군.'

나는 각성창 안에 생성된 탐사일지의 존재를 확인하고 남몰래 고개를 끄덕였다.

이제부터 해야 할 일은 간단하다.

'우승한다.'

암피세아트로에서의 검투 시합은 승리할 때마다 휘장을 받을 수 있다.

이 휘장은 검투사 개인에게 주어지는 것이 아니라 승리했을 때만 가슴에 달고 시합이 끝난 후에는 다시 반납하게 된다.

전통을 중시하는 시티 오브 화이트의 문화상, 금속장식이 달린 휘장은 아주 옛날에 제작되어 지금까지 이어져 내려온 것이리라.

즉, 유물일 가능성이 매우 높았다.

그러니 우승을 해서 모든 휘장을 다 받고 이걸 각성창에 잠깐 슬쩍했다가 탐사일지의 보상을 받고 나서 되돌려 놓으면 탐사 점수만 꿀꺽할 수 있을 것이다!

─가능성이 있을 뿐이잖아요.

'명백한 가능성이지!'

한 번쯤 시도해 볼 만한 일인 것만은 틀림없었다.

그래서 내가 꽤 무례했던 시장의 행동도 꾹 참아 넘기고 검투 시합에도 흔쾌히 참여하기로 한 거였다.

'자, 그럼 어디 한번 달려 볼까?'

결과.

─죽음을 극복하셨습니다. 현재 계좌 잔고는 1,680루블입니다.

5연승으로 우승했다.

사실 내가 상대한 검투사들은 누구 하나 빼놓지 않고 모두 강했다. 베이다 자작이 직접 엄선한 베테랑들인 데다, 자작과 결탁한 신전 세력이 온갖 축복을 다 걸어 준 덕택이었다.

하지만 내가 이겼다.

검투사로서의 검투는 처음이었으나 나는 스파타의 경험을 이어받았다. 그뿐만 아니라 나도 나 스스로에게 축복을 걸고 있다. 이것으로 다른 상대들과 동격이 된 셈인데, 여기에 더해 온갖 유물의 힘을 쓰고 있는 데다 3검급의 실력도 갖추고 있으니 질려야 질 수가 없었다.

나는 다섯 개의 휘장을 가슴에 달고 우승자에게만 주어지는 월계관까지 머리에 얹고선 환호하는 시민들에게 손을 흔들어 주었다.

개중에는 환호하다 못해 입에서 거품을 물고 쓰러지는 관중들도 보였다.

아니, 왜 저러지?

이해하기를 포기하기로 한 것도 잊고 나는 또 의문을 갖고 말았다.

대기실로 돌아온 나는 계획대로 휘장과 월계관을 각성창 안에 슬쩍 했다.

그런데 곤란한 일이 발생했다. 휘장들은 내 생각대로 유물이 맞았다.

문제가 된 건 월계관이었다.

'여기 왜 보물이 있지?'

되돌려 줘야 되는 월계관이 보물이었다.

나는 양심과 욕망 사이에서 저울질하다가, 결국 그냥 월계관을 내려놓고 말았다.

사실 당연하다. 지금 이걸 훔치면 가장 의심 받는 사람이 누구겠는가? 마지막에 들고 있던 나다. 아무리 각성창이 있더라도 이걸 쓱싹했다가 꼬리를 밟히는 건 지나치게 멍청한 짓이다.

'나중에 와서 훔쳐야지.'

이게 맞다.

—…….

라플라스가 침묵해 버렸지만, 나는 상관하지 않기로 했다.

아무튼 월계관이 보물인 덕에 그럭저럭 괜찮은 탐사 점수 수익을 올렸고, 그 덕에 나는 새로운 능력을 얻을 수 있게 되었다.

[기능 추출 1]

그런데 이 능력은 뭐지? 일단 나왔길래 사긴 했는데, 네 글자의 능력 이름만 보고 그 효과를 추측하기란 쉽지 않았다.

"혹시?"

나는 각성창에서 아무 유물이나 하나 꺼내 들어 보았다. 이게 뭐더라, 거인 힘의 가죽 반지였던가? 그런 이름의 허리띠였을 것이다. 나는 허리띠에다 대고 기능 추출을 사용해 보았다. 그러자 어떤 힘이 내 손으로 쑥 딸려 들어왔다.

"……?!"

그리고 동시에, 거인 힘의 가죽 반지의 기능이던 힘 강화가 사라져 버렸다. 마치 아무 기능도 없는 유물인 것처럼 텅 비어 버린 허리띠를 보며 나는 머릿속이 텅 비어 버린 것 같은 충격을 받았다.

내가 당황해 몇 초쯤 멍하니 서 있자, 손아귀에 쥐여져 있던 힘은 마치 환상이었던 듯 다시 허리띠로 돌아가 버렸다.

"어, 어……!"

그리고 유물 감식에는 다시 허리띠의 원래 기능이 잡혔다.

"……! 설마……."

나는 다시 한번 거인 힘의 가죽 반지를 대상으로 기능 추출을 사용해 보았다. 조금 전과 똑같은 현상이 일어났다. 이번에는 손아귀 쪽에 정신을 집중해 보니, 힘을 강화하는 기능이 이 에너지 덩어리에 실려 있음을 확인할 수 있었다.

변신 브로치를 이용해 재빨리 가죽 반지를 각성창 안에 집어넣고, 이번에는 아무 기능도 없는 평범한 유물인 버클을 꺼내 든 나는 손아귀에 쥐어진 힘을 버클에다 밀어 넣었다. 그러자 그 힘이 쑥 들어가며, 이번에는 버클 쪽에 힘을 강화하는 기능이 주어졌다.

"이건……!"

실험 결과를 목격한 나는 전율하지 않을 수 없었다.

"그, 그럼……!"

나는 즉시 월계관에다 기능 추출을 사용해 보았다.

그러나 아무 일도 일어나지 않았다.

─보물이라 안 되나 보네요.

이제껏 입 다물고 있던 라플라스가 뒤늦게 입을 열었다.

"아… 그렇겠네."

나는 아쉬움에 혀를 찼다.

"아니지, 오히려 여지가 생긴 거지."

어차피 이 시티 오브 화이트를 근거지로 두고 돌아야 할 유적은 여기 암피세아트로뿐만이 아니었다. 당초에 이 지역에 방문한 목적이던 유적이 따로 있을 뿐만 아니라, 오랜 역사를 지닌 이 도시에는 다른 유적들도 많을 테니까.

물론 충분한 탐사 점수를 얻을 수 있냐는 별개 문제가 되겠지만, 가능성이 생긴 것만으로도 상황이 나아졌다고 할 수 있었다.

"보물에다 기능 추출을 할 수 있게 되면 월계관을 훔쳐다가 기능만 떼어 내고 되돌려 놔야지."

그날이 오면 3야급까지 올려놓은 흑법이 대활약을 하게 될 것이다.

나는 기대감 반, 아쉬움 반을 남기고 다시 월계관을 내려놓았다.

*　　　　*　　　　*

어쨌든 검투 시합의 우승으로 내가 스파타 일리아다이라는 게 증명된 건지, 베이다 자작은 더 이상 날 붙잡지 않았다.

그러자 이번에는 다른 놈들이 내게 접근했다.

"스파타 님! 스파타 님!"

"돌아오시리라 믿고 있었습니다, 스파타 님!"

그것은 물론 일리어스, 아니, 스파타 일리아다이의 광신도들이었다. 나를 둘러싸고 한참을 펑펑 울더니 만족한 건지 내 손을 끌고 일리어스 신전으로 향했다.

나는 저항하지 않았다. 미리 구입한 도시 정보와 스파타의 개인정보를 통해, 어차피 이 도시에서는 일리어스 신전을 근거로 삼아야 한다는 것을 잘 알고 있었기 때문이었다.

─다른 신전의 신관들이 일리어스 신전에 불을 지를 확률이

40% 정도 되지만요. 스파타 생전의 화재 후로는 신도들이 돌아가며 경비를 서고 있기 때문에 방화에 성공할 확률은 2.69% 정도밖에 안 됩니다.

'0%가 아니잖아. 명백한 가능성이잖아, 그거.'

그렇다고 거처를 옮겼다간 불벼락을 맞을 가능성이 오히려 더 올라간다.

그래서 나는 그냥 상황에 맞춰 흘러가기로 했다. 어차피 붉은 드레이크의 정수는 폼으로 마신 게 아니니만큼 평범한 불로는 불타 죽지도 않는 몸이다.

전혀 위험하지 않다.

그저 기분이 나쁠 뿐!

일리어스 신전에 도착하자 대신관이 기다리고 있었다.

그렇다, 스파타 일리아다이에게 직접 기름을 붓고 불태워 죽인 장본인이자 현 일리어스 신전의 대신관인 일리아이다 본인이다!

"기다리고 있었습니다, 돌아오실 줄 믿고 있었습니다."

먼저, 일리아이다라는 이름은 가명이다. 스파타 일리아다이의 성을 따서 지었다나? 광신을 위해 자기 이름까지 버리는 점이 광신도답다.

실제 연령은 30대 초반 정도. 하지만 얼굴에도 주름이 많고 머리도 희끗희끗하고 허리도 구부정한 게 보기에는 40대 후반까지처럼도 보인다. 몇 년 전에 저지른 짓 때문에 마음고생을 많이 해서 그렇다는 것 같다.

아무튼 일리아이다는 나를 보자마자 눈물을 글썽이며 고개를 떨어뜨렸다. 뭐랄까, 내가 품고 있던 선입견과는 달리 멀쩡해 보였다. 특히 다른 신도들에 비하면 정상인 그 자체였다.

물론 다른 신도들이 지나치게 미쳐 날뛰는 바람에 상대성 원리가 적용된 탓도 없진 않으리라.

"자, 성소로 드시지요. 일리어스 님께서도 많이 기다리셨을 겁니다."

일리아이다의 말을 들은 나는 순간적으로 귀를 의심했다.

일리어스가 기다린다고?

'라플라스.'

─허풍입니다. 대신관이면 신탁 정도는 받아야 면이 서니 어쩔 수 없이 저러는 거겠죠.

'아.'

나는 납득하고 신전의 성소로 들어갔다.

제4장

여신 알리어스

　원래대로라면 성소는 대신관과 그를 보필하는 신녀만이 들어갈 수 있는 공간이지만, 죽음에서 부활한다는 기적을 보인 성자 스파타 일리아다이는 당연히 프리패스다.

　나를 안내해 준 일리아이다는 그 본인도 대신관임에도 불구하고 성소에서 물러났다. 아마도 나에 대한 예우를 지키기 위함이겠지.

　그렇게 나는 성소에 혼자 남게 되었고, 그러자마자 바로 각 성창부터 열었다.

　"흠, 역시."

　탐사일지가 없었다. 즉, 일리어스 신전은 유적이 아니었다. 하긴 지어진 지 몇 년밖에 안 된 건물이 벌써 유적 취급 받으면 그것도 이상하지. 심지어 화재가 한 번 나서 다시 짓기까지 했으니 역사라곤 까먹으려고 해도 없다. 예상한 바였다.

그럼에도 불구하고 약간의 낙담을 곱씹고 있으려니, 누군가가 내게 말을 걸어왔다.

—스파타로구나. 못 보던 사이에 더 잘생겨졌구나.

그 누군가의 목소리가 마치 라플라스의 목소리처럼 뇌리에 울려 퍼졌다. 그 음색은 위엄 있고 힘이 느껴졌다.

즉, 확실하게 라플라스가 아니었다.

'누구냐!'

—하도 오랜만이라 네 주인의 목소리까지 잊어버린 것이냐? 나다. 일리어스다. 네 주인이며 네가 네 어머니라 떠들고 다니는 네 여신이다.

…엥?

'라플라스, 이거 어떻게 된 거야?'

—라플라스는 누구냐? 네 여신 앞에서 다른 여자의 이름을 입 밖에 내다니 무엄한지고.

여신이 뭐라고 떠들고 있었지만 나는 라플라스의 말에만 귀 기울였다.

왜냐면 이거 환청일지도 모르니까.

일리어스 신전의 성소에는 기묘한 냄새의 향을 매캐하게 피우고 있었다. 이 향을 들이마시면 기분을 고양시킬 수 있고 환상 속에서 신을 만날 수 있다는 헛소문이 돌고 있다는 정보가 있었다.

반대로, 스파타의 정보에 그가 여신과 대화할 수 있었다는 정보는 없었다.

─…제가 전 주인님 말고 다른 주인님을 섬겨 본 게 이번이 처음이라 잘 모르겠습니다만, 새 주인님께서는 혹시 접신의 재능까지 갖고 계신지요?

라플라스는 한참 침묵하다 입을 열었다. 목소리에 당황한 기색이 역력하다.

─뭣!? 너는 누구냐!

그런데 의외로 이 대화에 자칭 일리어스 여신이 끼어들었다.

─어라, 제 목소리가 들리십니까?

─누구냐고 물었다!

─저는 라플라스입니다.

─그건 들어서 안다! 뭐 하는 년이냐!

아니, 이거까지 포함해서 환청인 거려나? 나는 머리를 절레절레 흔들었다.

─새 주인님, 일단 이 성소에서 나가시죠.

─안 돼! 나가지 마라! 나의 스파타!

나는 라플라스의 말에 따라 성소에서 나왔다. 그러자 자칭 여신의 애절한 목소리가 뚝 끊겼다. 아무래도 자칭 여신이 내게 말을 걸 수 있는 건 성소 한정인 듯했다.

─상황을 정리해 보도록 하죠.

'그래.'

빨리 해주라.

　　　　＊　　　　　　＊　　　　　　＊

　—이건 예상하지 못했던 상황이로군요.

　라플라스가 말했다.

　"아니, 난 이게 무슨 상황인지 자체를 모르겠는데."

　—아까도 말씀드렸지만 새 주인님께서 특이하신 걸 겁니다.

　"내가 그 자칭 여신의 목소리를 들은 거 이야기야?"

　—그렇습니다. 보통이라면 이런 일은 일어나지 않습니다. 불러내지도 않았는데 먼저 저렇게 말을 걸고, 존재를 드러내는 것은 처음입니다.

　그럼 내가 보통이 아니라고?

　라플라스의 말에 나는 순간 놀랐지만, 적어도 이 세계에서의 나는 보통일 이유가 없는 인간이다. 전생인지 뭔지 몰라도 김연준의 기억을 갖고 있는 데다 각성창도 열리고, 그런 데다 대현자의 유산까지 받아먹고 있으니까.

　여기에 보통이 아닌 게 하나둘쯤 추가된다고 해 봐야 별 일도 아니다.

　—대현자님께서도 이 신전의 성소에서 스파타 일리아다이의 모습으로 일리어스를 불러낸 적이 있지만, 상당한 양의 영력과 적절한 제물을 지불하지 않는 한 나타나지도 않았으며 꽤나 고깝게 굴었습니다. 대현자님을 스파타로 착각하지도 않았지요.

　"아… 그래?"

목소리만 들어봐도 라플라스가 일리어스에게 쌓인 게 많다는 걸 어느 정도 파악할 수 있었다.

"그런데 라플라스."

—예, 새 주인님.

"저거 일리어스 신 맞아?"

—물론 일리어스 신 본인은 아닙니다.

신더러 본인이라고 하는 건 좀 이상하다. 인간이 아니고 신이니까 본신이라고 해야 하는 것 아닌가? 이런 쓸데없는 생각이 들었지만, 이어진 라플라스의 말은 이러한 잡념을 확 날려주었다.

—애초에 원전의 일리어스는 남성입니다.

"허, 역시 가짜인가?"

—아뇨, 가짜라고 하기에도 애매합니다.

"그럼 뭐야?"

—신이라는 존재는 관념적인 존재라 그 신격은 믿는 자들의 공통의식에 의해서 정해질 경우가 있습니다. 모든 신이 그런 것은 아닙니다만, 적어도 고대문명부터 전해져 내려온 신들은 그렇습니다. 어디서 믿느냐에 따라 이름마저 바뀔 정도니까요.

뭔가 어려운 설명이 시작됐기에, 나는 내가 알아들을 수 있는 것만 주워 담았다.

"그러니까 시티 오브 화이트의 일리어스는 여신이어도 이상할 건 없다, 그건가?"

—그렇습니다. 이해력이 좋으시군요.

"그럼 일리어스 본인이 아니라는 건 뭐야?"

─저는 일리어스 신이 아닌, 신령일 가능성이 높다고 판단했습니다.

신이 아니라 신령이라고?

"그 둘이 차이가 있는 거야?"

─그 질문에 대한 해답은 유료입니다.

갑자기?

나는 딜을 쳐야 하나 고민했지만, 라플라스는 의외로 바로 다른 말을 했다.

─상황이 나쁘지 않습니다.

"응? 뭐가?"

─시점을 달리 해서 보면 공짜로 신령을 써먹을 수 있는 기회입니다.

"호오."

공짜란 말에 나는 눈이 번쩍 뜨였다.

"좀 더 자세히."

─알겠습니다. 신령을 술법으로 소환하실 수 있다는 건 아실 겁니다.

"그렇지. 하지만 그 술법도 배워야 할 거 아니야? …아."

나는 상황이 나쁘지 않다는 라플라스의 말에 담긴 의미를 그제야 알아차렸다.

"일리어스는 신령이고, 성소 내라면 공짜로 소환되니까……."

─그뿐만이 아닙니다. 성소에서 불러낸 악마는 크게 약화됩

니다. 그것도 신령이 머무는 진짜 성소라면 더할 나위 없지요.

"오!"

라플라스의 지적에 나는 박수를 쳤다.

"그렇다면 그 계획을 실천하기에 딱 걸맞군."

―그렇습니다.

이름하야 악마의 두개골 무한생성 계획.

악마의 두개골을 제물로 삼아 새로운 악마를 불러내고, 두개골은 넘겨주지 않은 채 그 악마를 처치한다. 이걸 반복한다.

계속해서 악마를 죽일 수만 있다면, 이론상 악마의 두개골을 무한대로 얻을 수 있다.

"그럼 일리어스가 싫어하지 않을까?"

―당연히 엄청나게 싫어할 겁니다. 자기 성소에 악마를 불러내다니, 실례도 이런 실례가 따로 없지요.

"어, 그럼……."

안 되지 않나? 그렇게 이어 말하려는 내 말을 끊고 라플라스가 말했다.

―하지만 괜찮습니다. 일리어스의 신령이 딱히 새 주인님께 위해를 가할 수 있는 것도 아닌 데다, 악마의 두개골을 몇 개씩 받아먹다 보면 금방 마음이 풀릴 테니까요.

그 말을 반대로 해석하면, 악마의 두개골을 바치기 전까지는 꽤 성질을 부린다는 소린데…….

"좋아, 알았어. 까짓 거 짜증 좀 받아 주지, 뭐."

―아, 그리고 신령의 호감도를 쉽게 올릴 수 있는 방법이 있

습니다.

"그게 뭔데?"

―한 번 말씀드린 적이 있는 것 같은데, 좋은 술을 제단에 올리는 겁니다.

"얼마 전이었다면 절대 그러지 않겠다고 대답했겠군."

―하지만 지금은 아니시죠.

각성창 안에 든 [가다메아의 술병]이 새삼 든든하다. 새삼 다시 되새길 것도 없는 일이지만, 내가 지닌 보물 중 가장 귀중한 보물인 이 술병은 담아 놓은 술을 무제한적으로 불려 준다.

그리고 지금 담아 놓은 술은 하이넥 가문 특산 시트러스 페르파나 브랜디. 틀림없이 최상급의 술이다.

"좋아! 그럼 그 자칭 여신을 얼마든지 구워삶을 수 있겠군!"

나는 그렇게 안이하게 생각하며, 라플라스로부터 3성급의 악마 소환을 배웠다.

―45루블입니다!

"1성당 15불씩인가."

―그렇습니다. 물론 4성급은 조금 더 비싸지만요.

"지금 배우진 않을 거야."

―이제 새 주인님의 계좌 잔고는 1,635루블입니다!

한참 동안이나 루블 소모가 없었던 탓인지, 잔고를 알리는 라플라스의 목소리는 평소보다 월등히 밝았다.

*　　　　*　　　　*

―돌아왔구나, 나의 스파타.

내가 성소로 돌아오자, 일리어스 신이 아닌 일리어스 여신은 나를 아주 반겼다.

"저, 여신님."

나는 그런 여신에게 떨떠름하게 말을 걸었다.

―오오, 그래. 말해 보거라. 내가 네 여신이란다.

"제가 지금 스파타처럼 보입니다만, 사실 전 스파타가 아닙니다."

이 사실을 내가 먼저 밝히기로 한 건, 신령씩이나 되는 존재가 내 정체를 눈치채지 못할 리가 없으리라는 라플라스의 조언 때문이었다.

하긴 처음 라플라스와 대화할 때도 녀석은 내가 대현자 본인이 아님을 금방 알아차렸다. 영혼의 형태가 어쨌다나.

아무리 그래도 명색이 신령인데 라플라스보다 못할까 싶기도 하고. 그래서 나는 그냥 자진 납세를 하기로 했다.

―…그래?

일리어스 여신의 목소리에는 다소간의 실망감이 묻어나긴 했으나, 놀라움이나 당혹스러움 같은 건 전혀 묻어나지 않았다.

"…예."

내심 짐작은 하고 있었나 보다 싶으면서도 불편함은 어쩔 수 없이 느껴지는 상황. 나는 약간 긴장하며 여신의 대답을 기다렸다.

—하긴 뭐 그게 어떻다고. 잘생기면 됐지.

…응?

"여신님, 방금 뭐라고 말씀하신……?"

—그래, 새 스파타야. 그럼 나는 널 뭐라고 부르면 될까?

아무 일도 없었다는 듯 태연한 목소리로 묻는 일리어스 여신의 말에, 나는 순간적으로 어떻게 대답해야 할지 제대로 판단하지 못했다.

"어… 그냥 스파타라고 부르십쇼."

—알았다, 스파타야.

아니, 이게 끝이라고?

'라플라스, 내가 방금 나 스파타 아니라고 밝힌 거 맞지?'

—맞습니다, 새 주인님.

라플라스는 마치 이 상황을 예견이라도 한 듯, 태연히 내 질문에 대답했다.

—스파타야, 네 여신을 앞에 두고 다른 여자와 대화를 나누는 건 그만두거라.

아, 맞다. 이 여신은 나와 라플라스의 대화를 들을 수 있었지. 깜박했다.

"그보다 여신님."

—그보다는 무슨 그보다야!

"한 잔 받으시죠."

악마 소환에 앞서 여신의 기분을 좋게 만드는 게 우선이다. 그래서 나는 제단에 놓인 제기에 술을 꼴꼴꼴 따랐다.

―오오, 향이 좋구나.

아니나 다를까, 일리어스 여신의 목소리가 단숨에 사근사근 녹았다. 좋아, 먹힌다!

―그럼 마셔볼까.

제기에 담긴 술이 스스슥 사라진다. 그러나 다 사라지진 않고, 절반이 남았다.

"여신님?"

―술맛이 좋구나!

혹시나 했는데 역시나였다.

"저, 술이 남았습니다만."

―절반은 네가 받거라!

"오오!"

나는 일리어스 여신이 단박에 마음에 들었다.

아무리 술이 무제한으로 공급된다지만, 그렇다고 혼자 술을 해치우는 게 어디 사람의 법도인가? 술은 나눠야 술이다. 여신은 그 사실을 아주 잘 알고 있는 듯했다.

여신이 남긴 술을 마저 해치우고, 나는 다시 물병을 들어 잔에 술을 채웠다.

"자, 술은 많습니다. 또 받으십시오."

―그래그래. 따라보거라.

꿀꿀꿀.

―크으!

"캬아!"

꼴꼴꼴.

—후우!

"캬아!"

물병 안의 술이 무제한이라 얼마나 들어간지는 잘 모르겠지만, 적어도 열 순배는 족히 돌아갔다. 나와 여신은 이제 말도 없이 술만 나누기 시작했다.

—어째 제가 잘못된 조언을 올린 듯합니다만…….

그런 나와 여신의 모습을 보고 있던 라플라스가 혼잣말처럼 흘렸지만.

—한 잔 더!

이제 여신은 라플라스가 뭐라고 말하든 상관도 하지 않았다. 그 정도로 기분이 좋아진 듯 보였다. 나는 여신의 말에 따라 술을 한 잔 더 올렸다.

—잘생긴 남자에게 술을 받는 건 언제든 좋구나!

"예?"

—아직 잔이 차 있단다. 얼른 마시거라!

확실히 잔이 채워져 있는 건 죄악이다. 나는 마저 잔을 비웠다.

—저, 새 주인님. 이제 슬슬…….

그리고 또 한 잔을 채우려 했을 때에, 라플라스가 이대로 두고만 봐선 안 되겠다는 생각이라도 든 건지 내게 말했다. 아, 그렇지.

"아, 여신님."

어째 혀가 조금 꼬부라진 것 같지만, 분명 기분 탓이리라.

─그래그래. 말해 보거라.

여신님의 말씀도 조금 꼬부라진 것 같지만, 이것도 기분 탓임이 분명했다.

"제가 한 가지 일을 여기서 하려고 하는데……."

─오오, 그래. 스파타야. 스파타 하고 싶은 거 다 하거라!

어…….

"제가 뭘 할 건지 묻지 않으십니까?"

─나는 네 얼굴만 보고 있어도 좋단다! 나는 보고 있을 테니, 넌 하고 싶은 거 하거라!

"그, 그러십니까."

여신이 이렇게까지 나오는데 굳이 내가 더 저어할 이유는 없을 것 같았다.

물병을 각성창 안에 밀어 넣은 나는 성법으로 취기를 날렸다. 아까운 일이지만 중대사를 앞에 두고 취해 있을 수는 없는 노릇이다. 그렇게 의식을 시작할 준비를 마친 나는 곧장 성소의 바닥에 불경한 소환진을 그린 후 악마의 두개골을 소환진 앞에 두었다.

─……? 스파타야?

방금 전에 분명히 하고 싶은 거 다 하라던 여신의 목소리에 당혹함이 섞였다.

나는 아랑곳 않고 불경한 주문을 외우고 영력을 불어넣어 소환진을 작동시켰다. 그러자 소환진에서 지옥의 연기가 피어

오르기 시작했다.

—······! 스파타야!

이제 여신님의 다급한 부르심에는 이제 털끝만 한 취기도 느껴지지 않았다. 아무래도 술이 확 깨신 듯 들렸다.

여신님의 부르심에 대답할 여유도 없이, 소환진에서 악마의 손이 튀어나왔다.

시커먼 팔을 현계에 턱 하니 내민 악마는 곧 대가리를 내밀어 소환진 앞에 놓인 악마의 두개골을 확인하고 흡족하게 웃었다.

"음! 이 두개골은! 카오아만의 것이로군. 제물로써 합당하다. 흐하하하! 악마를 소환한 불경한 자여, 네 소원을 말하라!"

"내가 바라는 것은 네놈의 두개골이다! 내놔!!"

빠악!

"끄아아악!"

악마는 내 3륜급 짜라스트라게 성법 [마를 멸하는 철퇴]에 곧장 목숨을 내어 주었다.

—죽음을 극복하셨습니다.

쉽게 이겼다고는 하나 악마씩이나 되는 상대다. 루블이 나오는 건 당연하다고 볼 수 있겠다.

카오아만을 상대로 싸울 땐 별 짓을 다 했던 걸 생각하면 장족의 발전이라 해야 할까? 아니면 성소에서 악마가 약해진다는 건 사실인지, 혹은 그냥 이번에 소환된 악마가 저급인 건지.

어쩌면 셋 다일지도 모른다.

땡그렁!

악마가 죽어나가며 반쯤 지워진 소환진 위에 두개골이 떨어지는 소리가 청명하게 들렸다.

─두개골이 한 번 만에 나오다니, 운이 좋으시군요. 물론 소환된 악마의 수준이 높았던 덕도 있겠습니다만.

"……? 이놈의 수준이 높았다고?"

─예. 3각급의 악마였으니까요.

"3각급이라면……. 아아, 뿔이 3개긴 했지. 그걸로 악마의 급수를 나누는 거야?"

뿔이 많을수록 강력한 악마다, 뭐 그런 건가?

─항상 일치하는 것은 아니지만, 일반적으로는 그렇습니다.

"예외가 있긴 한 건가……."

─1% 미만이지만요.

그렇다면야 너무 걱정할 건 없어 보인다. 그저 뿔의 개수가 적은 악마를 상대할 때도 방심만 안 하면 될 문제다.

─새 주인님께서 방금 처치하신 악마의 이름은 벤츄안. 해당 악마는 카오아만과 비교해도 격이 떨어지지 않을 상당히 강력한 악마였습니다. 새 주인님께서 상대하셨을 때의 카오아만이 약화된 상태였던 걸 생각하면 벤츄안 쪽이 조금 더 어려운 상대였을 터입니다만…….

필요한 정보는 이미 모두 얻은 것 같은데, 그럼에도 한 번 불붙은 라플라스의 설명은 끝날 기미가 보이지 않았다.

─스파타야! 지금 무슨 이야길 나누고 있는 것이냐!

그때, 일리어스 여신이 적절한 때에 끼어들어 라플라스의 설명을 끊어주었다.

감사합니다, 여신님!

"예, 여신님. 지금 이 악마의 두개골을 여신님께 올리고자 합니다."

내친김에 나는 벤츄안의 두개골을 여신님께 내밀며 진언했다.

─오오, 스파타야. 이 얼마만의 효도란 말이냐? 나 일리어스 여신은 눈물이 나올 것 같단다.

여신님께서는 이미 내가 자신의 성소에서 악마 소환이라는 불경한 짓을 했다는 걸 잊어버린 것 같았다. 애초에 처음부터 하고 싶은 거 다 하라고 했을 정도니 뭐 태도가 바뀌었다고 할 수도 없었다.

아무튼 나는 성소의 제단에 벤츄안의 두개골을 올렸다. 그러자 두개골이 성스러운 불길에 의해 타 없어지더니, 여신님의 기쁨에 찬 목소리가 들렸다.

─네 제물에 이 여신은 큰 기쁨을 느꼈단다! 네게 뭐라도 해주고 싶구나. 뭐 바라는 거라도 있니?

"특별히 바라는 건 없습니다만……."

내가 사전에 라플라스와 작당한 대로 정해진 대사를 읊으려 들었지만, 여신님께서는 내 말을 다 듣지도 아니하시고 이런 말씀을 해주셨다.

─그래! 네게 태양신의 강복을 내려주마!

여신께서 그렇게 선언하심과 동시에 내 몸에 일리어스 여신의 신력이 깃들었다.

힘이 솟아올랐다!

그런데 강복이 뭐지? 내가 원래 일리어스 여신에게 주문하려던 건 [일리어스의 축복]이었는데.

―신이나 신령이 직접 내린 복을 강복이라 합니다. 축복보다 한 단계 더 높은 거지요.

설명할 찬스라도 느낀 걸까, 사실 묻지도 않았음에도 라플라스가 속닥였다.

―그래, 그렇다. 나와 스파타 사이의 대화에 끼어든 것은 마음에 들지 않으나 필요한 설명이라 여기니 허하노라.

"감사합니다."

―왜 네가 감사를 하느냐? …아무튼 스파타야, 이로써 너는 태양이 뜬 시간 동안 더욱 큰 힘을 얻을 수 있게 될 거란다!

"여신이시여, 지금은 밤입니다만."

해가 진 밤 시간임에도 내 힘은 상당히 증가한 상태였다.

―그래! 낮에는 지금보다 훨씬 더 큰 힘을 얻을 수 있게 될 거란다!

오, 그렇다면 이 축복 아닌 강복은 상당히 좋은 축에 속했다.

스파타가 원래 알고 있던 유사축복인 태양의 축복은 해가 진 밤에는 오히려 더 약해지는 부작용이 있었지만, 여신께서 직접 내리신 강복은 그렇기는커녕 밤에도 조금이나마 힘을 부여해 주는 모양이다.

역시 유사 축복과는 격이 달랐다.

하기야 여신께서 직접 내리신 강복이 일개 성직자가 쓰는 축복보다 약해서야 여신의 변이 안 서기도 하겠다. 당연하다면 당연한 거려나?

"그렇다면 여신이시여."

—그래, 말하거라. 스파타야.

"계속하겠습니다."

—하고 싶은 거 다 하거라, 스파타야!

여신의 허락도 떨어졌겠다, 나는 일말의 거리낌까지 버린 채 희희낙락 소환진을 그렸다.

*　　　　*　　　　*

결과.

나는 오늘 10개체의 악마를 소환했다. 2각급이 다섯에 3각 급이 셋, 그리고 무려 4각급의 악마가 둘이나 소환됐었다.

물론 모조리 처치했다.

—죽음을 극복하셨습니다. 잔고는 1,835루블입니다.

처치할 때마다 루블이 들어온 것은 물론.

—훌륭하구나, 나의 대전사야! 설령 전쟁신의 대전사라 하더 라도 너와 같은 위업은 달성하지 못하리니. 이 여신은 너를 자 랑스럽게 여기리라!

나는 어느새 일리어스 여신님의 대전사가 되어 있었다.

"아닙니다. 여신님의 보우하심이 있은 덕입니다."

겸양의 말이긴 했지만, 부분적으로 진실이기도 한 말이었다.

나는 이 성소에 깃든 힘 덕을 적어도 세 번 이상 보았으니 말이다.

물론 이렇게 표현하는 건 지나치게 짠 평가이긴 하다. 세 번이라는 건 내 힘만으로는 악마를 한 방에 도륙하지 못한 횟수만을 센 것이었다.

아무리 성소 덕을 보지 않고도 일격에 죽일 수 있었다 한들, 다른 일곱 번 또한 원래 써야 할 신성력을 성소 덕에 많이 절약한 것은 사실이다.

―우리 스파타 말도 이쁘게 하지!

전리품으로는 두개골을 세 개, 뿔은 7개, 그 외에 이빨과 뼛조각들을 상당량 얻어 낼 수 있었다. 당연하지만 카오아만의 두개골은 그대로 남겨 둔 결과물이다.

나는 얻은 악마의 두개골을 카오아만의 두개골만 제외하고 모조리 일리어스 여신께 바쳤다.

―네가 여신을 기쁘게 하는구나!

일리어스 여신께서는 크게 기뻐하며 태양신의 강복을 두 번 더 강화해 주었다.

―나의 충성스러운 대전사야, 너는 태양신의 강복을 받아 아무리 큰 상처라도 쉽게 아물 것이다. 설령 그것이 영혼의 상처라 할지라도 말이다. 그뿐일까, 네가 내게 기도하느라 너무 많은 신성력을 써 버리더라도 태양은 그 신성력조차 쉬이 원래대로 채워 줄 것이다.

―해가 높이 떠 있는 동안 너는 병에 걸리지 않을 것이고,

독을 먹어도 몸이 상하지 않을 것이며, 저주도 너를 해하지 못할 것이다. 그뿐일까? 간밤에 병에 걸리거나 독을 먹거나 저주에 걸리더라도 태양은 그 모든 것을 태워 버리고 널 건강하게 되돌리리라!

강복의 내용에 대해서는 일리어스 여신께서 직접 설명해 주었다.

첫 번째 축복인 힘의 강화를 포함해, 무엇 하나 든든하기 짝이 없는 축복이다.

아무리 내가 성법으로 치유와 정화의 힘을 사용할 수 있다고 한들 집중해서 성법을 써야 회복이 가능한 것과 해만 뜨면 모든 게 다 잘 풀리는 건 차이가 크다.

게다가 신성력의 캐시백은 해가 떠 있는 동안 마음 놓고 성법을 활용할 수 있게 해 준다. 지금까지도 잭 제이콥스의 성물을 바탕으로 맘대로 낭비해 왔지만, 이건 어디까지나 성물 안에 든 광휘석을 소모해서 빚어내는 기적에 불과했다.

"감사합니다, 여신님."

―무얼. 이 모든 것이 네 충성에서 비롯된 것이니. 이 여신은 기쁘도다.

얻은 것은 이게 전부가 아니다. 악마를 처치할 때마다 20루블씩을 얻어서 오늘 밤에만 200루블을 뽑아냈으니까. 더욱이 꽝 취급인 악마의 뿔도 연금 재료뿐만 아니라 다른 용도로 나름 쓸모가 있으니 영 꽝인 것도 아니다.

마음 같아선 이대로 악마 10마리쯤은 더 불러내고 싶으나,

소환을 열 번 연속 진행하는 동안 쌓아 놓았던 영력을 모조리 써버렸다. 영혼석을 써서 영력을 대신해 소환하는 수도 있긴 있었지만, 이런 일에 소모품을 소모해 버리는 건 왠지 모르게 손해 같아서 꺼려졌다.

어차피 오늘 하루만 시티 오브 화이트에 있을 것도 아니거니와, 하룻밤 만에 끝날 악마 소환 의식도 아니다. 오래오래, 잔뜩 해먹어야 하지 않겠는가.

그래서 나는 그냥 마음의 여유를 갖고 영력의 회복을 기다리기로 했다.

"그럼 여신님, 안녕히 주무십시오."

―그래, 스파타야. 잘 자거라. 네 여신은 너를 지켜보겠노라.

그거 자는 거 훔쳐보겠다는 소리 아닌가?

아니, 당당하게 선언했으니 훔쳐보는 게 아니라 그냥 보는 건가.

…하긴 뭐 어때. 닳는 것도 아닌데 그냥 보시라고 하면 되지.

나는 성소에 마련된 침대에 몸을 누이고 그대로 잠을 청했다.

*   *   *

―갸아아아악! 스파타야! 일어나 보거라!!

여신님의 다급한 외침에 일어나 보니 성소 주변이 불타고 있었다.

"아니……."

상황 파악은 나중에 하자. 나는 곧장 피식이를 소환해 산소를 빨아들여 불을 꺼 버렸다.

—죽음을 극복하셨습니다. 잔고는 1,855루블······.

—오오, 스파타야. 너는 유능하구나.

조금 전까지만 해도 다급했던 여신님의 목소리에 안정감이 돌아왔다. 잔고를 알리는 라플라스의 말을 끊어먹고 들어오는 거야 뭐, 그러려니 하자.

"여신님, 이게 어찌된 일입니까?"

—나도 모른다.

정말 여신의 입에서 나온 말인지 의심스러울 정도로 시원하기 짝이 없는 대답이었다.

—하나 한 번 일어난 일은 두 번도 일어나게 마련이니, 또 그러한 일이 아니겠느냐?

아아, 5년 전에 일어났던 그 사건의 재현인가. 다른 신전의 신도가 일리어스 신전에 불을 질렀다던 그······.

"스파타 님! 괜찮으십니까?!"

그때, 성소의 천막을 걷고 일리아이다가 다급하게 들어왔다.

"괜찮다."

"꽤, 괜찮으시군요. 믿고 있었습니다."

떨리는 목소리를 보나, 일그러진 얼굴을 보나 별로 믿었던 분위기는 아닌데.

뭐 아무렴 어때.

"바깥은 괜찮은가?"

"아, 그렇지. 괜찮지는 않습니다. 얼른 나가셔야 합니다. 신전이 온통 불에 휩싸여서……."

"어, 그래?!"

나는 일리아이다의 뒤를 따라서 급하게 성소 바깥으로 나갔다.

아니나 다를까, 신전 내부는 온통 불구덩이나 다름없는 상태였다.

"이런."

물론 나는 이 정도 불꽃에 아무런 위협도 못 느끼고 실제로 위기 감지도 조용했지만, 이 불 때문에 신전이 무너지거나 하면… 그… 곤란하다.

"이, 이럴 수가……."

나와 달리 일리아이다는 절망에 찬 시선을 던졌다.

아무래도 미리 봐두었던 탈출구가 불길로 막힌 모양이다.

불타 죽을 수 있음에도 불구하고 내게 위험을 알리기 위해 성소까지 들어온 건 기특하지만 이대로 그냥 두면 일리아이다만 죽게 생겼다.

"…두 번."

그런데 일리아이다가 갑자기 뜻 모를 소릴 중얼거렸다.

"뭐?"

"두 번이나 같은 죄를 범할 수는 없습니다!"

맥락도 없이 갑자기 무슨 소리냐.

그렇게 묻기도 전에, 일리아이다는 먼저 행동했다.

"제, 제가 제 몸으로 불길을 덮겠습니다! 그 틈을 타 나가십시오! 사셔야 합니다!!"

"아니, 왜……!"

"끄아아악!"

미처 말리기도 전에 일리아이다는 불길 속에 뛰어들어 자기 몸으로 불을 끄려고 했다.

물론 부질없는 짓이었다. 사람 하나가 몸을 던진다고 꺼질 불이었으면 애초에 위험하지도 않았을 테니까.

나는 혀를 끌끌 찼다.

'피식아, 힘 좀 쓰거라!'

"피식!"

나는 일단 피식이를 써서 산소를 빨아들여 일단 눈에 닿는 곳부터 불을 껐다. 산소차단을 이용한 소화 작업이다. 마치 지우개로 지우듯 불길이 없어지는 건 꽤 재밌었다.

"끄… 으으……."

무모하고 무의미한 짓을 한 대가로, 일리아이다는 만신창이가 되어 있었다.

"왜 그랬나?"

"무, 무사하십니까……."

"보면 모르나? 그보다 왜 그랬냐니까."

"저는… 저는, 제가 저지른 죄를 압니다……!"

일리아이다는 갑자기 울부짖었다.

"제가, 제가 스파타 님을 죽였습니다! 스파타 님의 말씀을,

제가 멋대로 곡해해서!!"

그러면서 펑펑 울기 시작했다.

'아무래도 이 놈, 그간 쌓인 게 많나 보군.'

—대외적으로는 아무리 의연히 대처하더라도 속내는 다를
수 있죠.

라플라스는 일리아이다의 속내를 간파하고 있었나 보다.

스파타 일리아다이를 태워 죽인 후 대신관의 자리를 꿰어 차
고 교단을 좌지우지하는 권력을 손에 넣었지만, 그것은 놈이
원하는 바가 아니었다. 설령 스파타가 불타 죽더라도 살아 돌
아올 줄만 알고, 기적을 눈앞에서 목격하고 싶은 욕망에 휩쓸
렸을 뿐.

즉, 놈이 진짜로 원하는 건 스파타의 부활을 목격하는 것.
그것 하나였다.

그러나 1년이 지나고, 2년이 지나고, 몇 년의 세월이 지나는
동안 일리아이다는 스스로의 행동이 어떤 의미였는지 뒤늦게
깨닫게 되었다.

자신의 욕심, 과욕은 결코 이루어질 리 없다는 사실.

스스로가 스파타의 설교를 지나치게 확대 해석 했다는 깨달음.

그리고 그것들이 가리키는 바는 오직 하나.

'내가 스파타 일리아다이를 죽였다.'

대신관이라는 직책에는 어울리지 않는, 이상하도록 낮은 신
성력이 놈의 믿음에 얼마나 큰 손상이 갔는지를 우회적으로 알
려주고 있었다.

자책과 후회, 그리고 죄의식.

그것이 일리아이다로 하여금 스스로 죽을 자리로 기어들어 오게 만든 것이었으리라.

그렇기에 저렇게 어린애처럼 울고 있는 것일 테고…….

"그렇다, 일리아이다. 스파타 일리아다이는 죽었다. 네가 죽였지."

그러나 나는 굳이 거짓말까지 해 일리아이다의 죄책감을 덜어줄 생각은 없었다.

"나 또한 부활해 돌아온 스파타가 아니다. 그저 나는 일시적으로 나타난 환영일 뿐. 때가 오면 다시 그분의 품으로 돌아가야 한다."

물론 진실을 말해서 내 입장을 위태롭게 만들 생각 또한 없었다.

"그러나 일리아이다, 오늘 네가 보여준 희생과 헌신은 조금이나마 네 죄의식을 덜어줄 테지."

나는 성법을 써서 일리아이다의 화상을 싹 다 치유시켜 버렸다.

"그렇게야 놔둘 수 있나……."

내 무심한 중얼거림에, 일리아이다는 흠칫 굳었다.

"일리아이다, 네 죄는 쉬이 사해지지 않으리라. 네 남은 평생을 다해 여신님과 교단에 충성한다 하더라도 과연 네 죄가 완전히 사해질까? 나는 모른다. 나는 모르겠다."

나는 그런 일리아이다 쪽은 쳐다보지도 않고 말했다.

"오로지… 여신님만이 아실 테지."

엄밀히 말해 타인인 내가 일리아이다의 죄에 대해 이러쿵저러쿵 말하는 건 옳지 않았다. 내가 스파타에 과몰입해서 대신 속죄를 받아주는 것도 아닌 것 같았다.

그래서 내린 결정이었는데…….

─고맙구나, 스파타야.

갑자기 들린 일리어스 여신의 목소리에 나는 깜짝 놀랐다.

"아니, 여신님. 여긴 성소 바깥입니다만……."

─네가 어젯밤에 내게 악마의 두개골을 세 개나 바쳤지 않느냐? 그 덕에 이 여신도 꽤 힘을 회복할 수 있었단다!

아, 그게 그렇게 된 건가.

"마음에 드셨다니 다행입니다."

─그래, 이 일리아이다란 놈은 평생에 걸쳐 부려먹어야 내속이 풀리지. 잘했단다, 스파타야!

내가 그렇게 여신과 노가리를 까고 있으려니, 옆에서 일리아이다가 경악에 찬 시선으로 나를 바라보았다.

"서, 설마……. 스파타 님, 일리어스 님께 신탁을 받고 계신 겁니까?"

"응? 그렇다. 정확히는 대화 중이다만."

내 대답에 일리아이다가 허탈함 절반에 자괴감 절반이 뒤섞인 표정으로 중얼거리듯 답했다.

"역시… 스파타 님이십니다. 저는 칠주야를 목욕재계하고 크게 제사를 올려도 응답해 주시는 일이 드뭅니다만."

그런 일리아이다의 안쓰러운 모습에, 나는 여신에게 진언해 보았다.

"응답 좀 해주시지 그러셨습니까?"

―그치만 쟤 못생겼는걸!

갑자기 무슨 앙탈을.

"그야 네가 죄인이니 그렇지 않겠나."

그렇다고 여신님의 말씀을 그대로 전해 일리아이다의 영혼에 결코 치유되지 않을 깊은 상처를 남기기엔 조금 그랬기에, 나는 조금 포장을 하기로 했다.

"열심히 일해 조금이나마 죄를 갚고 나서 말하도록."

"아… 알겠습니다! 죄송합니다!"

그제야 스스로의 염치없음을 깨달은 듯, 일리아이다는 얼굴을 새빨갛게 물들이면서 대답했다.

…진실을 덮어두길 정말 잘했다.

＊　　　　＊　　　　＊

비록 새하얗던 신전이 검게 그슬리긴 했지만, 적어도 신전 자체가 폭삭 무너졌다던 몇 년 전의 화재보다는 훨씬 낫다.

―스파타야, 네 덕에 불이 쉽게 꺼졌구나. 한때는 어떻게 되나 했단다.

"직접 끄셨으면 되지 않았습니까?"

―스파타야, 네 여신은 소화전의 여신이 아니란다.

여신의 불퉁거리는 목소리를 듣자 하니, 불을 끄는 정도의 개입까지는 힘든 모양이었다. 하기야 나를 깨울 때 갸아아악, 이라고 했었지. 갸아아아악······.

─스파타야, 갑자기 왜 웃는 것이냐?

"아, 아무것도 아닙니다."

나는 재빨리 시선을 일리아이다에게 돌리며 말했다.

"왜 불이 난 건지 알고 싶군. 일단 밖으로 나가보지."

"알겠습니다, 스파타 님!"

일리아이다 본인도 죽을 뻔했다. 분기탱천한 그는 먼저 앞서서 신전 바깥으로 나갔다.

나도 나가려 하자, 일리어스 여신이 말을 걸었다.

─다녀오거라, 스파타야. 올 때 소고기를 사오려무나. 오늘은 등심이 먹고 싶구나.

여신님의 입은 고급이었다.

*　　　　　*　　　　　*

신전 바깥으로 나간 나는 의외의 사실을 깨달을 수 있었다.

분명 신전 안쪽에서 봤을 때는 크게 났던 것으로 보였던 화재의 흔적이 신전 바깥에서는 그다지 크게 보이지 않는다는 사실이었다.

즉, 이건 꽤 높은 확률로 내부의 소행이다.

들기론 신도들끼리 서로 분담해서 경비를 서는 덕에, 외부의 방화로 인해 화재가 날 가능성은 3% 미만이라고 했던가.

하지만 내부의 소행이라면? 경비를 서던 신도 본인이 직접 불을 냈다면?

성공 가능성은 한없이 높아지리라.

"스파타 님!"

"꺄악, 스파타 님!!"

내가 신전 바깥으로 나오자 사람들이 와르르 몰려들었다. 그 탓에 나는 생각을 멈추고 사람들에게 시선을 돌렸다.

그런데 그중에 가장 앞에 선 자가 큰 양동이 같은 것을 든 걸 목격했다.

"스파타 님! 제게도 기적을 보여 주소서!"

위기 감지는 조용했으나, 나는 광기에 물든 그자의 눈에서 위험함을 느꼈다. 그래서 남자가 내게 끼얹으려는 그 양동이의 액체를 그냥 피해 버렸다.

촤악! 액체는 애먼 일리아이다에게 끼얹어졌다.

"으악!"

일리아이다는 비명을 질렀다. 끼얹어진 액체의 정체는 기름인 건지, 기름 냄새가 사방에 온통 진동했다.

"어, 어?!"

양동이를 든 남자 옆에 있던, 불붙은 촛불이 든 랜턴을 들고 있던 남자가 예상치 못했던 상황에 당황하면서도 랜턴을 던졌다.

'내참, 진짜 미친 동네야.'

나는 혀를 끌끌 차면서 피식이로 랜턴 안의 산소를 빼내 버렸다. 혹, 하는 소리와 함께 촛불이 꺼지고, 그리고 아무 일도 일어나지 않았다.

─죽음을 극복하셨습니다.

그 와중에 라플라스는 침착했다. 아, 카를은 죽었었구나. 뭐, 그럴 수도 있지.

"일리다이아! 일리다아이! 이 무슨 짓인가!"

내 옆에서 기름세례를 받은 일리아이다가 내 대신 화를 내주었다.

그런데… 이름이 일리다이아? 일리다아이? 이놈들도 일리아이다처럼 스파타 일리아다이의 성에서 이름을 따서 개명한 건가?

아니, 지들끼리 안 헷갈리나?

"그, 그게……!"

"기적을 재현해 보고 싶었습니다, 나의 영웅이시여!"

어느 쪽이 일리다이아인지 일리다아이인지 모르겠다. 뭐 그게 중요할까? 아무튼 랜턴을 던진 자는 당황해 질문에 대답하지 못하고 제대로 말도 못 했지만, 기름을 끼얹은 자는 기이한 열기에 휩싸여 외쳤다.

"일리어스 신의 기적을 입은 당신이라면 기름이 끼얹어져 불에 타 죽더라도 전설처럼 되살아나겠지요! 그것을 보고 싶었습니다!"

놈은 자기 잘못을 인정하기는커녕, 오히려 내게 분노를 드러내었다.

"일리어스 신께서 실제로 존재한다는 걸 이 도시의 모든 이들에게 증명할 절호의 기회가 아니었습니까! 그런데 어째서 기름을 피하셨습니까, 존귀하신 그대여!"

그러고선 오히려 나에게 비난을 쏟아부었다.

와, 이게 광신도인가. 나는 눈을 껌벅였다. 너무 황당하다 보니 화도 안 났다.

─이 어리석은!

그때였다. 일리어스 여신의 목소리가 천둥처럼 울려 퍼졌다. 평소와 달리 이번 목소리는 여기 있는 모든 이들에게 들린 건지, 모두가 놀란 표정이었다.

─네가 정녕 이 일리어스 여신의 존재를 믿지 못하겠다면 믿게 해 주겠다! 네 말마따나 존재를 증명해 주마!

"여, 여신이시여……!"

기름 끼얹은 자는 예상 못 했던 상황에 당황한 건지 말까지 더듬었다. 그러나 여신은 그 부름에 대답하기는커녕, 다른 명령을 내렸다.

─하늘을 보아라! 보일 것이다, 타오르는 저 태양이!

기름 끼얹은 자가 신성한 목소리를 거부하지 못하고 하늘을 올려다보자, 갑자기 하늘에서 뙤약볕이 내리쬐더니 놈에게 태양빛이 집중되었다.

"끄, 아, 아, 악!"

그 순간, 태양을 정면에서 바라본 형벌로써 기름 끼얹은 자의 눈이 멀어버렸다. 동시에 순식간에 전신의 피부가 붉게 익더니 수포가 방울지듯 나타났다.

"까으아, 끼아악!!"

그 화상이 고통스럽기 짝이 없는지, 기름 끼얹은 자는 바닥을 나뒹굴었다. 그러나 그 행동은 오히려 역효과로 작용했다. 피부에 진 수포가 거친 땅바닥에서 터져 더 큰 고통을 만들어 내었고, 수포 아래의 연약한 살에 또 수포가 피어올랐기 때문이다.

─이는 신벌이며 태양신 일리어스가 존재한다는 증거니, 네 몸으로써 태양신의 기적을 증명하며 살아가라!

일리어스 여신의 목소리를 듣고, 그 신성한 역사를 목격한 사람들이 크게 두려워하며 그 자리에 엎드렸다.

"오오, 신이시여! 부디 어여삐 여기소서!"

다른 사람들도 큰 목소리로 용서를 빌었지만, 랜턴 던진 자는 그야말로 필사적으로 외쳤다. 그럴 법도 했다. 자칫 잘못했으면 그도 같은 형벌을 받을 뻔했었으니.

그러나 나는 그러지 않았다. 왜냐하면 일리어스 여신의 목소리가 내게 들렸기 때문이었다.

─스파타야, 괜찮으냐? 네 아름다운 피부가 상하지 않았을까 두려웠단다.

아, 화낸 이유가 그거였나. 방금 전까지 분노에 차 있던 목소리와는 전혀 다른 나긋나긋한 여신님의 목소리를 들으며 나는 헛웃음을 흘리지 않을 수 없었다.

일리아이다를 비롯한 모든 신자가 그저 엎드린 채 아무 반응도 보이지 않는 걸 볼 때, 이번 목소리는 내게만 들리는 게 거의 확실했다.

"여신이시여, 제게 내리신 은총을 잊었나이까? 설령 기름에 끼얹어진 채 불에 탔더라도 이 스파타는 건재했을 것입니다."

그래도 다른 사람들이 보는 앞이니 예의를 챙겨서 그럴듯하게 말하자, 신도들은 눈을 휘둥그레 뜨며 놀랐다. 신과 대화를 한다는 것 자체가 그들에겐 놀라운 일인 듯했다.

―예쁘게도 말하는구나. 그래, 네가 멀쩡하다니 되었다.

여신님의 목소리에는 안도감이 역력히 묻어났다.

―간만에 힘을 썼더니 피곤하구나. 조금 쉬어야겠다.

"예, 들어가십시오."

―소고기를 사오는 걸 잊지 말거라.

솔직히 이 대화는 다른 이들에게 들리지 않아서 다행이라는 생각밖에 안 들었다.

제5장
—
시청 견학

　나는 일리어스 신전에서 나왔다.

　스파타의 추종자들은 지금 일리어스 신전 앞에서 여신에게 절하고 있기에 혼자 나올 수 있었다. 그러나 그리 오랜 시간 동안 혼자 있을 수는 없으리라. 스파타의 신분을 쓴 지 만 하루도 지나지 않았지만, 나는 이미 깨닫고 있었다.

　적어도 이 도시, 시티 오브 화이트에서 스파타 일리아다이의 신분으로 누구의 관심도 받지 않는 안온한 일상을 보내는 것은 한없이 불가능에 가까운 일이라는 것을……

　좋은 의미로든 나쁜 의미로든 시선의 집중 대상이 될 수밖에 없는 것이 스파타 일리아다이라는 남자다.

　감탄, 동경, 질시, 적의.

내게 집중되는 사람들의 다양한 시선을 느끼며, 나는 라플라스에게 말을 걸었다.

'라플라스, 신경 쓰이는 게 있는데…….'

─말씀하십시오.

나는 사람들의 시선을 신경 쓰지 않으려 애쓰며 라플라스에게 물었다.

'성법 설명을 들을 때 같이 나온 내용 같은데, 신들은 지상의 신도들이 그 존재를 증명하기 힘들어할 정도로 모습을 드러내지 않는다며?'

─그렇습니다.

'그럼 방금 전의 일리어스 여신은 뭐지?'

모든 신이 일리어스 여신처럼 분노한 목소리를 내고 신벌을 내린다면, 그 신도들은 자신이 섬기는 신이 존재한다는 걸 증명하는 것에 그렇게 고생할 이유가 없다. 그런데 그렇지 않다는 건 방금 전 일리어스 여신의 행동이 일반적인 부류에 속하지 않는다는 것을 뜻한다.

─신이든 신령이든 그 존재를 드러내고 목소리를 전하는 데에는 막대한 자원이 소모됩니다. 물론 그 힘을 드러내어 신벌을 내리거나 은총을 내릴 때에는 더하고요.

'자원? 무슨 자원?'

─그 정보는 유료입니다.

아무튼 뭔가 소모하는 게 있다는 뜻이겠지. 이걸 루블까지 써가며 알아낼 이유는 없기에, 나는 대충 들어 넘기기로 했다.

―자세히 말씀드릴 순 없습니다만, 그저 인간들의 관심을 끄는 데에 쓰기엔 너무 비싼 자원이지요. 그런 비효율적인 행동을 하는 신은 보통 없습니다.

일리어스 신전 앞에 모여든 사람들이 왜 그렇게 경악했는지 밝혀지는 순간이었다.

'그럼 일리어스 여신은?'

―일리어스 여신의 경우는… 어젯밤에 새 주인님께서 악마의 두개골을 세 개나 제물로 올리셨으니 자원이 조금 남기도 하겠습니다만. 이번 경우에도 그다지 효율적인 행동이라 보기는 힘듭니다. 엄밀히 평가하자면 낭비지요. 그냥 화가 나서 그랬을 가능성이 높습니다.

'…그랬군.'

라플라스의 설명을 듣고 보니 5년 전에 스파타를 불태워 죽인 일리아이다는 벌하지 않았지만, 이번 케이스에는 직접 나서서 일리다이안지 일리다아인지를 벌한 이유가 그것이었으리라는 짐작이 가능했다.

내가 바친 악마의 두개골 덕에 갑자기 힘이 남아돌아서.

그리고 쌓인 게 많아서.

"플렉스 해버린 거로구만."

―그게 무슨 의미죠? 뭘 구부린 거죠?

내가 너무 옛날 유행어를 쓴 것 같다. 내가 대충 설명하자, 라플라스는 고개를 저었다. 물론 실제로 저은 건 아니지만 여하간.

―그보다는 새 주인님이 다치셨을까 봐, 그리고 앞으로 이런

일이 다시 반복되지 않도록 만들기 위해 나섰을 가능성이 높습니다.

'가만, 그럼 일리어스는 나를 위해서 나섰다는 거야?'

─여신의 사랑을 받으시니 좋으시겠습니다.

'비꼬지 말고.'

─그게 아니면 무엇이겠습니까?

'흐음.'

나쁜 기분은 아니나, 곤혹스러운 기분이 앞선다.

나는 스파타 일리아다이가 아니며, 그 사실을 일리어스 또한 안다. 게다가 나는 언젠가 여길 뜰 사람이다. 그런데 그런 날 위해 뭔가 중요한 걸 써가며 나서다니.

'왠지 빚진 기분인데.'

─그렇게 생각하실 필요는 없습니다. 신이든 신령이든 변덕스러운 건 마찬가지니까요. 그저 그 변덕을 어떻게든 통제해 변수를 줄여가며 이득을 보는 것에만 집중하시면 됩니다. 이것이 신이나 신령을 접하는 올바른 태도입니다.

'그건 대현자가 말한 건가?'

─물론 그렇습니다.

대현자 인성…….

하지만 뭐, 대현자 말이 맞겠지. 수없이 생애를 반복해 가며 겪어 본 경험을 토대로 낸 결론일 테니. 나는 고개를 끄덕였다.

'알았어.'

─이해하셨다니 다행입니다.

나중에 들어갈 때 소고기 등심이나 사갖고 가야겠다.

여신에 대한 감사의 마음을 표현하는 데에는 이 정도면 족하리라.

*   *   *

시티 오브 화이트 사람들의 다양한 시선을 받으며 내가 향한 곳은 나를 향한 적대적인 시선이 노골적인 장소, 바로 시청이었다. 나를 향한 시청 공무원들의 시선이 적대적이라지만 어쩔 수 없었다. 라플라스의 도시 정보에 따르면 이 고색창연한 시청은 고대문명 시절 지어진 건물을 개수해 가며 지금까지 유지시켜 왔다고 한다.

즉, 거의 확실하게 유적이다.

이유는 이거 하나뿐만이 아니다. 어제 도시 입구에서 제출한 고블린 코에 대한 보상을 받으려면 시청의 창구에 접수해 달라는 답변을 받았다.

결국 내가 시청에 들를 이유는 들르지 않을 이유보다 많았다.

시청 입구에 들어서자마자 꺄악, 하는 비명 소리가 들렸다.

"스파타 님! 스파타 님이셔!"

"저 기생오라비가 여긴 웬일이지?"

"고블린! 고블린 코 천 개!"

"아아, 보상은 또 받아먹겠다고 여기까지 기어왔구만."

뜨거운 시선과 차가운 시선을 번갈아가며 받다 보니 담금질이라도 당하는 기분이다. 그렇다고 여기서 뒤로 돌아나갈 나는 아니었다.

각성창 안에 탐사일지가 뿅 하니 나타났는데 여기서 나갈까.

탐사를 끝내기 전까진 나가지 않겠다. 그러한 결의를 다지며, 나는 창구로 걸음을 향했다.

"어, 음. 크흠. 무, 무슨 일로 방문하셨는지요?"

속닥이는 거 들어보니 내가 무슨 일로 왔는지 다 짐작했던 것 같은데, 창구 직원은 또 굳이 내게 그런 질문을 했다. 하긴 이게 공무원의 일 처리 방식이지. 자기 짐작대로 일을 처리했다가 클레임이라도 걸리면 피곤해지는 건 본인이니까.

나는 이해했다.

그래서 말했다.

"시청을 견학하고 싶습니다."

"아, 고블린 코에 대한 보상을⋯⋯. 예?"

내가 이해해 준 것과는 달리 관성적으로 짐작한 대로 일을 처리하려던 시청 직원의 목소리가 뒤집어졌다.

*   *   *

"그래서 시청 견학을 하고 싶으시다?"

내 민원에는 의외로 베이다 자작, 그러니까 시티 오브 화이트의 시장이 직접 나와서 응대했다. 창구 공무원이 후다닥 달려가 상부에다 보고한 결과가 이것이었다.

"고블린 코 천 개에 대한 대가는 그걸로 괜찮겠소?"

굳이 따지면 노예에서 면천된 일반 시민인 스파타에게 제국 귀족인 시장이 하오체를 쓰는 건 이례적이긴 하다. 그러나 우리의 대화를 엿듣고 있는 주변 공무원들과 다른 민원인들은 그러한 시장의 말투에 아무런 위화감을 못 느끼고 있는 듯했다.

"시청 곳곳을 빠짐없이 견학하게 해주신다면 그걸로 좋습니다."

나는 시장의 제안을 덥석 물었다. 안 물 이유가 없다. 금화 몇백 개를 준들 탐사 점수보다 더할까? 적어도 내게 있어선 절대 그렇지 않았다.

그러나 내 대답에 시장의 안색이 변했다.

"아니, 농담이오. 도시의 골칫덩이인 고블린을 네 자릿수 단위로 해치워 준 영웅에게 그따위 보상을 해 줬다간 큰일 나지. 아무튼 알았소. 내가 졌소."

그제야 시청 안의 웅성거림이 잦아들었다. 주변 사람들에겐 이게 나와 시장의 기세 싸움으로 보인 모양이었다.

아닌데. 나는 진짜로 시청 견학 하고 싶은 건데.

"시청 견학을 승인하지. 그리고 보상도 따로 내어 주겠소."

뭐, 목적은 이뤘으니 잘됐다.

나는 빙그레 웃었다.

*   *   *

아무리 그렇다고는 해도 외부인인 내게 시청을 혼자 돌아다니게 할 수는 없었는지, 시청은 공무원 둘을 내게 붙여 안내와 감시를 겸하도록 했다.

감시인, 아니, 안내인은 남자 하나 여자 하나였다. 남자는 시종일관 차가운 태도를 견지했지만 여자의 경우는 달랐다.

"저, 스파타 님 팬이었어요! 아뇨, 팬이에요!"

"악수해 주실 수 있나요? 꺄악!"

"그, 그럼 허그는…… 아잉, 부끄러워요!"

"호, 혹시 점심에 시간 있으시면 같이……."

뜨겁다 못해 달아올랐다.

그리고 남자 직원은 그러한 여자 직원의 행태를 더욱더 차갑게 식은 눈으로 보고 있었다.

뭐냐, 이건. 냉온수기인가?

주로 여자 직원 때문에 시청 탐사에 전혀 집중할 수 없었지만, 사실 탐사에는 별로 집중할 필요가 없다. 그냥 돌아다니기만 해도 탐사일지에 멋대로 기록되니까. 그러니까 명확히 하자면 탐사 자체에는 별로 방해가 되지는 않았지만, 그래도 신경에 거슬리기는 했다.

'여자한테 인기 있는 것도 그렇게 좋은 것만은 아니구나.'

―아직 12세신데 벌써 그런 생각을 하시면 좀…….

내 내용물에 대해 뻔히 다 아는데 저런 소릴 한다는 건 놀리는 게 맞겠지?

아무튼 나는 시청의 지상층부터 지하까지 빠짐없이 돌아보았다. 아쉽게도 숨겨진 통로나 비밀 문 따위는 발견되지 않았다. 이제 남은 곳은······.

"시장실로 가시죠."

"예?! 시장실··· 말씀이십니까?"

"아, 얼른 가죠!"

남자는 놀란 듯 내게 되물었지만, 여자는 아예 내 등을 밀면서 말했다.

"몸이 굉장히 탄탄하시네요. 등 근육이, 역시··· 하아, 하아."

그러면서 숨결이 거칠어지는 게, 조금 무섭기까지 했다.

＊　　　　＊　　　　＊

시장실에 들어서자 시장이 나를 반겨 주었다.

엄밀히 말해 별로 반기지는 않았다.

"아니, 여기까지 왜······."

"견학이니까요."

시장은 당혹스러워했지만, 대꾸는 여직원이 대신했다. 그래도 부하일 텐데 저래도 되는 걸까 싶긴 하지만, 후환이야 본인이 알아서 하겠지. 나야 뭐 탐사 점수만 챙기면 되니까.

나는 시장실을 휘 둘러보았다. 비밀 감지가 반응했다.

'역시.'

시청에는 유물이 몇 개 있었다. 눈에는 보이지 않지만, 확실하게 존재했다. [유물 감식 3]이 그 존재를 증명해 주고 있었다. 그런데 그게 있는 곳으로 어떻게 가야 하는지에 대해서는 몰랐었다. 과거형으로 말한 이유는 물론 이제는 알게 되었기 때문이다.

'지금 당장 가지러 가고 싶은데.'

하지만 무리였다. 시청 직원들이 돌아다니며 일을 하고 있는 데다, 감시자 둘이 따라붙었고, 시장이 눈이 벌게져라 나를 노려보고 있는 상황에서 유물을 슬쩍하러 갈 수는 없었다.

흑법과 어둠장막의 단검을 써서 유물을 훔치려고 시도해 볼 수도 있었지만, 스파타 일리아다이는 사람들의 시선을 지나치게 강하게 끌어 모으는 존재였다. 뭘 하든 주목받는다. 시야에서 잠깐 사라지는 것만으로도 소란을 일으킬 가능성이 지극히 높았다.

─괜히 30루블짜리 미모가 아닙니다.

라플라스가 자랑스러워하며 말했다. 아니, 네가 왜 자랑스러워해?

'아무튼 나중에 다시 와야겠군.'

스파타의 알리바이를 만든 후에 몰래 침입해서 일을 봐야겠다. 그리고 그 알리바이 공작에 도움을 줄 사람은… 사람이 아니라 신이었다.

일리어스 여신.

그래서 나는 푸줏간에 들러서 쇠고기 등심을 넉넉히 구입한 뒤 일리어스 신전으로 향했다. 이건 일리어스 여신의 환심을 사기 위해서이기도 했지만 어디까지나 개인적으로 내 점심 식사를 해결하기 위해서였다.

'시선이 너무 집중되는군.'

—잘생겼으니까요.

이래서야 밥이 코로 들어가는지 입으로 들어가는지 모를 정도다. 게다가 내게 호감을 품는 대상만 있는 게 아니니까. 시청에서 봤듯, 내게 차가운 시선을 보내는 인간들도 많다.

그래서 나는 그냥 대신관 외에는 출입이 불가한 성소에서 밥을 먹기로 결심했다.

"그래도 불특정 다수의 시선을 받는 것보다는 여신님 하나시선 받는 게 낫겠지."

나는 그렇게 생각했지만, 그 생각도 딱히 옳지는 않았다.

"스파타 님!"

"스파타 님!!"

이 도시에서 가장 열광적인 스파타 팬들이 어디 모여 있었겠나?

바로 일리어스 신전 앞이었다.

화재 소동에 아침부터 찾아와 일리어스 여신의 신벌을 목격하고 그 자리에서 엎드려 죄를 비느라 나를 쫓아오지는 못했지만, 신전 앞에 진치고 내가 돌아오는 것을 기다리고 있을 거란건 계산을 했어야 했다.

'라플라스.'

—네, 새 주인님.

'이 신분, 피곤해.'

—……

라플라스로부터 답은 돌아오지 않았다.

＊　　　　　＊　　　　　＊

―오, 스파타야. 빨리 왔구나.

어떻게든 신도들을 헤치고 성소로 돌아오자, 여신님이 나를 반겨주셨다.

"예, 여신님. 여기 소고기 등심이 있나이다."

―오오, 그래. 네가 나를 위해 구해온 일용한 양식이로구나. 이 여신은 기쁘도다.

내가 제단 위에 신선하고 품질 좋은 등심을 올리자, 여신님은 기뻐하며 신성한 태양빛을 제단에 비추시니 먹음직스러운 냄새가 성소에 퍼지기 시작했다.

―자아, 이 여신이 너를 위해 구운 등심구이란다. 맛을 보거라.

"……? 여신님께서 드시고 싶어 하셨던 게 아닙니까?"

―나는 구우면서 충분히 맛보았다. 남은 건 네가 먹거라.

여신님의 말씀에 나는 더 이상 사양하지 못하고 고기를 먹기 시작했다. 아무리 신성한 태양빛으로 구웠다 한들 소금과 후추도 뿌리지 않은 고기가 맛있으면 얼마나 맛있겠는가?

"……!"

그런데 맛있었다!

뭐지, 이거? 왜 고기에서 깊은 감칠맛이 느껴지지? 그냥 구운 것일 뿐인데!

하지만 한편으로는 이런 생각도 들었다. 여기에 소금과 후추까지 뿌리면 얼마나 맛있을까? 나는 군침을 꿀꺽 삼켰다.

"여신님."

—잘 먹는구나. 더 먹거라.

"제물로 바칠 게 더 있습니다."

—응? 무엇이냐?

나는 대답 대신 재빨리 제단에 암염 한 덩어리와 후추 스무 알갱이를 올렸다.

—이것은?

뭐지, 소금과 후추도 모르는 건가? 하긴 라플라스의 말마따나 이 일리어스 여신은 일개 신령에 불과하고 평생을 이 신전의 성소에 갇혀 살았다면 소금과 후추를 모를 법도 하다는 생각이 들었다.

"조미료입니다."

—그걸 몰라서 물었겠느냐. 어디 소금이냐고 물었던 거란다.

아, 아시는구나.

난 또.

—이렇게 품질이 좋은 걸 본 적이 없도다. 후추는 또 어디 것이냐?

"그건 저도 잘 모릅니다."

사실 카를 궁전의 지하 유적에서 주워온 거지만……. 그렇다고 이 소금과 후추가 시티 오브 카를에서 났다고 할 수 있을까? 내 생각엔 아니었다.

─그렇구나. 어디 한번 먹어보자꾸나.

제단에 올린 암염 한 토막과 후추 스무 알갱이가 슉 사라졌다. 그리고 내가 아직 덜 먹은 등심 고기도 슉 사라졌다.

─맛있구나!

내가 생각한 거와는 조금 다른 전개였다.

"저… 여신님?"

─왜 부르느냐?

"제 고기는?"

긴 침묵이 성소 안을 채웠다.

─어흠. 이 고기는 네가 내게 바친 것 아니더냐.

아니, 그렇게 손바닥을 뒤집으신다고?

실망감에 내 어깨가 축 늘어지자, 여신님께서는 다급히 말씀하시었다.

─농담, 농담이다. 바로 구워줄 테니 몇 덩어리 더 올려 보거라.

그 말씀인즉슨 이미 올린 것은 다 드셨다는 의미로밖에 받아들일 수 없으나 뭐 그게 중요하겠는가? 애초에 여신님께 올린 제물임은 틀림없는 사실이었다.

"알겠습니다, 여신님."

게다가 어차피 등심은 넉넉히 사왔다. 부족하진 않을 것이다. 나는 통 크게 다섯 덩어리를 제단 위에 올렸다.

그리고 잠시 후, 다섯 덩어리의 고기가 모조리 사라졌다.

──…미안, 미안하구나. 근데 이거, 너무 맛있엉!

…여신님의 체통은 대체 어디에?

*　　　　　*　　　　　*

나는 신전 앞에 자리 잡은 신도들을 뚫고 고기를 열 덩이
더 사왔다. 물론 모두 최고급 등심이다. 이걸 모두 제단에 바치
니, 여신님께서 기껍게 말씀하시었다.

—스파타야.

"예, 여신님."

—술이 필요하도다.

"반주 말씀이십니까?"

—반주도 반주다만, 고기 잡내를 잡는 데에 네 술만 한 게
없는 것 같구나.

나는 재빨리 제단에 술을 올렸다.

—역시! 맛있엉!!

"저, 여신님."

—아, 그래. 또 다 먹어버릴 뻔했구나.

그리고 그제야 나는 고기 다섯 덩이 정도를 나눠받을 수 있
게 되었다.

—…이 여신은 이미 충분히 맛보았다.

"……"

—…얼른 먹거라.

그러나 나는 첫 고기 한 점을 맛보자마자 여신님에 대한 의

구심을 모두 거둘 수 있었다.

내가 생각했던 대로 최고급 암염과 후추, 그리고 시트러스 페르피나 브랜디를 이용해 적절히 간을 하고 잡내를 잡은 소고기는 여신님이 왜 고기를 열 덩이나 꿀꺽 자셨는지 인간적으로 이해가 될 정도로 너무나도 맛있었다.

―죄악의 맛이로다.

여신님도 내심 찔리시는지 자조적으로 말씀하시었다.

"분위기 애매할 때는 역시 술이죠!"

나는 제단에 다시 술을 올렸다. 어차피 [가다메아의 술병] 덕에 브랜디만큼은 공짜다. 무제한이다! 뭘 아끼겠는가?

―스파타야, 네가 뭘 좀 아는구나!

*   *   *

식사를 마친 나는 성소에서 명상을 하며 시간을 보냈다.

아깝지만 술기운은 전부 날려 버려야 했다. 아깝지만… 그래도 명상인데 술 취한 채 할 수는 없지.

평소에는 3성급에 달하는 영력을 바닥까지 짜내 쓸 일이 없었는지라 명상할 일 또한 별로 없는데, 바로 어제 영력을 물 쓰듯 써버리는 바람에 하지 않을 수가 없어졌다.

이럴 줄 알았으면 네 번째 정령으로 영력의 정령이라도 소환할걸. 그런 정령이 실제로 있는지는 모르겠다만.

아니, 컴컴이를 소환한 게 정답이다. 나는 곧장 마음을 바꿔

먹었다. 컴컴이도 없이 그냥 흑법으로만 응축된 어둠을 저축하려면 한밤중에 여기저기 어두운 곳을 돌아다니며 모아야 하는데. 그러느니 그냥 명상하는 게 훨씬 낫다.

나는 잡생각으로 흩어지려는 정신을 다시 집중해 명상에 몰두하기 시작했다.

―시간 됐습니다, 새 주인님.

미리 해둔 알람 설정에 따라 라플라스가 나를 깨웠다.

"오, 해가 졌나?"

―태양신의 대전사라는 자가 해가 졌음에 기뻐하다니 이 여신은 통탄스럽도다.

여신님께서 분노하시었다. 이런 말을 들으니 또 이러면 안될 거 같네.

"죄송합니다."

―알면 됐다. 그런데 왜 밤을 기다렸느냐?

"아, 시청에 다녀오려고요."

시청 직원들 몰래.

혹시 몰라 잭 제이콥스의 성물에 광휘석을 새 것으로 갈아 끼우고, 반짝이를 불러 소모한 신성력의 일부를 회복시킨 후 나는 미리 응축된 어둠을 담아 놓은 어둠장막의 단검을 사용했다.

―다녀오너라. 몸조심하고.

어둠장막의 단검을 사용했음에도 불구하고 여신께서 인사를 건네시는 건 그다지 놀랄 일이 아니다. 일리어스 신은, 그리고 다른 신들 또한 이 세계의 존재가 아니니까.

그러니 단검의 능력인 이 세계 존재들의 인식에서 벗어나는 효과가 통할 리 없다.

"예, 다녀오겠습니다."

따라서 나도 태연하게 여신의 안부 인사에 대답하고 성소를 나설 수 있었다.

한밤중임에도 일리어스 신전은 여기저기 빛을 밝히고 신도들이 경계를 서느라 여념이 없었다. 하긴 바로 오늘 아침에 화재가 났으니 경계가 철저해지는 건 당연하다고도 볼 수 있었다. 아무리 방화범이 내부의 인물이었다 하더라도 말이다.

나는 신전의 담장을 박차고 날아올라 바로 날개옷을 펼쳤다. 그리고 어둠장막의 단검이 부여하는 효력이 다하기 전에 재빨리 3야급 흑법 밤 감추기를 사용했다. 하르페이아의 날개옷을 해치는 소리가 꽤나 요란했으나, 경계하는 신도들은 그 소리 듣지 못했다.

"좋아, 가 볼까?"

알리바이를 숨긴 채 신전 밖으로 나오는 것에 성공한 나는 굳이 어디로 샐 것도 없이 곧장 시청으로 향했다. 시청의 경계도 꽤나 철저했으나 하늘을 통해 침입하는 걸 염두에 두진 않았는지 별 위기 없이 시청 천장에 내려앉을 수 있었다.

착지한 나는 날개옷을 접고 언제든 어둠장막의 단검을 사용할 수 있도록 마음의 준비를 한 뒤 벽 쪽으로 내려앉았다. 잠금 해제로 잠긴 창문을 간단히 열고 시청 건물 안으로 침입한 후 시장실로 향했다. 정확히는 시장실의 비밀 문 너머다.

괴도 늑대거미 가면의 은신처와 비슷한 방식의 트릭이 적용되어 있었다. 즉, 책장의 복잡한 조작이 필요했지만, 나는 익숙하게 책장의 책을 당겨 비밀 문을 열었다. 익숙하게 조작한 건 기계 조작 덕이었다.

비밀 문 너머에는 비밀 방이 있었다. 그리고 그 비밀 방에는 시장의 비밀이 숨겨져 있었다.

그것은 바로 스파타 일리아다이의 초상화였다.

아니, 정확히는 초상화'들'이었다.

창문조차 없는 방에는 스파타의 얼굴로 벽면이 말 그대로 도배가 되어 있었다.

"오……."

나는 비밀 문을 도로 닫았다.

내가 뭘 본 거지?

―위장입니다.

"뭐?"

이게 왜 위장이야?

―누가 우연히 비밀 문을 열어서 이 공간이 들키더라도 변명할 여지를 두려는 위장이죠.

"…위험한 취향이라 숨길 필요가 있었다, 이런 변명?"

그런 거라면 차라리 다행이다.

별다른 조명도 없어 시꺼먼 어둠 속에서 벽면을 가득 채운 스파타 일리아다이의 초상화들은 기괴해 보이기까지 했다. 짧은 신음성을 남긴 나는 곧장 초상화 하나를 노려 조심스럽게 벽에서 떼어 냈다. 이 초상화가 시청의 유물이라는 건 당연히 아니다. 오히려 이 초상화가 연막이다.

"빙고."

떼어 낸 초상화 뒤에는 아무것도 없었다. 그냥 벽면이다. 보통 사람이 보기에는. 그러나 트레저 헌터인 내 눈엔 비밀 감지가 요란하게 반응하는 게 보인다.

나는 비밀 감지가 가리키는 곳을 손바닥으로 만졌다. 그러자 손바닥에 뭔가 우둘투둘한 게 느껴졌고, 동시에 기계 조작이 발동했다. 이렇게 되면 일은 쉽다. 나는 조작했고, 문은 열렸다. 열린 문 너머에는 사람 하나가 간신히 기어갈 만한 크기의 구멍이 보였다. 비밀통로다.

"살찐 시장이 기어가기엔 조금 좁은 것 같은데."

나는 투덜거리면서 비밀통로를 기어서 빠져나왔다.

그리고 마침내 나는 오늘 밤의 궁극적인 목적지에 도착했다.

*　　　　*　　　　*

시티 오브 화이트의 시장, 베이다 자작은 지친 몸을 간신히 자택의 침대에 뉘였다.

"어구구구……."

나이를 먹었는지 입에서 앓는 소리가 절로 나왔다.

어느 신전에 가든 치유와 축복을 받으면 싹 나을 피로지만, 정치적인 우군 역할을 자처하고 있음에도 불구하고 신전들은 시장을 상대로마저 신성력을 쓰는 데 인색했다.

머리로는 이해한다. 신관의 신성력이란 돈과도 같아서, 써버린다고 다시 돌아오는 게 아니니.

그래도, 그래도 말이다. 가끔 자비 들여서 식사 한 끼 정도는 사줄 수도 있는 거 아니겠는가? 그런 느낌으로 치유 좀 해주면 안 되나?

그런 불평을 머릿속으로만 잠시 생각한 뒤, 시장은 침대 위에 팔 다리를 전부 쭉 뻗었다. 옆에 같이 누웠어야 할 아내의 모습은 없었다. 감히 나도 못 만져본 스파타 님의 뺨을 잡아당겼다고 삐쳐버린 탓에 각방을 쓰고 있었기 때문이었다.

아니, 진짜 이유는 그게 아니다. 남편보다 스파타가 좋으냐고 말하는 게 아니었는데, 말해 버린 게 문제였다. 물론 그 질문에 대한 대답은 언어가 아닌 폭력이었다.

딸은 가출해서 애인과 동거 중이다. 녀석은 설령 자작이 제국 중앙으로 돌아간다 한들 여기 남겠다고 시위 중이다.

제 마음대로 하라지. 어차피 제국 중앙으로 돌아갈 일도 요원해졌다. 하지만 마음 한구석이 스산한 것만은 어쩔 수 없다.

이미 익숙해진 일상이다.

"어휴……"

익숙함이 마음의 짐을 대신 들어주는 것은 아니다. 그저 둔감해졌을 뿐이다. 그런데 오늘따라 가슴 아래를 지글지글 끓이고 있는 것 같은 이 불안감의 정체는 무엇일까.

'그 녀석……'

베이다 자작은 스파타 일리아다이의 잘생긴 얼굴을 떠올렸다. 아무런 맥락 없이 떠오른 얼굴이었으나, 그는 곧 맥락을 찾아냈다.

'시선!'

지금껏 신경이 쓰인 건 스파타 일리아다이의 시선이었다. 누구에게든 호감을 살 만한 그 동공이 향한 곳은…….

'에이, 설마 아니겠지.'

그럴 리 없다는 생각이 더 컸었다. 그러나 시간이 갈수록, 밤이 깊어갈수록 불안감은 더욱 커지고, 그의 의심암귀는 끝을 모르고 부풀어 올랐다.

그 시선! 그 시선의 끝은……!

'비밀 문!'

종국에 베이다 자작은 스파타가 비밀 문의 존재를 알아차렸다고 굳게 믿게 되었다. 물론 그것은 그의 불안심리가 빚어낸 망상증에 가까웠으나 우연히도 그것이 진실과 맞닿아 있었다.

비밀 문 그 자체는 별로 중요하지 않으나, 문제는 그 문 너머에 있는 것들이다. 불안심리는 더욱더 심화되어 자작은 스파타가 그 안의 것들을 오늘 밤, 그러니까 지금 훔쳐가고 있을지도 모른다고 망상하기 시작했다.

"안 되겠다. 가봐야겠어!"

베이다 자작은 바로 외투를 집었다. 오늘 밤은 야근이라도 하는 척하고 시장실에 틀어박혀 있어야겠다. 그래야 좀 마음이 놓일 것 같았다.

*   *   *

"우와……."

나는 비밀 방을 훑어보며 감탄사를 터뜨렸다.

유물, 유물, 유물이었다. 이 안에 든 전부가 유물이었다. 의외로 금은보화 따위는 하나도 없었다. 내가 생각했던 것과 달리, 이 방은 시장의 비자금을 저축해 두는 방이 아니었던 모양이다.

─아뇨, 비자금 맞습니다.

"엥?"

─고대 문명의 유물들은 라틀란트 제국에서도 비싸게 팔리거든요. 아니, 비싸게 팔린다는 말에는 어폐가 있군요. 어지간하면 돈 주고도 못 구하니까요.

"아아……."

지구에서 높으신 분들이 재산 세탁이나 비자금 형성 목적으로 미술품을 구해다 쌓아 놓는 것과 비슷한 케이스인 모양이다.

병사들은 최전선에서 전쟁 중인데 후방의 높으신 분들은 팔자도 좋구나, 하고 빈정거렸던 기억이 난다. 사실 내 경우는 그 미술품들이 혹시 유물들이 아닐까 싶어서 어떻게 훔쳐 낼 방법이 없을까 고민하기까지 했기에 기억은 더욱 선명했다.

그거야 뭐 아무튼.

"그치들은 고대 제국의 유물들을 더 비싸게 치는 거 아니었어?"

—그건 황위 계승권을 지닌 황족들 이야기입니다. 귀족들은 고대 문명 걸로 만족해야 하죠. 사실 그래서 더욱 선호 받습니다. 적어도 그냥 가지고 있는 것만으로 반역자로 몰릴 위험은 없으니까요.

그러고 보니 내 각성창 안에 든 고대 제국의 금화가 딱 그 이유 때문에 세상 빛을 못 보고 있는 거였다.

"아, 그럼 이 유물들은 안전자산이다, 이거지?"

—상대적으로는 그렇다고 평가할 수 있습니다. 하지만 시티 오브 화이트에서는 조심하셔야 합니다. 자신들이 고대 문명의 진정한 후계자라고 여기는 사람들이니, 그 유물들을 도시 밖으로 유출하려는 시도만으로도 사형당할 수 있거든요.

아니면 시민들에게 맞아죽든가요, 하고 라플라스는 이야기를 마무리했다.

"그렇군. 그럼 내가 시장의 죄를 감춰 줘야겠어."

나는 유물들을 각성창 안에 쓸어 담았다.

그리고 [탐사일지]를 꺼내 탐사 점수를 정산 받고, 유물들을 제자리에 돌려놓았다.

—시장의 죄를 감춰 주시는 게 아니었나요?

"농담이었지."

당장 오늘 낮에 시청을 찾아 견학이라는 명목으로 구석구석 돌아다녔다. 그런데 그날 밤에 바로 비밀 방의 유물이 다 없어지면 누가 의심받겠는가?

나겠지.

내 알리바이는 완벽하고 흔적 같은 걸 남겨둘 생각도 없었지만, 시장은 멋대로 나를 범인으로 지목할지도 모른다. 싫어하는 사람이 미운 짓을 했다고 믿는 건 별로 이상한 일이 아니니까.

그러니 나는 그냥 알맹이만 쏙 빼먹고 가기로 했다.

"이미 탐사 점수도 먹었고……."

게다가 뭐, 유물을 가져가지 않는다고 내가 손해 보는 것도 아니다. 이번에 얻은 탐사 점수로 강화시킨 능력, [기능 추출 2]를 이용한다면 그렇게 된다.

"이거는 여기에, 요거는 요기에."

강화된 기능 추출은 하나의 유물에서 두 개의 기능을 뽑아낼 수 있는 능력이 추가되었다. 그리고 기능이 이미 존재하는 유물에도 기능을 하나까지만 더 추가할 수 있는 능력도 더해졌다.

사실 기존의 기능 추출에선 두 개 이상의 기능을 지닌 유물에서는 기능 하나만 뽑아낼 수 있는 것도 이번에 처음 알았다. 두 개 이상의 기능을 지닌 유물이 그만큼 희귀하다는 소리이다.

그리고 그 희귀한 유물이 하필이면 바로 여기, 시청의 비밀방에 있었다.

"휴, 손해 볼 뻔했네."

나는 그 희귀한 유물에서 두 개의 기능을 뽑아내며 안도의 한숨을 내쉬었다.

그 유물이란 바로 청동방패였는데, 두 개의 기능은 경량화와 경도증가였다. 방패로써는 최고의 기능이지만 내가 지금 쓰고 있는 방패가 없어서 빛이 바랬다. 적당한 유물 방패를 구하면 거기다 옮겨놔야지, 하면서 일단 달란트 금화에다 옮겨두었다.

그 외에도 기능을 지닌 유물은 다섯 개쯤 보였는데, 속에 받쳐 입고 있으면 땀 냄새를 날려 준다거나 머리에 베고 잠을 잘 때 좋은 냄새가 나거나 하는 잡다한 기능들이었다. 물론 전부 추출해서 금화에 옮겨 놨다.

"아무튼 이번에는 흑자라 다행이군."

입수한 유물은 33개로 이번에 얻은 탐사 점수는 3,400점. 기능 추출을 강화하는 데에 1,000점을 소모해도 흑자였다. 딱 하나 아쉬웠던 건 [기능 추출 2]로도 여전히 보물의 기능은 추출할 수 없다는 점이었다. 아무래도 다음 유적에 걸어 봐야 될 듯싶다.

게다가 얻은 건 탐사 점수와 유물 기능만이 아니다. 루블도 얼마쯤 손에 넣었다. 아무래도 카를이 밤의 시청에 숨어들었다가 경비병한테 죽은 적이 있는 건지, 시청을 빠져나오는 과정에서 나는 아무것도 안 했는데 루블이 들어오는 경험을 했다.

이제는 익숙해질 법도 한 경험이긴 했지만, 아직 덜 익숙해진 건지 여전히 황당하긴 했다.

뭐, 아무튼 이득은 이득이다.

나는 전체적으로 만족스러운 기분으로 일리어스 신전의 성소로 돌아왔다. 이렇게 알리바이까지 성립시켜놨으니 완전범죄가 되었다.

나는 그렇게 생각했다.

그런데 아니었다.

―시장의 비밀 금고를 털고 왔구나.

일리어스 신전의 성소로 돌아오자마자, 여신께서 내가 간밤에 저지른 일을 정확하게 짚어 말씀하시었다.

즉, 내 범죄는 완전범죄가 아니었다.

여신님께서 알고 계신다!

"아니, 여신님. 그건 어떻게……."

―한밤중에 모습을 감추고 갈 일이야 빤하지 않느냐?

하긴 이건 너무 뻔했다.

―걱정 말거라. 이 사실을 누구에게 말하거나 하지는 않을 터이니.

"감사드립니다."

어차피 다른 사람한테 말 거는 데에는 뭐가 많이 소모된다고 하지 않았나? 나는 그런 지적을 하지는 않았다. 여신님의 작은 허세는 그냥 넘어가주는 게 대전사로서의 도리 아닐까?

―…그럼 이제 다시 악마를 소환할 테냐?

"예."

원래는 아니었지만, 뭐 어떤가. 여신님께서 원하시는데. 처음에는 그렇게 싫어하시더니 이제는 먼저 말을 꺼내는 게 귀엽게도 느껴졌다. 안 그래도 악마 서넛 정도는 소환할 영력이 모였다. 확률상 두개골 하나쯤은 나오겠지.

―그럼 시작하거라.

"시작하겠습니다."

결과.

"나는 대악마 드자이. 네가 악마를 미끼로 꾀어내 살해한 범인이렷다?"

대악마가 소환되었다.

이제껏 나타난 악마들은 다들 자기가 대악마라고 하며 나타났지만, 이번만큼은 자칭 대악마가 아니다.

진짜 대악마다.

일단 소환진에서 아직 다 빠져나오지도 않았는데도 성소 장막의 천장에 머리가 닿은 그 거대함이 그 증거였다. 게다가 분명 소환 3회 분량을 모아놓았던 영력이 한 번 만에 전부 빨려나간 것도 정황 증거 중 하나로 삼을 수 있겠다.

결정적으로 악마의 머리에는 다섯 개의 뿔이 서로 얽혀 마치 왕관과도 같이 자라나 있어 놈이 5각급의 대악마임을 증명했다.

─위험해요!

"나도 알아!"

아직 공격받은 것도 아닌데 단순히 악마의 적의가 내게 향한 것만으로도 위기 감지가 강렬하게 반응하고 있었다.

─너무 두려워 말거라, 나의 대전사야. 여기는 나의 성소요, 나의 권역이니 고작 악마 따위가 날뛰지 못하리라.

그때, 여신의 목소리가 성소를 따스하게 감쌌다. 그러자 지금 시각은 한밤중임에도 불구하고 일리어스 신전의 성소는 성스러운 태양빛이 가득 쬐었다.

"크! 이런!!"

그 태양빛은 극적인 효과를 나타냈다. 거대한 5륜급 악마가 소환진에서 한쪽 팔과 상반신만을 꺼내놓은, 몸을 전부 빼내지 못한 애매한 상태로 소환이 종료된 것이 그것이었다.

"고작 이 정도로 대악마를 제압할 수 있을 거라 생각지 마라!!"

그러나 과연 대악마는 대악마인지 일리어스 여신의 태양빛만으로는 완전히 제압되지 않은 모양이다. 아침햇살에 녹듯 그 체구가 30% 정도 작아졌지만 그럼에도 그 팔뚝이 내 전신만 한 건 변함이 없다.

여신의 힘만으로는 놈이 제압되지 않으니, 결국 내가 직접 나서야 했다. 다행히 태양빛은 내게도 영향을 미쳐, 본래 그 효과가 절반 정도로 줄어들었을 태양신의 강복이 80% 정도로 회복되어 있었다.

"죽어라! 마를 멸하는 철퇴!"

나는 이제껏 12마리의 악마를 단번에 보내버린 3륜급의 짜라스트라계 성법으로 놈을 공격했다. 빠악! 철퇴는 정통으로 그 대가리에 틀어박혔다.

"컥! …네놈, 이 연쇄살마인이 주제도 모르고 적반하장을!"

그럼에도 불구하고, 대악마는 정신을 잃기는커녕 오히려 이 상한 말을 늘어놓았다. 연쇄살마인? 적반하장? 그게 다 무슨 소리야?

"한 방 더!"

나는 철퇴를 한 번 더 휘두르려고 했다. 그러나 그건 마음대로 되지 않았다. 대악마가 그 거칠고 두꺼운 악마의 손을 내밀어 내 허리를 덥석 붙잡았기 때문이다.

"컥?!"

─스파타야!

"이것은 처형이다! 네 죄의 대가다!"

놈은 헛소리를 늘어놓으며 나를 쥔 손아귀에 힘을 줬다. 이대로 단숨에 내 몸을 터트리려는 기색이었다.

"끄아아압! 반짝아!"

나라고 가만히 있을 수는 없다. 나는 반짝이의 이름을 외쳤다. 내 부름에 반응해 소환된 반짝이가 곧장 자폭했다.

번쩍! 그 신성한 폭발의 여파로 인해 나를 붙잡고 있던 악마의 손에 살점이 다 날아가 뼈만 남았다.

"으아아아?! 내 손, 내 손이……!"

저 손 뼈를 어떻게 전리품으로 받아갈 수 없을까? 하는 생각도 잠시.

"크으윽!"

나도 별로 정상은 아니었다. 일단 팔뼈가 모조리 으스러졌고 갈비뼈도 몇 대 나갔다. 아주 잠깐 손아귀에 잡힌 것만으로도 이 꼴이 됐다.

─스파타야!

그때, 여신님의 목소리가 들렸다. 그리고 동시에 내게 집중적으로 태양빛이 내리쬐기 시작했다. 그 성스러운 태양빛은 태양신의 강복과 시너지를 일으켜, 내 상처를 빠른 속도로 치유하고 재생시켰다.

"감사합니다, 여신님!"

그러나 이걸로 위기를 극복했다고 말하기는 힘들다.

저놈을 무슨 수로 잡지? 3륜급의 짜라스트라 타격 성법인 멀마의 철퇴도 제대로 안 먹히는데!

그나마 반짝이의 자폭공격이 잘 통한 건 다행이지만, 자폭을 시켜 버렸기 때문에 자동으로 소환 해제되어 3분간이나 반짝이를 소환할 수 없게 되었다.

지금 와서 다시 생각해 보면 별로 좋은 수라고 볼 수는 없지만 어쩌겠는가? 자폭 안 시켰으면 악마의 손아귀에 의해 전신이 터져 죽었을 텐데.

그 대가로 나는 대악마를 상대로 3분이나 버텨야 한다.

버틸 수 있을까?

아니, 못 버틴다.

이 결론에 이르기까지 1초도 고민할 필요가 없었다.

"라플라스!"

따라서 나는 결단을 내려야 했다.

—네!

"4륜급 신성력! 그리고 당장 쓸 짜라스트라계 성법!!"

—결제되셨습니다!

그간 한 푼 두 푼 살뜰히 쌓아왔던 루블을 단번에 써버리기로. 할인 하나 안 받고 일시불로 질러 버린지라 쌩돈이 나갔지만 이게 목숨보다 비싸겠는가.

안 비싸다!

"네놈! 뭐냐! 갑자기 빛이 강해지다니!!"

대악마도 내게 주입된 4류급의 신성력을 보고 놀란 건지 입을 다물 줄을 몰랐다.

좋아, 좋은 반응이다. 만약 대악마가 이걸 보고도 코웃음 쳤으면 진짜 절망이었다. 남은 건 죽음뿐이었을 수도 있었다.

"나는 돌아가겠다!"

그런데 대악마의 반응은 그냥 놀라는 것에서 끝나지 않았다, 소환진에 다시 자기 몸을 밀어 넣기 시작한 게 그것이었다.

"무슨 소리!"

루블은 루블대로 빨아먹고 어딜 도망가려고!

나는 곧장 새로 배운 지 얼마 되지 않는 4류급 짜라스트라계 성법, [마를 봉인하는 그물]을 사용했다. 신성력으로 이루어진 그물이 휙 날아가 대악마를 붙잡아매었다.

"으아악, 놔라! 네놈, 나까지 죽일 셈이냐!!"

"당연하지! 처먹고 죽어라!"

나는 마를 멸하는 철퇴로 그물에 묶인 대악마를 후려쳤다.

똑같은 3류급 성법이더라도 밀어 넣은 신성력에 따라 위력이 달라지는 법. 라플라스를 통한 속성교육이라고는 하나 4류급의 신성력을 다룰 수 있게 된 나는 4류급의 위력으로 마를 멸하는 철퇴를 후려칠 수 있었다.

쾅!

조금 전과는 달리 거의 폭발하다시피 작렬한 일격에, 대악마는 비명을 질러대었다.

"크억! 끄으읍, 나, 나는 대악마! 대악마가……! 고작 이런 곳에서……!! 느어아아아아아악!!"

아니, 이걸 맞고도 산다고? 나는 이를 악 물었다.

─위험하다, 스파타야!

대악마로부터 강렬한 힘이 느껴졌다. 동시에 위기 감지가 격렬히 반응했다.

"이렇게 된 이상, 나 혼자 죽을 수는 없다! 이 성소째로 날려주마!!"

젠장, 괜히 5각급 대악마가 아니라는 거냐! 더 이상 망설일 여유가 없어지고 말았다. 결국 나는 내리고 싶지 않았던 결단을 내렸다.

"라플라스! 5류급 신성력!"

─결제되셨습니다!

"이야아아아아아압!!"

쾅!!

＊　　　　＊　　　　＊

나는 성소 바닥에 힘없이 널브러졌다. 아무 생각 없이 한 악마 소환에 너무 큰 대가를 치렀다. 희생이 너무 뼈아프다.

"…라플라스."

―예, 새 주인님.

"…잔고는?"

―새 주인님의 계좌 잔고는 1,095루블입니다.

계좌 잔고가 거의 반 토막이 나버렸다.

"왜, 왜?"

―거래 내역은 다음과 같습니다. 4륜급 신성력 결제에 250루블, 5륜급 신성력 결제에 500루블, 그리고 4륜급 짜라스트라계 성법 결제에 50루블을 결제하셨습니다.

그래, 전부 내가 쓴 게 맞다.

―그리고 대악마 드자이를 상대하고 살아남으셔서 20루블을 버셨습니다. 결과, 잔고는 1,095루블입니다.

하나하나 따져 보니 틀린 게 없다. 이럴 땐 좀 틀렸으면 좋겠는데…….

"하아……."

소모한 건 루블뿐만이 아니다.

나는 손에 쥐고 있던 잭 제이콥스의 성물을 들어 보았다. 내부에서 흘러나오는 신성력의 양이 벌써 미약해져 있었다. 안에 든 광휘석이 다 되어 버린 탓이다.

광휘석이야 교체하면 그만이지만, 이번 싸움에선 내 본신의 신성력까지 꺼내서 써먹어야 했다. 단순히 광휘석이 다 되어서 그런 게 아니다. 성물의 출력이 부족했던 탓이다.

소모된 신성력이야 반짝이를 통해서 회복하면 그만이지만, 그만큼 정령력을 낭비해야 할 거고 피식이의 성장은 그만큼 느려질 것이다.

나는 긴 한숨을 내쉬었다. 가슴이 답답했다.

—이럴 때 이런 말 하긴 뭐하다만, 스파타야. 나는 네가 살아서 기쁘단다.

"…감사합니다, 여신님."

그래, 그렇다. 목숨보다 비싼 게 어디 있겠는가?

목숨을 잃으면 이걸 전부 다 써보지도 못하고 날리는 격이다. 남는 장사 한 거다. 남는 장사를…….

"크흑!"

—스파타야!

아니, 내가 울고 있을 때가 아니다.

모르긴 몰라도 일리어스 여신도 이번에 쓴 게 많을 터였다. 지상에 기적을 내릴 때마다 막대한 대가를 치러야 한다고 그랬었지. 5각급 악마의 소환을 도중에 멈추고 약화를 위해 신성한 태양빛을 전투 내내 내려 주셨으니 소모한 대가가 작을 리 없다. 그 은혜를 조금이라도 갚아 드려야 한다는 마음에 나는 마음을 다잡고 이번에 얻은 전리품을 내려다보았다.

다섯 개의 뿔이 왕관처럼 자리 잡은 5각급 대악마의 두개골. 그런데 이번에 얻은 건 이것만이 아니다. 여러 개의 뼈가 유기적으로 달라붙어 마치 뱀처럼 움직이는 이것은…….

"척추!"

—맞습니다. 두개골보다는 덜하지만 충분히 가치 있죠. 뼈는 뼈대로 가치가 있지만 진짜 가치 있는 건 각 척추 뼈 사이에 위

치한 척추원판입니다.

"어떻게 쓰는 건데?"

—먹습니다.

"뭐?!"

—맛있다고 들었습니다.

척추 이야기는 나중에 하도록 하자.

척추를 각성창 안으로 치워 버린 나는 수북하게 쌓인 뼛조각 무더기에서 비교적 원형을 유지하고 있는 묵직하고 큰 뼈를 꺼냈다.

"이건 갈비뼈겠네."

—그렇습니다.

갈비뼈는 온전한 것이 세 대, 부러진 것이 두 대였다. 라플라스의 말에 따르면 연금술에도 쓸 수 있고 가공품으로도 만들 수 있다고 한다. 당연히 온전한 것이 가치가 높다.

그리고…….

"이건 뭐지?"

나는 뼛조각 더미에서 흑요석처럼 검게 빛나는 물건을 주워 들었다. 그것은 보기에는 보석처럼도 보이고 만져 보면 금속 같은 촉감의 기묘한 물건이었다. 형태는 마치 하트 모양, 아니, 심장을 연상케 했다.

—운이 좋으셨습니다. 이렇게 원형이 보존된 채로 구하기가 어려운 물건인데.

"뭔데, 이게?"

─악마의 심장입니다.

"심장? 생물도 아닌 주제에 무슨 심장을……."

아니, 중요한 건 이게 아니다.

"…얼마짜린데?"

─루블로 따지면 5,000루블 가치는 족히 하겠군요.

"오오!"

나는 내 심장을 붙잡고 있던 허탈감이 확 날아가는 것을 느꼈다. 명백히 이번 거래는 흑자였다.

"이건 어디다 쓰는 건데?"

─악마의 두개골과 사용법이 같습니다. 대신 확실하게 5각급 이상의 대악마를 불러낼 수 있다는 점이 다르죠.

"5각급 이상이라고……?!"

나는 방금 전에 치른 5각급 대악마 드자이와의 싸움을 복기해 보았다. 일리어스 여신의 성소에서 여신의 지원을 받아 가며 싸웠어도 이렇게 고전했다.

그런데 5각급 이상이라니.

그 말인즉슨 5각급이 기본이고 그 이상의 대악마도 소환될 수 있다는 뜻 아닌가?

"…한참 나중에나 써먹게 되겠군."

─그렇겠지요.

그러다 갑자기 번뜩 생각난 게 있었다.

"그러고 보니 드자인지 하는 그놈이 날더러 연쇄살마인이니 뭐니 그러던데, 그건 또 뭐야?"

—아무래도 악마들 사이에서 새 주인님의 소문이 좀 퍼진 모양입니다. 하루 새 열 마리 넘게 소환하고 처치하셨으니 그럴 만도 하지만요.

　"소문? 아니, 악마들 사이에서도 소문이 도나?"

　—그렇습니다. 언어를 쓸 줄 아는 지성체니까요.

　아무튼 그렇다면 일이 어떻게 된 건지도 감이 잡힌다.

　"아…… 그래서 그 드자이란 놈이 직접 나서게 된 건가?"

　어중간한 악마들이 자꾸 내게 잡히니, 희생을 더 늘리기 싫었던 악마들은 일부러 5각급의 강력한 대악마를 내 소환에 응하게 만든 것이리라는 추측이 가능했다.

　—그럴 겁니다.

　그리고 그러한 내 추측을 라플라스가 확신으로 바꿔 주었다.

　"그럼 앞으로도 비슷한 놈이 나오겠네?"

　—그보다 더 강력한 악마가 나올 가능성도 높지요.

　"하……"

　나는 손을 내저었다. 질려 버렸다.

　"알았다. 악마 소환은 여기까지 해야겠네."

　—예, 조금 텀을 두시는 편이 좋을 것 같습니다.

　아니, 안 할 거거든?

　어차피 악마의 심장도 손에 넣었겠다, 나는 그냥 악마의 두개골을 모조리 일리어스 여신님께 바치기로 마음먹었다. 카오아만의 두개골은 물론 드자이의 두개골도 말이다.

　다행히 여신께서는 크게 기뻐하시었다.

―스파타야, 나의 대전사야. 이 여신은 나 여신이 실제로는 여신이 아니었음을 이제야 깨달았도다. 그러나 작금에 들어 그것은 신경 쓸 일이 아니니, 이제 이 여신은 진짜 여신이 되었기 때문이도다.

여신님의 말씀이 무슨 뜻인지 몰라 어리둥절하고 있는 나와 달리, 라플라스는 놀라 말했다.

―와, 이게 이렇게 되네요.

"라플라스?"

―신령이 신으로 진화했습니다. 이제 일리어스 여신은 그저 이 시티 오브 화이트라는 일개 지역도시에서 믿어지는 일리어스 신의 한 면모가 아니라, 단독으로 신격을 확립할 수 있을 정도의 존재가 되었다는 의미입니다.

"알아듣게 좀."

―승진 축하드립니다.

아, 승진? 여신님께서 승진하신 건가?

―그래, 그렇게도 말할 수 있겠구나. 설명 수고했다. 라플라슨지 뭔지 하는 것아.

―라플라스라 불러주십시오.

―좌우지간.

티격태격하는 것처럼 보이지만, 그래도 처음에 비하면 여신님과 라플라스의 관계는 많이 진전된 것처럼 보였다.

―스파타야, 이 모든 것이 스파타 네 덕이니, 이 여신은 새로이 얻은 것을 너와 나누고자 하노라.

내가 겸양하거나 사양할 틈도 없이, 내 몸에 힘이 치솟아 올랐다. 그리고 나는 이 힘을 어떻게 다뤄야 하는지 직감적으로 알게 되었다.

"이건……!"

─이 태양신 일리어스가 지닌 권능의 조각이다. 너는 하루의 가장 어두운 시각, 땅 가장 깊은 곳에서도 태양과 마주할 수 있게 될 것이다.

"감사합니다, 여신님."

나는 진심으로 여신님께 감사를 올렸다. 그럴 수밖에 없었다.

여신님께서 권능의 조각이라 표현하신 이 힘은 간단히 말해 내 등 뒤에 작은 태양을 떠오르게 만드는 힘이다. 이 힘이 작용하고 있는 한 나는 밤에도 지하에서도 태양의 축복과 태양신의 강복을 최대 효과로 받을 수 있다.

그뿐만이 아니다. 이 힘이 보통 힘인가? 여신이 직접 나누어 주신 권능의 조각이다. 이 권능이 켜져 있는 효과 범위 안은 일리어스 여신의 성소와 같은 환경이 된다. 햇살이 추위를 물리고 어둠을 내쫓듯, 삿된 것은 물리치고, 불경한 것은 약화시킨다.

온전한 권능이 아니라 권능의 조각이니만큼 효과가 발휘되는 영역은 좁았다. 나를 중심으로 10m 반경 정도일까. 신성력을 더 투자하면 더 넓힐 수 있지만 단시간만 적용되는 데다 소모값이 커서 별로 효율적이지는 않았다.

그러나 내가 군대를 이끄는 것도 아닌데 더 넓을 이유가 없었다. 10m 반경만 해도 이 혜택을 나 혼자 받아먹기엔 좁기는커녕 오히려 넓은 편이라고 할 수 있었다.

마지막으로 이 권능의 조각을 발휘하는 데에는 별다른 신성의 투자가 필요 없다. 그저 원할 때 켜고 끌 수 있다. 하다못해 손전등 하나 밝히는 데에도 건전지가 필요한데, 작은 태양 하나를 띄우는 데에 아무것도 필요 없다니. 이게 말로만 듣던 무한 동력인가?

—기뻐하는 모습을 보니 이 여신의 마음이 기껍구나.

"예, 감사합니다."

—이미 감사는 했지 않느냐!

그러고 보니 그랬다. 깜박했다.

—흠흠, 그렇게 고맙다면 해가 뜬 뒤 고기 좀 사 오거라.

"아, 알겠습니다."

그냥 감사의 표시라 하기엔 여신님의 고기 굽는 솜씨가 너무 좋았다. 낮에 먹었던 등심 생각만 해도 침샘이 폭발한다.

그런데 여신님의 요청은 그 정도로 끝나지 않았다.

—이번에는 채끝이 좋겠구나.

채끝!

엄밀히 말하면 등심의 일부지만, 소 한 마리에 10kg도 안 나오는 귀한 부위다. 그만큼 가격도 비싸겠지!

"알겠습니다. 채끝, 저도 좋아합니다."

하지만 나는 곧장 고개를 끄덕였다.

어차피 돈은 많다. 더군다나 여신님의 힘이 더 강해졌으니, 고기도 그만큼 더 맛있으리라는 기대도 할 수 있었다. 괜히 채

끝을 부탁하셨겠는가? 뭔가 있으니까 그러신 거 아니겠는가?

―그래, 나눠 먹자꾸나.

게다가 혼자 다 드시진 않을 테니 더욱 기대감이 들었다. 내일 해가 뜨자마자 바로 나가서 사와야지! 그러려면 이러고 있을 때가 아니다. 대악마와 드잡이질 하느라 지치기도 했겠다, 난 얼른 자버리기로 했다.

"그러면 여신님. 안녕히 주무십시오."

―그래, 그러려무나. 사실 나는 신이라 잘 필요가 없지만, 네자는 모습을 지켜보며 시간을 보내겠노라.

여신님의 감시 선언도 두 번째라 별로 당황하지도 않았다.

나는 잠자코 성소의 침상에 누웠다. 한시라도 빨리 푸줏간이 여는 아침이 오길 바라면서, 나는 눈꺼풀을 내려놓았다.

*   *   *

그날 심야.

헐레벌떡 시청으로 출근한 시티 오브 화이트의 시장, 베이다 자작은 그 어느 때보다도 깊은 절망에 휩싸여 있었다.

혹시나 싶어 열어본 비밀 방에는 베이다 자작이 시장직을 역임하면서 하나하나 모아놓았던 고대 문명의 유물들이 전부 사라져 있었다.

"스파타! 스파타 일리아다이! 그놈이 감히……!"

처음 느낀 것은 분노였으나, 그 다음은 공포였다.

"만약 내가 고대 문명의 유물들을 착복해 왔다는 걸 들키기라도 했다간……!"

그 하나의 죽음으로 끝나지 않는다. 그에 대한 판결은 절대 법적으로 이뤄지지 않을 것이다. 분노로 이뤄질 것이다. 그것도 누구 하나의 분노가 아니라, 군중의 분노로!

군중의 분노가 고작 시장 하나를 목매다는 것으로 식을 리 없다. 그 여파는 사랑하는 아내, 세상 그 무엇보다 귀한 딸자식, 비록 그다지 기껍진 않아도 딸에겐 소중할 터인 예비사위에게까지 미칠 것이다.

어쩌면 라틀란트 제국에 대한 분노로 이어질지도 모른다. 반란을 일으킬 수도 있다. 어쩌면 제국으로부터 독립하자고 나설 수도 있겠다 싶다.

아니, 그러고도 남는다!

시티 오브 화이트의 대다수 주민은 라틀란트 제국의 진짜 무서움을 모른다. 진짜 힘을 모른다. 제국은 너무 멀리 있고, 그들은 스스로가 제국민이라고도 생각하지 않는다.

그런 시민들이 만약 분노를 라틀란트 제국 전체에 돌리게 된다면?

"나의 도시가……!"

시티 오브 화이트는 더 이상 시티가 아니게 될 것이다. 성벽은 무너질 것이고, 시민들이 그리도 사랑했던 도서관과 암피세아트로도 역사 속의 기록으로만 남을 것이다. 그리고 도시의 옛 모습을 기억하고 있던 모든 이들은 죽어나자빠지겠지.

그러한 시티 오브 화이트의 최후는 라틀란트 제국이 지속되는 한 계속 회자될 것이다. 다른 변경 도시에 대한 본보기로 말이다.

"그렇게 둘 수는 없어!"

베이다 자작은, 아니, 시티 오브 화이트의 시장은 이를 악물었다. 내 한 몸의 죽음, 그리고 사랑하는 사람들의 몰락은 두려웠으나, 그의 생애에 유일하게 남긴 업적인 시티 오브 화이트의 멸망은 도무지 참을 수가 없었다.

어떻게든 막아야 한다.

절망 속에 빠져 있던 사내가 몸을 일으켰다. 눈은 꺾이지 않을 의지로 형형히 빛났다.

제6장
—
챔피언

　시티 오브 화이트의 시장, 베이다 자작은 유물들을 훔쳐간 범인이 스파타 일리아다이라고 굳게 믿어 의심치 않았다. 그래서 해가 완전히 뜨자마자 바로 일리어스 신전에 쳐들어갈 요량이었다.

　그러나 천성이 신중한 시장은 집무실에 앉아 생각을 정리할 시간을 가졌다.

　그 탓에, 혹은 그 덕에 시장은 진짜 범인과 마주할 수 있게 되었다.

　그를 협박하러 온, 진짜 범인.

　"시장님, 저는 당신의 비밀을 압니다."

　시장의 동공은 다시금 흔들리고 있었다.

"그리고 당신의 비밀스러운 것들도 갖고 있지요."

범인은 빙글거리며 웃었다.

"비밀을 돌려받고 싶으십니까? 그렇다면 스파타 일리아다이를 죽이십시오. 그러면 돌려드리겠습니다. 일부씩이라도 말입니다만."

시장에게 다른 선택지는 없었다.

*　　　*　　　*

치이이익……. 지글지글…….

"캬!"

―캬!

고기는 아침에 굽는 것이며, 좋은 술은 아침에 먹어도 맛있다.

비록 이게 내 인생의 지론은 아니었지만, 그건 어제까지의 일이었다.

왜냐하면 오늘부터 지론으로 삼기로 했으니까.

―사람이 이렇게 살면 안 되는 거 아닙니까?

여신님과 술잔을 주거니 받거니 하는 걸 잠자코 보고 있던 라플라스가 충언을 했다.

좋은 약은 입에 쓰다더니, 맞는 말도 귀에 거슬리는구나, 라플라스야.

―난 여신이라 괜찮단다!

그 와중에 여신님께서는 치사하셨다.

나는 아침부터 술과 고기를 즐기기 위해 신이 되어야 하지 않을까 잠간 고민했지만, 그냥 사람으로서 막 살기로 하면 된다는 걸 깨닫고 되도 않는 고민을 접었다.

우물우물. 고기 맛있다!

어제의 교훈을 살려 오늘은 아예 처음부터 스무 근을 사왔던지라, 고기는 모자람이 없었고 여신님께서도 풍족하게 드시면서 내게도 같이 고기를 내려주셨다.

사실 반만 먹어도 어지간하면 배가 불러 터져야 할 양이었으나, 나는 내게 축복을 잔뜩 걸어놓았기 때문에 소고기 열 근정도는 너끈히 소화시킬 수 있었다.

─잘 먹는구나, 스파타야!

그리고 여신님께서는 그런 내 소화력이 마음에 드셨던 것 같았다.

*   *   *

그렇게 조금 무거운 브런치를 마친 후, 나는 성소에서 나왔다.

"스파타 님!"

성소에서 나오자마자 일리아이다가 나를 반겨 주었다.

"어, 왜? 볼일이라도 있나? 그럼 성소에 들어오지, 왜?"

"어째선지 어제부터 성소 출입이 불가능해져서 말입니다."

잉? 대신관인 일리아이다가 성소 안에 못 들어온다고? 나는 이상하게 여겼지만, 일리아이다의 의견은 다른 모양이었다.

"뭐, 당연하다고는 생각합니다만."

아, 하긴. 그러고 보니 일리어스 여신은 아직 일리아이다에게 악감정을 품고 있었다.

내가 오기 전까지는 그래도 참고 대신관으로 부려먹었지만, 어제의 화재 사건을 기준으로 옛 기억과 함께 일리아이다에 대한 반감도 되살아난 모양이다.

그래도 일리아이다에겐 신벌을 내리지 않는 걸 보니 최소한도의 인내심은 발휘하고 있는 것 같지만. 뭐, 아무럼 어때. 내 알 바는 아니다.

"아, 참. 스파타 님. 시청에서 뭐가 왔습니다."

"응? 뭐가?"

나는 그렇게 되물었다가, 곧 짚이는 게 있다는 걸 깨달았다.

"그러고 보니 시장이 고블린 코 천 개의 보상금을 신전으로 보내준다고 했었지."

아마 그거일 거다.

그렇게 생각하고 시청에서 보내줬다는 궤짝을 까 보니 그게 맞았다.

"라틀란트 제국 은화 1,000개라고 하더군요."

코 하나당 은화 하나쯤인가. 금화로 줘도 될 걸 굳이 은화로 보내 준 이유가 뭘까 싶긴 하지만, 어차피 각성창에 넣고 다닐 거 크게 신경 쓸 일은 아니다. 뭐, 거스름돈 생겨서 좋지.

그래도 각성창에 뭘 집어넣는 모습을 일리아이다에게 보이는 건 좀 뭔가 아닌 것 같아서, 나는 은화 천 개가 든 궤짝을 성소 안에 들여놓기 위해 집어 올렸다.

"앗, 그거 무거운……. 엇?!"

내가 은화 궤짝을 드는 걸 보고 일리아이다의 눈이 커졌다.

"그래, 조금 무겁긴 하군. 그런데 용건은 그게 전부인가?"

"아, 검투사 협회에서 검투 시합에 한 번 더 나와 주십사 하는 내용의 공문을 보내왔습니다.

나는 잠깐 생각했다. 그리고 나쁠 것 없다는 결론에 이르렀다.

[기능 추출]을 한 번 더 강화한 후에 월계관의 기능을 추출하려면 암피세아트로에 침입해서 월계관을 훔쳐야 하는데, 그러느니 그냥 우승 한 번 더 해서 정식으로 월계관을 받는 게 낫겠다 싶었기 때문이다.

덤으로 첫날과는 다른 검투사들을 상대하면서 루블도 벌 수 있을 테고. 안 그래도 드자이 잡느라 루블을 많이 썼는데, 조금이라도 채워 넣어야지. 그러려면 열심히 일해야 한다.

"생각해 본다고 전해줘."

그래도 바로 출전 의사를 밝히지 않은 건 당연히 [기능 추출]의 강화를 선행해야 되기 때문이다.

"아, 알겠습니다!"

내게서 긍정적인 답을 받은 일리아이다의 표정이 밝았다.

'뭐지? 왜 저러지? 혹시 중계 수수료라도 받아 챙기나?'

—스파타가 검투 대회에 출전할 때마다 신규 신도도 많이 들어오고 헌금도 잔뜩 들어오니까요. 신전을 운영해야 하는 일리아이다의 입장에선 기뻐할 수밖에 없을 겁니다.

　—녀석은 신전 운영에 일가견이 있지. 별로 마음에 들진 않지만 우수한 인재라는 점은 인정할 수밖에 없구나.

　라플라스의 설명에 이어 여신님께서도 부연 설명을 하시었다. 어째선지 나는 배신당한 감각을 맛보았다. 설명을 끊어 주실 거라 기대했는데 추가로 설명을 하시다니⋯⋯.

　좌우지간 일이 이렇게 됐으니 다음 유적으로 가는 걸 서둘러야 할 것 같았다. 뭐, 서두르지 않아도 어차피 오늘 갈 생각이었지만 말이다.

　　　　　＊　　　　　＊　　　　　＊

　시티 오브 화이트의 세 번째 유적은 도서관이었다.

　도서관이 유적일지도 모른다는 내 생각이 맞아 든 건 좋았다. 하지만 여기에는 유물급의 장서가 아주 많을 거라고 짚은 예상은 틀렸다.

　알고 보니 기록을 좀 더 좋은 상태로 유지하기 위해 시티 오브 화이트에서는 고대 문명 시대의 서적을 주기적으로 다른 종이에 베껴 쓰고 원본은 폐기한다고 한다.

　아니, 멀쩡한 원본은 왜 폐기하지?

　하도 어이가 없어서 사서에게 물어봤더니 그게 전통이란다.

이 도서관의 장서는 모두 유서 깊은 고대 문명 방식으로 제본되었는데, 이 방식을 쓰면 종이는 30년 만에 부스러지고 잉크는 20년이면 빛바래서 글씨가 사라져 버린단다. 그래서 주기적으로 베껴 써 줘야 한다나.

그게 무슨 개소리냐고 따지면서 사서의 멱살을 붙잡고 싶은 기분이었지만 행동으로 옮기지는 않았다. 멱살을 잡는다고 폐기된 원본이 돌아오는 것도 아닐뿐더러, 이게 사서 잘못인 것도 아니니까. 전통이 잘못이지. 어휴.

그럼에도 불구하고 유물을 단 한 점도 발견 못 한 건 또 아니었다. 도서관의 지하 전시실에 전시된 고대 문명 시대의 석판이 몇 점 있었고, 이것들은 유물이 맞았으니까.

당연하지만 이 귀중한 유물들은 반출 금지로, 지하 전시실에서만 대여해서 읽을 수 있다고 한다. 그래서 나는 이 유물들을 싹 다 빌려다가 사서가 잠깐 한눈판 틈을 타 각성창에 넣었다 빼는 형식으로 탐사 점수를 갈무리할 수 있었다.

이렇게 나는 [기능 추출 3]을 달성할 수 있었다. [기능 추출 3]이 보물의 기능을 추출할 수 있을 거라는 보장은 없었기에 실험해 보기 전까진 긴장할 수밖에 없었는데, 다행히 내 걱정은 기우로 돌아갔다.

[기능 추출 3]으로 [툴루의 보주]의 기능이 정상적으로 추출되는 걸 보니 확실했다. [툴루의 보주]의 기능을 그냥 [여신의 부월]에 옮겨 달까 생각도 했지만, 보물에 두 개의 기능이 달리면 어떻게 되는지 확인해 본 적은 없었기 때문에 그만뒀다.

이 실험은 나중에 여분의 보물을 얻게 되면 해 보도록 하자.

아무튼 이걸로 이제 다음 검투 대회에 참가해서 우승하면 월계관도 내 거다.

정확히는 월계관 본체는 그냥 내버려 두고 그 기능만 가져가는 거지만, 어차피 각성창을 통해 보물의 힘을 쓸 수 있는 내게는 그게 그거다.

*   *   *

다음 검투 대회를 기다리는 동안, 나는 새로운 발견을 했다.

일리어스 여신께서는 소고기만 잘 구우시는 게 아니라는 것이 바로 그 새로운 발견이었다.

양파, 당근 등을 비롯한 채소에 버섯, 심지어 과일에 이르기까지.

특히나 일리어스 여신께서 직접 만드신 사과말랭이는 꾸덕꾸덕하고 단맛이 진해서 그야말로 일품이었다.

"밤이나 고구마 같은 게 있으면 좋았을 텐데."

지구 시절, 정찰 나갔다가 밤나무 숲이나 고구마 밭을 발견한 날은 그야말로 축제였다. 만성적인 굶주림을 해소할 수 있다는 건 당연히 좋은 일이지만 그보다는 평소에는 맛보기 힘든 단맛을 맛볼 수 있다는 점이 컸다.

밤 안에 벌레까지 꼭꼭 씹어 먹었었지. 맛있었다.

그렇게 혼잣말을 흘리고 있으려니 라플라스가 끼어들었다.

―이 지역에 밤과 고구마는 없습니다만 타로 같은 건 있습니다.

"…달아?"

―달진 않습니다.

"그럼 됐어."

역시 감자보다는 고구마지.

그렇다고 고기를 안 먹은 건 아니었다. 차라리 그냥 소 한 마리를 사오는 게 낫지 않을까 싶을 정도로 다양한 부위를 즐겼고, 돼지에 닭에 오리에 양에……. 푸줏간에서 취급하는 모든 종류의 고기를 구워 먹었다.

맛있었다!

"여신님!"

―어째 내가 권능을 내려줬을 때보다 기뻐하는 것 같구나. …기분 탓인가?

기분 탓은 아니지만 기분 탓이 아니라고는 말할 수 없는 그런 미묘한 분위기. 이런 분위기는 역시 술로 풀어야 한다.

"캬!"

―캬!

그렇게 풍성한 식생활을 즐기고 있으려니 검투 대회 당일은 금방 찾아왔다.

*　　　　*　　　　*

일리어스 신전의 성소에 혼자 틀어박혀서 일리어스 여신님과의 알콩달콩한 일상을 보내고 있는 동안, 나는 뭐 한 가지를 깜박하고 있었던 것 같다.

이 시티 오브 화이트에는 스파타 일리아다이를 좋아하는 사람보다 경계하거나 두려워하거나 위험인물로 간주하는 세력이 더 많다는 사실이었다.

검투 대회의 첫 싸움이 3파전인 것에서 눈치를 챘어야 했다. 이름만 3파전이지, 두 명의 다른 검투사는 서로에게는 약점을 훤히 열어 둔 채 오로지 나만 열심히 공격했다. 뭐, 전 우승자를 경계하는 건 당연한 거니 그냥 넘어갔다.

그런데 2회전에 올라가니 4파전이 기다리고 있었다. 세 명의 검투사가 나를 둘러싸고 공격했다. 노리는 부위도 팔이나 다리 등이 아닌 심장이나 목, 간장 등 한 번만 칼침을 맞아도 목숨이 바로 위험한 곳만 노렸다.

검투 대회는 객관적으로 볼 때 야만적이기는 해도 지구에서의 그것과는 달리 뒤가 없지는 않았다.

검투 대회의 주력 후원자 중 하나가 신전들이며, 신전에서는 신관들을 보내 검투사들을 치유해 주는 것으로 후원을 대신했다. 검투에서 큰 상처를 입은 검투사를 치유함으로써 신의 위엄을 알리고… 아무튼 광고하는 것이 그들의 역할이었다.

그럼에도 불구하고 일격에 즉사할 만한 상처의 치유는 거부당했다. 치유하는 데에 너무 많은 신성력이 든다는 것과, 혹시나 치유에 실패하면 오히려 광고가 아닌 역효과가 날 수 있다는 이유들 때문이다.

그래서 검투사들도 서로의 팔다리를 베어 전투 불능을 만드는 것에 그치도록 싸우는 것이 암묵의 룰이었다.

그런데 이것들이… 내 심장을 노려?

나는 바로 분기를 토해 내었다.

"일리어스 여신이시여! 이 싸움을 당신께 바칩니다!!"

내 등 뒤에 태양이 떠올랐다. 태양신의 권능이다. 나의 권능을 본 암피세아트로의 관객들이 환호성을 질렀다.

ㅡ오오, 그래! 저 녀석들을 무찔러 버리도록 하거라!

환호성을 지른 건 관객만이 아니었다. 일리어스 여신께서도 마찬가지셨다.

권능으로 인해 태양신의 강복이 두 배로 강화되면서, 나는 괴력을 손에 넣었다. 상대 검투사들이 내 숨통만 노린다는 것을 알게 되었으니, 팔다리의 상처를 두려워 않고 나는 적극적으로 상대에게 뛰어들었다.

"크악!"

"컥!"

"으악!"

내 일검을 채 받아 내지도 못한 채, 세 검투사는 뒤로 날려졌다. 그들 스스로가 큰 상처를 피하기 위해 뒤로 뜬 것도 있긴 있을 것이다.

하지만 내 일격으로 각자의 칼을 든 손을 하나씩 받아냈으므로 싸움은 이것으로 끝났다.

       *   *   *

결승전은 한술 더 떴다.

5 : 1이었다.

"여신이시여. 저들이 오늘 저를 죽이려고 작정한 모양입니다."

―네게는 태양신의 가호가 있도다. 나의 대전사여, 모두 이기고 내 이름을 영광되게 하라!

나는 그렇게 하기로 했다.

"내가 봉인 하나 푼다!"

내가 든 검투용 검에 푸르스름한 검기가 서리자, 암피세아트로의 관객들은 환호를 지르다 말고 경악해 그 자리에서 일어섰다.

"내력 도금!"

"칼날의 주인!"

관객들은 각기 알고 있는 단어를 토해 냈으나 무엇 하나 마음에 드는 게 없었다.

이건 검기다. 검기라고!

그러나 나만 아는 단어를 소리 높여 주장하기도 뭐했으므로, 나는 그냥 실력으로 주장하기로 했다.

"으, 으아악!"

내가 내게 가장 가까이 선 검투사에게 육박하자, 그것만으로도 검투사는 비명을 토해 내었다. 사람들의 환호를 먹고 사는 검투사에겐 있을 수 없는 일이었으나 어쩌겠는가?

나는 상대의 칼 밑동을 노려 잘라냈다. 검기이기에 가능한 절예!

"히이이이……!"

상대는 꼴사납게 그 자리에 널브러졌다.

나는 곧장 다음 상대에게 달려가 같은 동작을 반복했다. 칼로 공격과 방어를 다 해야 하는 검투사가 칼을 잃었으니 뭘 어쩌겠는가?

"일리어스 여신께 이 승리를 바친다!"

큰 목소리로 외치며 마지막 한 놈의 칼날까지 베어내자, 경악에 잠겨 조용해져 있던 관객석에 다시금 환호성이 가득 찼다.

"스파타! 스파타! 스파타! 스파타!"

이변 없이 이루어낸 또 한 번의 우승에, 사람들은 스파타의 이름을 연호하기에 바빴다.

나는 그런 관객들을 쭉 돌아보았다.

내 시선을 피하거나 움츠리거나, 증오를 담아 마주 노려보는 놈들이 내 적이다.

"꺅! 스파타 님이 날 보셨어!"

"아니야, 이 계집애야! 날 보신 거라고!!"

환호성을 지르는 관객들이 훨씬 많아서 찾아내기가 그리 쉽지는 않았다.

하지만 내가 그 어려운 일을 해냈다.

'시장.'

시티 오브 화이트의 시장, 베이다 자작이 나를 노려보고 있었다.

"이것으로 이번 검투 대회의 우승자는……!"

생각 외로 빨리 끝난 시합 탓에 헐레벌떡 뛰어나온 사회자가 내 우승을 외치려던 그 순간.

"기다리게."

시장의 나지막한 목소리로 사회자의 선언을 멈췄다. 마법인지 뭔지, 저렇게 나지막한 목소리인 데도 시장의 목소리는 암피세아트로 전체에 울려 퍼졌다. 손에 뭘 쥐고 있는데, 마이크인가? 저거? 유물은 아닌데…….

"검투 대회의 우승에는 다섯 번의 승리가 필요하다. 하지만 그는 아직 세 번밖에 승리하지 못했지. 그러니 아직 우승자가 아니다."

암피세아트로에 정적이 흘렀다.

"그게 무슨 헛소리……!"

소란을 떠는 것은 일리아이다를 비롯한 일리어스 신전 소속의 신도들뿐. 그러나 그 작은 소란은 더 큰 소란에 의해 덮였다.

"친애하는 나의, 시티 오브 화이트의 시민들이여. 그대들이 열광하는 스파타의 싸움을 한 번 더 보여주겠다. 시티 최고의 검투사이자 전설적인 우승자인 스파타 대, 라틀란트 제국의 칼이자 방패인 기사의 싸움이다."

와아아아아아—!!

관객들의 환호성이 천지를 진동하듯 했다.

*   *   *

김연준이 아닌 진짜 스파타가 한창 검투사로 활동하던 시절,
검투애호가들의 사이에서는 이런 논쟁이 벌어졌다.

스파타와 제국 기사가 싸우면 누가 이길까?

아주 사소한 호기심에서 비롯된 이 의문은 큰 논쟁을 일으
켰고, 시티 오브 화이트의 여론을 양분할 정도로 크게 부풀어
오르기에 이른다.

그러나 스파타와 검투사들이 집단반란을 일으키고, 그 반란
이 제국 기사단에 의해 제압당하면서 그 논쟁의 승리자는 제
국 기사 지지자들이 되었다.

그로부터 수년이 지난 지금.

상황이 달라졌다.

제대로 된 기사검술을 모르는 일개 검투사였기에 내력 도금
은커녕 내력도 다루지 못했던 스파타 일리아다이는 방금 전,
관객들의 눈앞에서 빛나는 내력 도금을 선보였다.

그럼, 그렇다면 혹시.

지금의 스파타 일리아다이라면 제국 기사마저 쓰러뜨려 버
릴 수 있지 않을까?

그런 의문이 고개를 처든 딱 그 순간, 시장이 스파타 대 제 국 기사 특별전을 제안했다.

검투애호가라면 흥분하지가 않을 수 없는 주제였다.

그렇기에 시민들은 방금 전까지 이어진 불합리한 대진에 대한 의문을 접고, 자신들이 보고 싶은 것을 보기 위해 시장의 제안에 환호로 답했다.

"좋습니다! 여러분이 그것을 원하신다면!"

사회자가 큰 목소리로 외쳤다.

"시티 오브 화이트의 자랑이자 전설적인 검투사 스파타 vs! 라틀란트 제국 최강의 창이자 방패인 제국 기사의 대전! 시이 이이이자아아아아악! 하겠습니다아아아아아!!"

*　　　　*　　　　*

"이게 이렇게 되네."

나는 헛웃음을 흘렸다.

설마설마했더니, 제국 기사란 놈이 칼도 아니고 기마용 창을 들고 방패까지 완비한 것은 물론이고 아예 말까지 타고 나올지 몰랐다.

나는 검투사답게 갑옷도 가슴만 간신히 가리는 검투 갑옷만 입고 나왔는데. 그것도 검도 짧은 검투용 검이다.

휴식 시간을 주지 않은 연전인 것은 덤.

그럼에도 불구하고 기사의 등장을 본 관객들의 환호성은 뜨겁기 짝이 없다. 이 싸움의 부당함을 지적하고자 하는 정의감보다는 흥미와 재미가 우선인 모양이다.

산 넘어 산이라더니, 따각따각 하는 소리와 함께 기어 나온 제국 기사의 창끝에는 파란 빛이 넘실거렸다.

"하하, 3검급이냐."

강철 갑옷을 입었어도 소용없었겠네. 어차피 꿰뚫렸을 테니까.

"상대가 치사하게 나온다면야, 나도 치사하게 굴어야겠지."

일리어스 신전에서 놀고먹을 때 회복해 놓은 영력을 쓸 때가 됐다.

"라플라스. 조련술. 3성급까지."

1성급의 조련술은 온순하고 내 소유인 짐승을 조련하는 정도의 능력을 갖고 있다. 2성급은 누구의 소유도 아닌 야생의 온순한 짐승을 조련할 수 있다.

하지만 내가 조련하려는 대상은 적의 말이다. 이미 길들여진 적대자 소유의 짐승을 빼앗아 오려면 3성급의 조련술이 필요했다.

─합쳐서 30루블입니다.

"좋아."

투구를 뒤집어 쓴 기사가 투구 안에서 오만한 시선을 내게 던지고 있는 틈을 타 다운로드를 받은 나는 기사가 탄 말을 대상으로 방금 막 3성급이 된 조련술을 사용했다.

영력이 뻗어나가 말에게 조련술이 먹힌 것을 확신한 나는 외

쳤다

"네 이름은 이제부터 스파이. 스파이다!"

스파이라는 이름은 스파타 일리아다이를 줄인 것임과 동시에, 스파이의 역할을 하라는 의미를 겸하는 아주 센스 있는 이름이다. 적어도 나는 그렇게 생각한다.

아무튼 나는 곧장 스파이에게 명령을 내렸다.

"스파이야, 로데오 쇼다!"

히히히히힝ㅡ!

기사가 탄 말이 날뛰기 시작했다. 갑작스러운 말의 난동에 기사는 급히 방패를 내던지고 고삐를 잡아 버티려고 시도했지만 별 의미는 없었다.

"아악!"

결국 외마디 외침과 함께 기사는 말에서 떨어져 내렸다.

"쯧쯧, 나오자마자 바로 돌격했으면 이럴 일도 없었을 텐데."

나는 푸른 검기가 서린 칼로 창을 쥔 기사의 오른팔을 잘랐다.

이것으로 내 승리다.

그러나 나는 기사가 조금 전에 내팽개친 방패를 들고. 기사의 잘려나간 손이 아직 쥐고 있는 창을 빼내어 챙겼다.

가뜩이나 졸렬한 시장님이시다. 우승을 하려면 다섯 번의 승리가 필요하다고 말씀도 하셨으니, 이걸로 내 우승을 인정해 주실 가능성은 매우 낮았다.

다음 전투를 치르게 만들 명분을 이미 쌓아 놨으니, 나도 다음 전투에 대비해야지.

아니나 다를까.

"아직 한 번이 남았다! 저 얼빠진 기사는 치우고, 진짜 기사들을 대령해라!"

악에 받친 시장의 목소리.

아니, 3검급의 기사가 얼빠진 기사라고? 나는 어이가 없었지만 내게 반론의 기회는 주어지지 않았다.

어이없는 전투 결과에 실망했던 관객들이 다시 달아올라 환호성을 지르기 시작했기 때문이었다.

그래, 이럴 줄 알았지.

"스파이야, 이리 와."

나는 한창 로데오 쇼를 벌이느라 온몸에 땀을 흘린 스파이를 불러 올라탔다.

라틀란트 제국 제식 마갑과 마구를 찬 스파이는 든든하기 짝이 없었다. 비록 내가 쓰고 입을 투구와 갑옷까지 챙기진 못했지만, 적어도 마상창과 방패는 들었다. 이로써 대충 겉치레는 갖춘 셈이다.

비록 창을 쓰는 데에는 익숙하지 않았지만, 뭐 내력 도금이 있으니 어떻게든 되지 않을까? 아이구, 나도 내력 도금이라고 해 버렸네. 그런데 그렇다고 창기라고 하긴 좀 그렇지 않은가?

"시이이이이작! 하겠습니다아아아아!"

그런 쓸데없는 생각을 하고 있는 사이, 사회자가 다음 싸움 시작을 선언해 버리고 검투장에는 말발굽 소리가 가득해졌다.

와, 미친. 진짜로 기사단을 동원하셨네. 내 앞에 도열한 완전 무장한 다섯 기사를 노려보며, 나는 마상창을 꼬나쥐었다.

그리고 돌격했다.

누가 봐도 불리한 입장인 내가 먼저 돌격하자, 기사들은 당황한 모양인지 바로 움직이지는 못했다. 그러나 괜히 직업군인이 아닌지 곧 진열을 갖추고 나를 포위하려는 움직임을 취했다.

─스파타야!

"걱정 마십시오, 여신님!"

콰직!

나는 왼쪽 끝에 배치된 기사를 습격해 곧장 창을 내찔렀다. 기사가 든 방패는 산산조각 나고, 기사는 말에서 굴러 떨어졌다. 마상창술의 실력 차이야 현격할 테지만 태양신의 강복까지 받아 한껏 강화된 내 괴력을 버티지 못한 탓이다.

"제가 이깁니다!"

"히히히힝!"

스파이는 내 의지에 민감하게 반응해 주었다. 와, 말이 사이드 스텝! 말이 좋은 건가, 아니면 3성급 조련술이 대단한 건가?

그 덕에 기사의 돌격을 한 번 피하고, 나는 창을 횡으로 크게 휘저었다.

우지직!

창술조차 아닌 그냥 마구잡이 휘두르기였지만, 피할 수 있을 리 만무한 일격을 곡예에 가까운 움직임으로 회피당해 당황한 탓인지 어깨에 맞고 말았다.

"으아악!"

내력 도금이 타격력까지 강화해 준다더니, 창의 타격력까지 강화해 주는지는 몰랐다. 내게 얻어맞은 기사는 실 끊긴 연처럼 말에서 떨어졌다. 아니, 휙 날아가 버렸다.

대신 무리한 공격의 대가로 마상창이 부러져 버렸다. 내력 도금을 창끝에 집중시키다 보니 나온 실수다.

"잘했다, 스파이야!"

그래도 나는 만족해 스파이를 치하했다.

"히히히힝!"

스파이도 자기 이름이 마음에 드나 보다.

하지만 아직 여유를 부릴 때가 아니었다.

콰직!

"끅!"

방금 전에 낙마시킨 기사 뒤에 다른 기사 하나가 그림자처럼 따라 들어와 창을 내질렀고, 그 창이 내 어깨에 푹 박혔다.

"으, 씨. 아프게!"

나는 어깨에 박힌 창을 그대로 붙잡고 쭉 들어 올렸다.

"우, 으아아아!"

기사는 창째로 말 위에서 들어 올려져 허공에서 버둥거리다가 결국 창을 놓고 땅으로 떨어졌다.

무엇을 숨기리오, 사실 위기 감지를 무시하고 일부러 받아 준 공격이다. 창을 상대로 칼로 싸울 순 없으니까, 창 하나를 보급해야 했다.

어깨에 꽂힌 마상창을 빼낸 나는 그 창을 휘릭 돌려 제대로 잡았다. 어깨는 아팠지만, 상처는 태양신의 강복을 받아 눈에 보이게 아물고 있었다.

와아아아—! 와아아아—!

관객들의 환호성이 암피세아트로를 가득 메웠다. 그야 그렇다. 관객들은 내게 악감정이 있는 게 아니다. 그저 내가 멋지고 격렬하게, 피 튀기며 싸우는 모습을 보길 원했던 것뿐이다.

늘어놓고 보니 이게 악감정 아닌가? 싶기도 하지만.

"일리어스 여신을 찬양하라!"

이쯤해서 서비스 대사를 한 번 날려 준 나는 씨익 웃으며 남은 두 기사를 노려보았다.

그러자 두 기사는 기세가 꺾인 건지 주춤하는 모습을 보였다. 그도 그럴 만한 게, 저 둘이 스파이의 원래 주인을 포함한 여섯 기사 중 가장 실력이 낮았다.

'이겼군.'

—축하드립니다.

라플라스의 한 타이밍 앞선 축하말을 들으며, 나는 돌격했다.

콰직!

*   *   *

시티 오브 화이트의 현 시장, 베이다 자작은 눈을 의심했다.

"아니⋯⋯."

저게 되나?

콰직!

기사의 방패가 부서진다. 우지끈, 하는 소리와 함께 기사가 날아간다. 이번에는 창으로 친 것도 아니고 방패로 쳐 날린 거였다. 사람이 투석기로 쏘아진 돌처럼 날아갈 수 있다는 것을 시장은 오늘 싸움을 보면서 새삼 깨달을 수 있었다.

그리고 그렇게 쓰러진 기사가 마지막 기사였다. 이로써 모든 기사들이 낙마했다. 이걸로 스파타 일리아다이의 승리⋯⋯.

'안 돼!'

눈앞의 광경 때문에 멍해져 있던 정신이 번쩍 들었다. 이대로 끝내선 안 된다. 절대 안 된다! 논리나 이성이 아닌 감정의 영역에서 시장은 그렇게 판단했다.

따라서 기사들에게 필사적으로 손짓을 했다. 메시지를 보냈다. 기사들은 어리둥절해했지만, 곧 명령에 따랐다. 낙마한 기사들이 한 명씩 일어나 칼집의 검을 빼어든 것이 그것이었다.

그래, 잘 전달됐구나. 시장은 안도의 한숨을 내쉬었지만, 그것으로 해결된 것은 아무것도 없다는 것을 몇 초 후에 깨달을 수 있게 되었다.

"좋다! 좋은 투지다! 그러하다면 나도 그 투지에 응답할 수밖에!"

스파타 일리아다이가 큰 목소리로 외치더니, 그도 말에서 내려 검투용 검을 뽑아 들고 기사들에게 육박했다.

"일리어스를 위하여!"

하마 기사, 아니, 낙마 기사 다섯이 정리되는 데에는 10초도 채 걸리지 않았다.

스파타 일리아다이는 악독하게도 갑옷째로 기사들의 배를 갈라놓았다. 내장이 다치면 치료비가 얼마나 많이 나가는데 저런 짓을! 시장은 적반하장이 분명한 불평을 속으로 늘어놓았다.

아니, 시장 자신도 알고 있다. 이건 그저 현실도피에 불과하다는 것을.

기사들은 완전한 전투 불능에 빠졌고, 시장의 눈치를 보던 사회자는 뭔가 결연한 각오를 다지듯 손을 불끈 쥐더니 검투장에 튀어나갔다.

"신사, 숙녀, 여러분! 오늘의! 우승자를 환영해 주십시오."

그러더니 스파타의 손을 들어주었다.

"스파타아아아아아아 일리아다이이이이이이잇!"

이제까지 없던 환호성이 암피세아트로를 진동시켰다. 오늘 하루 종일 스파타의 싸움에 소리를 질러댔을 텐데 이런 기운이 어디서 솟아났냐 한 명 한 명 짚어서 묻고 싶어질 정도의 성량이었다.

"…끝났다."

그러한 암피세아트로의 귀빈석에서, 시장은 허망하게 의자에 주저앉았다.

아무리 생각해도 이번 계획은 무리수였다. 설령 성공했더라도 그 후폭풍은 어찌 감당했어야 했을까.

그럼에도 불구하고 시장에겐 무리수라도 던져야 할 이유가 있었다.

*　　　*　　　*

"그런 사정이 있었을 줄은 몰랐습니다. 어쩐지 무리수를 쓰더라니……."

내가 시장의 사정을 알게 된 건 일리어스 여신님 덕이었다.

힘이 강해져 도시 전체에 영향력을 행사할 수 있게 된 것은 물론, 원래는 여신님의 시간이 아닌 새벽녘이나 황혼 무렵에도 어느 정도 움직일 수 있게 되셨다고 한다.

그래서 시장의 행동이 수상해서 지켜보고 있으려니 얻어걸렸다던가.

그런데 잘 생각해 보니, 그럼 여신님께서는 내가 검투대회에 나서기 전에 이런 일이 일어날지도 모른다는 걸 알고 계셨다는 소리 아닌가?

"미리 말씀해 주셨더라면……."

─그치만! 술이 너무 맛있었엉!

"그러셨다면 어쩔 수 없지요."

이미 지난 일을, 그것도 여신님에게 따져봐야 아무런 의미도 없다는 것을 나는 금방 깨달았다.

그리고 술이 맛있었던 것도 사실이다. 계속 먹어왔던 술이지만, 안주가 맛있으면 더 맛있게 마련이다. 나와 여신님께서 함께 마신 술이 그런 술이었다.

"그럼 시장을 협박한 상대가 누군지 혹시 아십니까?"

─모르겠구나. 내가 도시 전체를 관망할 수 있게 된 건 얼마 되지 않아서…….

하긴 현재 시점에서 일리어스 여신님께서 얼굴을 아는 인간은 신전을 드나드는 신도들 정도일 것이다.

─하지만 곧 알 수 있게 될 거라고 생각한다.

"예? 어떻게……."

─지금 찾아보면 되지 않겠느냐? 계속 주시하다가 뭐라도 인적사항을 알 만한 일이 생기면 알려주겠다.

아무래도 일리어스 여신님은 내게 미리 시장의 악의를 알려주지 않은 것에 대해 책임감을 느끼고 계신 것 같았다. 이런 식으로 시야를 계속 넓히고 있는 것도 뭔가 많이 들 텐데.

내가 그렇게 여신님 걱정을 하고 있으려니, 기운 빠지게도 여신님은 1분도 안 되어 다시 말씀을 꺼내셨다.

─아, 그 녀석 지금은 포세데이아의 신전에 들어갔구나. 저긴 다른 신의 영역이라 내 눈으로는 볼 수 없지만…….

─그렇다면 범인은 리곤이라는 이름의 신관일 가능성이 높습니다.

라플라스가 갑자기 끼어들었다.

─현재 시점에서 포세데이아 신전의 리곤이 스파타 일리아

다이의 목숨을 노릴 확률은 17%입니다.

라플라스의 설명에 나는 고개를 갸웃거릴 수밖에 없었다.

"17%가 높은 확률로는 보이지 않는데……."

─포세데이아 신전 소속으로는 압도적인 최고 확률입니다.

아, 그런 의미로?

─더불어 일리어스 여신님께서 신전의 위치를 특정해 주셨으니 이제는 90% 정도로 책정해도 될 것 같군요.

─음.

라플라스의 언급에 여신님께서는 드물게 만족스러우신 듯 보였다. 그러고 보니 힘이 강해진 이후로는 라플라스 상대로 짜증을 내는 일도 드물어지셨다. 여유가 생겨 대범해지신 걸까?

뭐, 그런 건 나중 문제다.

"나머지 10%는?"

─포세데이아 신이 직접 스파타 님의 목숨을 노릴 확률이죠.

"…그것만은 아니길 바라야겠군."

포세데이아 신이 어떤 존재인지는 잘 모르지만, 신의 진노를 사는 건 부담스럽다.

바로 며칠 전에 일리다이안지 뭔지 하는 놈에게 내려진 일리어스 여신님의 진노를 목격한 터다. 신이 그냥 추상적인 존재라면 또 모를까, 신이 직접 인간사에 개입할 수 있는 세계에서 신을 적으로 돌리는 건 별로 좋은 생각 같지는 않았다.

―만약 그렇다면 내가 널 지킬 테니 너무 걱정 말거라! 내 입
으로 말하긴 좀 그렇다만, 지금 이 일리어스는 꽤나 강하단다!

든든하기 짝이 없다.

"배려해 주심에 감사드립니다, 여신님."

―무슨 말을 그렇게 하느냐? 여신이 대전사를 배려함은 당
연한 것.

"당연한 것에도 감사할 줄 알아야 한다고 배웠습니다."

―…기특하구나!

"그런 의미에서 여신님."

―그래.

"저, 성소에서 칼 좀 휘둘러도 되겠습니까?"

[사자왕심대환단]의 숙성은 진작 끝나 있었다. 그리고 이 시
티 오브 화이트에서 가장 안전한 공간이 이 성소임을 확신한
터였다.

리곤인가 뭔가 하는 놈이랑 시장이 무슨 작당을 해서 날 노
릴지 모르지만, 적어도 이 성소에서만큼은 안전할 것이다. 그리
고 뭔가 수작을 걸어온다면 이틀 후에 열릴 검투 대회에서 벌
일 가능성이 매우 높았다.

그렇다면 그 음모를 넘어서는 수단으로써는 역시 검력, 외력
과 내력의 단련이 가장 효과적이지 않을까?

그러니 지금 여기서 [사자왕심대환단]를 먹는 게 가장 합리
적이다.

나는 그렇게 결론을 내렸다.

―뜻대로 하거라.

성소에서 칼을 휘두르겠다는 불경한 발상은 의외로 쾌히 받아들여졌다. 역시 여신님께서는 대범하시다.

따라서 나는 일리어스 신전의 성소에서 [사자왕심대환단]를 먹고 한나절 정도를 들여 왕의 검법을 진득하게 수련했다.

결과.

"4검급에는 들어서지 못했군."

―아니, 당연하죠.

"3.9검급 정도 된 것 같아."

―……

라플라스가 입을 다물어 버렸다.

―그게 뭔지는 모르겠다만 내 대전사 대단하구나!

여신님만이 그저 내 성과에 박수를 쳐주셨다.

―새 주인님께서 수련하시는 동안 어느새 시각은 밤이 되었습니다. 1시간 뒤면 자정이 되겠군요.

라플라스가 의미심장한 목소리로 지금 시각을 고해 왔다.

지금은 밤, 그렇다면 즉.

"괴도의 시간이로군."

―뭐? 뭐의 시간이라고?

아이고, 이런 혼잣말은 하는 게 아니었는데. 별로 자랑스러운 일을 하러 가는 것도 아니다.

나는 헤일로의 빛을 끄고 각성창 안에 놓인 어둠장막 단검의 힘을 꺼내 휘둘렀다.

"다녀오겠습니다. 여신님."

―어딜 다녀오겠다는 건지는 잘 모르겠다만, 잘 다녀오거라!

＊　　　　＊　　　　＊

그날 밤, 나는 유물을 잔뜩 훔쳐왔다.

그 유물들이란 물론 포세데이아의 신관 리곤이 시장의 비밀 창고에서 훔쳐온 유물들이었다. 시장의 비밀창고에 놓여 있을 때 슬쩍했으면 내가 의심받았겠지만, 리곤이 훔쳐가서 자기가 훔쳤다고 시장에게 토로까지 한 이상 더 거리낄 이유가 없어졌다.

리곤이 유물들을 숨겨둔 곳은 도시 바깥의 숨겨진 유적이었다. 이 곳의 위치를 특정할 수 있었던 건 라플라스의 도움 덕이다.

무료는 아니었다. 하지만 비싸지도 않았다. 3루블이었으니.

입구의 약간 특별한 잠금장치를 제외하고는 아무것도 없었던 이 유적에서는 이미 한 번 탐사 점수로 환산된 유물들로는 중복해서 탐사 점수를 받을 수 없다는 걸 알게 된 것 빼고는 그리 유의미한 성과를 얻지는 못했다.

"괜히 3루블짜리가 아니구나. 100점으로 끝났어."

―원래는 아무것도 얻을 수 없을, 그저 은신처로서 기능했을 공간입니다만. 그것도 다른 누군가에게 알려진. 그러니 저렴할 수밖에 없죠.

이야기를 듣고 보니 100점이라도 얻은 게 다행이다 싶다.

―어쨌든 유물을 얻으셨잖아요? 그 유물들은 제국에서는 폐사치품입니다.

하긴 그러니 시장도 부정축재를 할 마음이 생겼겠지. 나는 고개를 끄덕였다.

하지만 내가 단순히 돈 먹자고 이런 일을 벌인 건 아니었다.

"이제 이걸로 리곤인지 뭔지 하는 놈이 시장을 더 협박하지도 못하겠지."

―하지만 시장은 그 사실을 모릅니다.

"…아, 그러네?"

리곤도 바보가 아니니 이제 자기 수중에 유물이 없다고 시장에게 곧이곧대로 말하지는 않을 것이다. 그러니 적어도 이미 했던 협박은 아직도 유효하다고 봐야 했다. 스파타를 죽이라는 그 협박 이야기다.

―대신 이제 새 주인님께서 시장을 협박하실 수 있게 되셨습니다.

"그게 그렇게 되나?"

하지만 그게 쉬워 보이지는 않았다.

시장도 한 번 당한 협박을 다른 놈에게 또 당하고도 그냥 순순히 숙일 것 같지는 않으니까. 꼭지가 획 돌아서 다짜고짜 기사단을 움직일 가능성마저 있었다.

그것도 숙적에 가까운 스파타의 협박을 받았다면? 시장이 이성적인 판단을 할 가능성 쪽이 오히려 낮을 수도 있겠다 싶다.

게다가 협박을 해서 뭘 하나 싶긴 하다. 시티 오브 화이트의 시장은 다른 변경 도시의 시장과 달리 큰 실권이 없으니까.

그나마 할 수 있는 게 검투 시합에서 수작 부리지 말라는 것 정도인가?

"에이."

나는 혀를 찼다.

"그냥 유물 들고 나르는 게 더 남는 장사 같은데……."

괜히 누구 원한 사느니 먹을 거 먹고 빠지는 게 더 낫겠다 싶다.

─그건 그렇습니다.

그런데 정작 의견을 냈던 라플라스가 고개를 끄덕이고 있다. 나는 이번에 얻은 유물들의 위치를 각성창에서 꺼내기 좋은 곳으로 바꾸며 라플라스의 말에 대꾸해 주었다.

*　　　　*　　　　*

다음 날, 나는 시장과 마주 앉아 있었다.

"그……."

시장은 매우 불편한 기색으로 나를 바라보았다. 며칠 전, 내가 시청에 갔을 때와는 비슷하지만 딴판인 반응이라 할 수 있었다.

적어도 그때는 기사들로 나를 제압할 수 있을 거라 믿었겠지만, 지금은 아니니까.

이 자리에 호위로 선 기사 두 명도 비슷한 기색이다. 바로 어제 내가 완전무장하고 말까지 탄 기사 다섯을 상대하는 걸 목격했을 테니, 이 호위가 과연 의미가 있는지 고민하고 있을지도 모른다.

"시장님."

시장이 먼저 입을 열지 않았기 때문에, 나는 내가 먼저 입을 열기로 했다. 일반적인 상황이라면 조금 무례하게 받아들여질 수도 있겠지만, 이건 이미 일반적인 상황이 아니니 괜찮다고 판단했다.

"저를 죽이라고 한 사람이 누굽니까?"

시장의 동공이 크게 확장되었다. 기사들도 마찬가지였지만, 시장과는 정도의 차가 있었다. 내가 꺼낸 말의 진의를 아는 자와 모르는 자의 차이였다.

"…자네들은 나가 있게."

고심 끝에 시장은 기사들에게 명령했다.

"하지만 시장님."

"나가 있게."

어차피 호위의 의미가 없음은 이 자리에 있는 모두가 알고 있는 일이다. 그럼에도 굳이 그 사실을 입 밖에 꺼내지 않는다는 점에서, 이 시장이라는 남자가 얼마나 신중한 자인지를 다시금 확인할 수 있었다.

기사들은 발이 떨어지지 않는 걸 억지로 옮긴다는 인상으로 자리를 떴다.

그렇게 나와 시장이 둘만 남게 되자마자, 나는 이렇게 말했다.

"한 대만 맞읍시다."

"나를… 때리겠다고?"

"예, 시장님."

나는 고개를 끄덕였다.

"딱 한 대면 됩니다. 더도 말고 덜도 말고 딱 한 대. 이걸로 전부 잊어드리겠습니다."

사람을 죽이려고 해놓고 딱 한 대로 원한을 잊어주겠다는 제안이다. 이만큼 자비로운 제안이 어디 있겠는가?

"정말로 그거면 된다고? 다른 보상이나… 그런 건 필요 없다는 소리인 겐가?"

너무 좋은 제안이라 그런지, 시장은 두 번 세 번 다시 확인했다.

나는 시원하게 고개를 끄덕여 주었다.

"그렇습니다."

"그… 때리고 나면 치유해 줄 텐가?"

슬슬 바라는 게 많아지는 것 같지만 뭐 괜찮다. 어차피 치유 성법 정도야 잭 제이콥스의 성물 덕에 공짜다.

"그럼요."

"…안 죽일 거지?"

"당연하죠."

"그럼… 이걸로 자네 마음이 풀린다면 때리게. 실컷 말고, 딱

한 대만."

실컷 망설이고 질문도 여러 개 한 주제에 왜 이제 와서 쿨한 척이지? 하지만 나는 불만을 털어놓지 않았다. 왜냐하면 이걸로 내 목적이 이뤄진 거나 다름없었기 때문이다.

[바르하의 반지]

반지에 대상의 이름을 새기고 반지를 낀 손으로 그 대상의 머리를 때리면 한 가지 명령을 내릴 수 있는 유물. 엘리사 바르하의 가문 보물창고에서 얻어낸 이 귀중한 유물을 드디어 써먹어 볼 기회가 찾아왔다.

원래부터 이러려고 찾아온 만큼, 준비는 이미 끝내놓았다. 반지를 꺼내서 시장의 이름을 새기고 온 것이 그것이었다.

당연하지만 지금 그 장식 없는 구리반지 유물을 손에 끼고 있는 건 아니다. 어차피 각성창에 넣은 채 활성화시키면 되는데 뭐 하러 그러겠는가?

더군다나 한 도시의 시장 정도 되면 특별한 기능이 달린 유물이 존재한다는 것 정도는 알고 있을 가능성이 높았다. 쓸데없는 의심을 살 이유가 없었다.

'트레저 헌터라서 다행이로군.'

허락도 얻었겠다, 더 미룰 이유가 없었다.

빡!

"으악!"

시장이 바닥에 엎어지며 소릴 질렀다. 동시에 반지에서 흘러나온 힘이 그의 영혼을 사로잡는 것이 보였다. 이걸로 조건은 만족시켰다. 나는 재빨리 그에게 속삭였다.

"시장, 일리어스 여신교에 입교하시오!"

너무 무리한 요구를 하면 시장이 명령에 저항할 가능성이 있기 때문에, 나는 실리를 챙기는 선택을 하기로 했다.

"아, 알았소……. 알았습니다."

됐다!

시장이 종교적으로 별로 신념이 없다는 건 잘 알고 있었다. 스파타를 어떻게 해보겠다고 신성 교단하고 사이가 안 좋은 토착 종교의 신전과 손을 잡을 정도니 어련하겠는가?

그러니 같은 토착 종교인 일리어스 여신교에도 별 무리 없이 입교시킬 수 있을 거라 생각했고 그 생각은 적중했다.

―잘했다, 스파타야!

여신께서 기뻐하셨다. 시장을 일리어스교로 끌어들였으니, 이 도시에서 신전의 영향력은 커지면 커졌지 줄어들지는 않으리라.

물론 내가 일리어스 여신님을 기쁘게 만들기 위해서만 이런 조치를 취한 건 아니다.

스파타 일리아다이는 일리어스 여신님의 대전사니, 일리어스교에 입교한 시장은 내게 한 수 접고 들어올 수밖에 없었다.

게다가 이런 것도 가능해진다.

"저를 죽이라고 말한 게 포세데이아 신전의 신관, 리곤 맞습니까?"

"그걸 어떻게……."

시장의 낯빛이 파랗게 질렸다.

"제가 섬기는 여신님이 어떤 분이신지 깜박하신 것 아닙니까? 태양 아래 비밀은 없습니다. 그것이 비밀인 한, 여신님께서는 다 알고 계십니다."

"신탁이라도 받았다는 말인… 말씀입니까?"

"그렇게 생각하셔도 좋습니다."

사실 신탁이 아니라 대화지만, 그게 뭐 중요하겠는가.

"여신님께서는 저를 죽이려고 획책한 그 자에 대해 분노하고 계십니다. 하지만 그자는 다른 신전의 소속이지요. 여신님께서는 인간 간의 싸움을 신들의 싸움으로 번지게 하실 생각이 없으십니다."

파랗게 질렸던 시장의 얼굴은 이제 하얗게 질렸다.

"…제가 어떻게 해야 하겠습니까?"

시장의 목소리에 물기가 섞였다.

"알고 계신 것을 시민들 앞에 털어놓으십시오."

"하지만……."

시장은 손가락만 꼼지락거리며 입을 우물거렸다. 얼굴빛은 붉었다. 참 컬러풀한 시장님이시다.

시장이 저러는 건 리곤에게 약점을 잡힌 것 때문이겠지. 아무리 내가 여신님의 대전사라도 자기 약점을 내게 선뜻 밝히긴 꺼려지는 모양이었다.

그래서 내가 먼저 말해주었다.

"시장님께서 착복하신 고대문명의 유물들은 지금 리곤의 손에 닿지 않는 곳에 옮겨두었습니다."

"헉! 어, 어떻게……."

시장의 낯빛이 꺼멓게 죽었다. 여기서 같은 협박을 두 번 되풀이하게 될 줄은 몰랐다.

"이미 말씀드렸을 텐데요? 여신님께서는 모든 걸 알고 계신다고……."

─모든 걸 다 아는 건 아니란다, 스파타야.

여신님께서 부끄러우신 듯 말씀하셨다. 아니, 지금 그걸 말씀하시면…….

─너한테만 말한 거란다. 이상한 걱정 하지 말거라.

하긴 그야 그렇겠지.

"그렇다면… 이야기가 달라집니다."

시장의 낯빛이 천천히 제 색을 되찾기 시작했다. 그 대신, 그 두 눈동자에 결연한 빛이 서리기 시작했다.

"대전사님의 말씀에 따르겠습니다."

그것은 무언가를 각오한 자의 눈빛이었다.

*   *   *

그것은 작은 불씨였을 뿐이다.

그러나 던져진 작은 불씨는 큰 불이 되었다.

"아……."

나는 신음성을 토해 내었다.

아무리 그래도 그렇지, 설마 분노한 시티 오브 화이트의 시민들이 포세데이아의 신전을 불태워 버릴 줄은 몰랐다.

결코 이걸 바란 건 아니었다.

일이 이렇게 된 건 물론 시장이 어제의 검투시합이 어떤 이유로 그렇게 파행을 하게 되었는지 밝혔기 때문이었다.

시장의 발표를 듣고 분노한 시민들은 포세데이아 신전으로 쳐들어가 장본인인 리곤 신관을 내놓으라고 시위를 시작했다.

당연히 포세데이아 신전도 저항했다. 특히 장본인으로 꼽힌 리곤 신관은 소리 높여 범행을 부인하다가, 몰리고 몰린 끝에 도망쳤다.

리곤 본인 나름으론 시장을 겁박할 물증인 유물을 가지러 간 것이겠지만, 그 자신에게도 내게도, 그리고 도시의 시민들에게까지도 최악의 선택이었다.

그의 도주는 안 그래도 불타고 있던 시민들의 분노에 기름을 끼얹은 것이나 마찬가지였고, 그가 돌아오기도 전에 사람들은 포세데이아 신전에 불을 놓아버렸다.

그렇게까지 할 일인가 싶긴 했지만, 이야기를 듣자하니 5년 전에 일리어스 신전을 불태운 사건에 포세데이아의 끈이 닿아 있다는 음모론이 도시 전체에 파다하게 퍼져 있었다고 한다.

그도 그럴 것이 포세데이아는 밤바다의 여신. 듣기만 해도 일리어스와는 상극이다.

더욱이 포세데이아 신전은 시티 오브 화이트의 기존 신전 세력 중 가장 세력이 약하다. 만약 일리어스 신전의 세력이 강성해진다면 가장 먼저 위협당할 세력이라는 뜻이다.

물증은 없지만 심증과 동기는 충분하다.

음모론이 번지는 것도 무리는 아니다.

눈에는 눈, 이에는 이.

화재에는 화재.

일견 합리적으로 보이는 교환이다.

하지만 사람의 마음이란 그렇지가 않다.

자기가 당하는 것을 더 크게 느끼고, 자기가 저지르는 짓은 작게 느낀다.

사람 또한 그럴진대 하물며 신은 어떨까?

신도도 아닌 인간들이 자신의 신전을 태웠을 때, 포세데이아 여신은 이것이 정당한 응보라고 생각할까?

결코 그렇지 않을 것이다.

그리고 포세데이아 여신이 보복할 마음을 먹는다면, 그 대상은 스파타 일리아다이가 될 가능성이 높았다.

시장이 토해 낸 증언을 공표한 게 바로 나니까.

따라서.

"피식아!"

이 불은 내가 꺼야 했다.

피시식…….

신전씩이나 되는 건물의 산소를 모조리 빼버리는 건 아무리 나라도 힘들다. 힘들었으나, 해냈다. 정령력은 어마어마하게 소모됐으나 괜찮다. 어차피 피식이한테 줘야 할 정령력이었으니까.

문제는 포세데이아 여신의 분노가 이걸로 꺼졌을지다.

내가 불을 지른 것도 아니고, 심지어 내가 불을 꺼주기까지 했지만 이걸로 분노가 식었을지는 확신 못 한다. 도중에 불이 꺼졌다지만 신전 외벽은 시커멓게 검댕이가 남았고 내부의 상태는 감히 짐작하고 싶지가 않다.

―스파타 일리아다이.

그때, 목소리가 들렸다. 다소 굵직하긴 했지만 틀림없는 여자의 목소리였다. 귀로 들린 목소리가 아닌 건 라플라스나 일리어스 여신님 때와 같았다.

그렇다는 건?

―감사를 표하지. 고맙다. 내 힘을 들여 끌 생각이었다만, 네 덕에 힘을 아꼈다.

"혹시 포세데이아… 여신? 님?"

―그렇다.

아니, 왜 갑자기 포세데이아하고 대화가 되는 거야? 나는 이쪽 신관도 아닌데?

…그런데 잘 생각해 보니 그렇게 따지고 보면 일리어스 여신님과 대화가 되는 것도 이상하긴 하다. 일리어스 신전의 대신관인 스파타의 신분을 사긴 했지만, 내가 진짜 스파타인 것도 아닌데.

뭐 아무튼 좋다. 그런 게 지금 중요한 건 아니니까.

―들어라!

아까 전처럼 나에게만 목소리를 들려준 건 여기까지. 포세데이아 여신은 군중을 향해 소리를 질렀다. 분노해 있던 군중은 여신의 목소리를 들은 건지 움찔 굳었다.

─본 여신의 신관이었던 리곤 신관은 여신의 명예를 더럽히고 신전에 피해를 입혔다. 따라서 지금 이 시간부로 파문한다!

나는 순간 불경하게도 생각했다. 뭐야, 꼬리 자르기인가? 그리고 사람들도 나처럼 생각할 줄 알았다. 그러나 사람들의 반응은 나와는 사뭇 달랐다.

"헉, 파문!"

"파문이라니!"

자기 일도 아닌데도 얼굴이 하얗게 질린 걸 보니 다들 공감 능력이 나보다는 훨씬 뛰어난 것 같았다.

─이 일은 리곤 혼자 개인적으로 벌인 일일 뿐. 본 여신 및 신전과는 관련이 없다.

와, 진짜 꼬리 자르기용 대사네. 지구에 있을 때 높으신 분들이 저런 말씀을 하시는 걸 몇 번이고 본 적이 있다.

─그럼에도 불구하고 너희는 본 신전에 불을 지르고 본 여신의 명예를 더럽혔다.

"히, 히익……!"

불 지른 놈들이 제 발 저리듯 신음을 토해 냈다.

─하나! 어리석은 자들이 모르고 벌인 일이니 지금까지 저지른 불경만큼은 용서토록 하겠다.

"오, 오오……!"

"감사합니다, 여신이시여. 감사합니다……!"

―그러나 이 이상은 용납하지 않겠다. 해산하도록!

그토록 분노에 휘둘려 폭주하던 군중은 순식간에 진정되어 마치 거미 새끼 흩어지듯 흩어져 버렸다.

뭔가 일이 잘 해결된 것 같긴 한데…….

…아니, 뭐, 잘 해결됐으면 좋은 거지 뭐.

내가 그렇게 대충 아무렇게나 생각하고 있을 때였다.

―이제 좀 조용해졌군.

포세데이아 여신이 입을 열었다. 이번에는 내게만 들린 목소리였던 것 같았다. 하긴 그도 그럴 법했다. 이미 이 자리에는 나밖에 남아 있지 않았으니.

설령 포세데이아 신전의 신도가 아니더라도, 신이 직접 그 존재를 드러내고 힘을 행사했는데 두려워하지 않을 이유가 없었다. 나조차도 그랬으니, 다른 이들은 오죽할까.

따라서 여신의 말에 따라 뒤도 안 돌아보고 흩어지는 게 당연했다.

―스파타 일리아다이.

그 여신이 내 이름을, 정확히는 스파타의 이름을 불렀다.

―나와 이야기 좀 하지.

*   *   *

나는 포세데이아 여신에 의해 포세데이아 신전에 초대되었다.

여신의 해산하라는 명령의 대상에는 신관들도 포함되어 있었는지, 신전 안은 텅 비어 있었다.

—소개가 늦었군. 나는 밤바다의 여신인 포세데이아라고 한다.

"알고 있습니다."

—응, 알고 있을 거라 생각했다. 그래도 예의란 중요한 거 아니겠는가. 자기소개는 해야지.

"여신께서 인간을 상대로 이를 말씀이십니까?"

—이쪽에서 아쉬운 말을 던져야 할 경우에는 통용되는 말이지.

아쉬운 말? 나는 고개를 갸웃거렸으나, 고민할 필요는 없었다.

—스파타 일리아다이, 내 밑으로 와라.

포세데이아 여신이 곧장 본론을 꺼내 줌으로써 의문을 풀어주었기 때문이다.

"저는 일리어스 여신의 대전사입니다. 이미 알고 계시리라 생각합니다만."

—응, 그러니까 제안하는 거다.

포세데이아 여신은 호의 섞인 웃음소리와 함께 이렇게 말했다.

—만약 내 신전으로 오게 되면 대신관 자리를 내어주도록 하지.

오, 이건 포세데이아 여신이 세게 나오는 거다. 대신관 자리를 약속한다는 건, 기존의 대신관을 그 자리에서 내쫓는다는 소리니까.

더욱이 나는 이미 일리어스 여신으로부터 강복과 권능을 받았다. 나는 성법을 사용할 줄 아니, 이 힘들을 다루는 데에 딱히 일리어스 여신의 도움이 필요하지 않았다. 즉, 일리어스 신전의 대전사 자리를 내놓는다고 해도 딱히 손해 볼 게 없다.

이런 상황에서 포세데이아 여신의 대신관이 된다면? 포세데이아의 강복을 받고 어쩌면 권능도 조금 나눠받을 수 있을지도 모르지. 좋은 일투성이다. 이건 받는 게 이익이다.

"거절합니다."

그럼에도 불구하고 나는 고개를 저었다.

―왜지? 너는 진짜 스파타인 것도 아니지 않느냐? 네 이익을 위해 스파타인 척하고 있을 뿐인데, 이제는 너와 내 이익을 위해 내 대신관인 척하는 것도 괜찮을 텐데?

역시 포세데이아도 내가 진짜 스파타가 아닌 건 잘 알고 있었다.

아까 전의 군중들에게 이 일을 공표해 나를 탄핵하는 것도 포세데이아 여신이 고를 수 있었던 선택지 중 하나였을 텐데, 그러지 않았다는 것은 이 제안을 던지기 위해서였던 걸까?

아니, 이조차도 무언의 협박일 수 있었다. 이 제안을 걷어차면 아까 선택하지 않았던 선택지를 지금이라도 고를 수 있다는 의미의.

"분명 저는 진짜 스파타인 건 아니나, 이미 일리어스 여신께 강복과 권능을 나눠받은 상태입니다. 그분을 배신할 수는 없습니다."

─그렇다면 나도 네게 복을 내릴 것이다. 권능도 나눠주지. 어떠냐. 마음이 좀 동하느냐?

그래, 동한다. 조금 전에 품었던 욕심의 '혹시나'가 '역시나'로 변한 상황.

이건 거절하는 게 바보인 상황이다.

"아뇨, 오히려 두려울 따름입니다. 제 무엇을 보시고 그리 말씀하십니까?"

그러나 나는 고개를 저었다.

아무리 그래도 그렇지, 지금의 이 상황은 지나치게 작위적이었다. 포세데이아 여신이 말을 꺼내기 전까지 나는 여신의 분노를 감내해야 할 것을 두려워하고 있었던 참이었다.

그런데 갑자기 자기 대신관으로 삼겠다? 강복과 권능을 주겠다?

─네가 강하고, 잘 싸우고, 마지막으로 잘생겨서?

오, 이건 말이 된다. 괜히 30루블이나 주고 산 신분이 아니다. 라플라스가 강변하지 않았던가? 스파타 신분 가격의 상승 원인 중 절반 이상의 지분이 외모 때문이라고.

그러니 슬슬 고개를 끄덕일 때도 되었다.

"……"

그럼에도 불구하고 나는 잠깐 침묵했다.

사실은 그냥 눈치를 본 거였다.

그러나 내 침묵이 길어지자, 포세데이아 여신은 픽 웃었다.

―이거 안 되겠군. 내가 졌다.

―역시!

그리고 포세데이아의 패배 선언과 거의 동시에, 이제까지 조용히 지켜만 보고 있었던 일리어스 여신님께서 입을 여셨다.

그제야 나는 일이 어떻게 된 건지 알아챘다.

"여신님, 당신의 대전사를 시험하시는 건 별로 좋은 취미 같지는 않습니다만."

3초만 더 시험했으면 넘어갈 뻔했었기에, 나는 발끈하는 척이라도 해야 했다.

―아, 아니다! 나는 그저 포세데이아가 입을 다물고 있으라고 해서…….

―아무튼 내가 졌으니, 내가 걸었던 걸 내어 주지.

포세데이아 여신이 그렇게 선언하자마자, 내 몸에 기이한 힘이 흘러들어왔다. 일리어스 여신의 태양신의 강복과 닮았지만, 전혀 다른 이 힘은…….

―밤바다신의 강복이다. 너는 밤과 어둠이 깊어질수록 강해질 것이다.

그제야 나는 일이 어떻게 된 건지 알아챘다. 아니, 이 생각은 조금 전에도 한 것 같은데. 그땐 틀렸고 지금이 맞았다.

"일리어스 여신님."

―어째 나의 대전사는 밤에 싸돌아다니는 일이 잦아서 안심이 되어야 말이지. 이런 거 하나쯤은 필요하지 않겠느냐?

"제가 포세데이아 여신의 제안을 삼켰으면 어쩌시려고……."

—네가 포세데이아의 대신관이 된들 내 대전사인 건 변함이 없다. 그리고 그 경우에도 포세데이아는 약속을 지켜 네게 권능을 내렸을 테니 너는 손해 보는 것이 없다.

아, 이렇게 말씀하실 줄 알았으면 그냥 포세데이아 여신의 제안을 받아들일 걸 그랬나.

이렇게 생각하진 않았다.

"감사합니다."

—그래, 네가 기꺼워하니 나도 기쁘구나.

—저기, 그 힘을 내린 건 나인데 말이다…….

모처럼 훈훈한 분위기에 포세데이아 여신도 끼어들었다.

"포세데이아 여신께도 감사 말씀 올립니다."

—지나치게 예의를 차리니 오히려 억지로 절 받는 느낌이잖나!

*　　　　　*　　　　　*

인간들의 예상과는 달리, 일리어스 여신님과 포세데이아 여신의 사이는 별로 나쁘지 않았다. 아니, 오히려 좋은 축에 속했다. 굳이 비유하자면 맞교대하는 초병 사이라고 해야 할까.

아무튼 서로 낮에는 일리어스 여신님이, 밤에는 포세데이아 여신이 도시를 지켜보다가 교대할 시간인 아침과 저녁에 인수인계도 할 겸 잠깐 수다를 떨다 헤어지는 사이였다고 한다.

그러나 이것도 아주 먼 옛날이야기. 고대문명이 아직 고대라고도 문명이라고도 불리지 않을 시기의 일이었다.

현대의 시티 오브 화이트에서는 한동안 일리어스 여신님의 존재 자체가 잊힌 데다, 스파타에 의해 신전이 세워졌다 한들 그 힘이 약해 도시를 굽어살필 수도 없어졌으니 한동안은 만날 일도 없던 사이였다.

그런데 바로 이틀 전에 일리어스 여신님의 힘이 강해지시고 그 영향력을 도시 전체로 확대하신 덕에 다시 두 여신께서 대화를 나누실 수 있게 되었다고 하신다.

―그래서 일리어스가 네 자랑을 얼마나 해대던지…….

―그만! 포세데이아, 그만!

이 정도면 단순히 친한 것을 넘어 악우 사이처럼 보였다.

"그럼 그건 정말 리곤 신관의 독단적인 행동이었던 거로군요."

―이런! 아직까지 날 의심하고 있었던 거냐? 일리어스가 아니었다면 화를 냈을 것이다.

"죄송합니다."

포세데이아 여신의 입장에선 충분히 화가 날 만한 일이었기에 나는 바로 고개를 숙였다.

―우리 사일 모르니 어쩔 수 없는 노릇이지. 화를 풀어, 포세데이아.

일리어스 여신님께서 포세데이아 여신을 말리기까지 하시니, 포세데이아 여신으로서도 더 이상 강하게 나오지는 않았다.

—그래, 내가 이해해야지. 내 신관이 저지른 일인 건 맞고, 미리 말리지도 못했으니.

—그런데 왜 미리 안 말린 거야? 하마터면 내 대전사가 죽을 뻔했잖아.

—하마터면? 하마터면 죽을 뻔했을 전사가 여기 어디 있지?

—포세데이아!

일리어스 여신님의 외침에 포세데이아 여신이 움찔하는 게 보인 것 같았다.

—그래, 사실 내가 리곤 신관의 음모를 알고도 그냥 방관한 건 맞다. 요즘 영 자극이 부족하기도 했고, 일리어스의 네 칭찬을 듣다 보니 그 실력도 확인하고 싶기도 했고.

변명치곤 좀 뻔뻔하게 들렸다.

—미안한 줄 알면 강복 강화 한 번 더 해줘.

하지만 일리어스 여신님께서는 한술 더 뜨셨다.

—또? 내 대전사도 아닌데······.

—죽이려고 했잖아.

—내가 죽이려고 한 것도 아닌데······. 아니, 알았다. 그래. 적극적으로 말리지 않은 건 사실이니 부담하지.

일리어스 여신님과 입씨름을 하던 포세데이아 여신은 못 이기겠던지 결국 한 수 접고 내게 말했다.

—스파타 일리아다이, 네게 내린 복을 더 강하게 해 주겠다. 너는 어둠이 짙을수록 더 깊이 잠들 수 있게 될 것이다. 잠든 동안에는 잃었던 것을 더 빨리 회복할 수 있게 될 것이다.

태양신의 강복의 첫 번째 강화 효과와 비슷한 효과였다. 하지만 깊이 잠드는 페널티가 있는 만큼 회복 능력은 더 뛰어나리라고 기대해도 될 터였다.

"감사합니다."

나는 냉큼 받아먹었다. 포세데이아 여신의 말대로 내가 진짜 죽을 뻔했던 것도 아닌데, 이 정도 선물이면 충분히 입을 닦여도 된다.

―뭐 또 없나?

난 이걸로 이미 만족했는데, 일리어스 여신님께선 아직 배가 고프신 듯했다.

―뭘 또 뜯어가려고……. 이젠 없어.

포세데이아 여신은 질린 듯 대꾸했다. 하긴 이제 뭐가 없긴 할 것이다. 그런데 그게 또 아니었던 모양이다. 포세데이아 여신이 넌지시 내게 말했다.

―흠, 하지만 내게도 일리어스에게 줬던 것 같은 걸 주면 뭐가 생기긴 할 테지.

"악마의 두개골 말입니까? 그건 전부 일리어스 님께 드렸습니다."

―아, 그래? 아쉽군……. 그럼 혹시 뿔 같은 거라도 없나?

"뿔은 조금 남아 있습니다만."

―그래?! …커흠, 흠흠.

내 대답에 포세데이아 여신은 크게 화색을 띠었다가, 곧 체면 생각이 난 듯 목소리를 가다듬었다. 그러나 곧 이은 제안은

꼭 그렇게 목소릴 가다듬을 필요가 있었나 싶은 거였다.

─내게 악마의 뿔을 조금 나눠 준다면 네게 내린 복을 추가로 강화해 주겠다.

거부할 이유가 없는 제안이었다.

"일리어스 여신님."

─대전사의 뜻대로 하려무나!

일리어스 여신님의 목소리에는 저어하는 기색은커녕 오히려 기꺼워하시는 기색이 완연했다.

"허락이 떨어졌으니, 드릴 수 있게 되었습니다."

─에잉, 그런 것쯤 하나 혼자 생각 못 하나?

─그치만 스파타는 내 대전사인걸!

일리어스 여신님의 말씀에 틀린 구석은 무엇 하나 없었지만, 포세데이아 여신은 크게 아니꼬워했다.

어쨌든 나는 나 먹을 뿔 몇 개만 남기고 나머지를 전부 포세데이아 여신에게 처분하는 조건으로 밤바다신의 강복 두 번째 강화를 받을 수 있게 되었다.

─이제 너는 밤의 어둠 속에서 굳이 잠들지 않아도 잠든 것처럼 회복할 것이며, 잠을 잔다면 그보다 더 빠르게 회복할 수 있게 될 것이다.

─이제 됐네!

내가 뭐라고 하기도 전에 일리어스 여신님께서 먼저 기껍게 반응하셨다. 뭐, 그럼 좋은 게 맞겠지.

"감사합니다."

―무얼, 네가 내게 바친 제물에 맞춰 준 것뿐이다.

이럴 줄 알았으면 아마 두개골 하나쯤은 더 구해 둘 걸 그랬나, 하고 나는 후회할 줄 아는 인간이 흔히 할 법한 후회를 품었다.

―됐다, 됐어. 이제 됐다. 돌아가자꾸나, 스파타야.

얻을 건 다 얻어내 만족하신 듯, 일리어스 여신님께서는 말씀하셨다. 나로서도 거부할 이유가 없는 제안이었기에, 나는 고개를 끄덕여 대답했다.

"네, 여신님."

―가끔 놀러오라고.

다행인지 뭔지 포세데이아 여신도 오늘의 거래에 딱히 불만은 없는 듯했다. 좋은 게 좋은 거지, 뭐. 나는 깊이 생각하지 않기로 했다.

                    *   *   *

―스파타야.

일리어스 신전의 성소로 돌아오자마자, 여신님께서는 내게 말씀하셨다.

―해가 지기 전에 바로 여길 뜨는 것이 좋겠구나.

"…예?"

―포세데이아가 네 목숨을 노리고 있을 가능성이 너무 높아졌다. 그 녀석의 시간이 오기 전에 이 도시를 뜨거라.

나는 당황해서 순간적으로 이렇게 반론하고 말았다.

"아니, 친하시다면서요?"

─친한 건 나와 포세데이아의 사이지, 너와 포세데이아의 사이가 아니지 않느냐.

그건 그렇다.

"그럼 방금 전에 나누시던 이야기는……."

─모두 사실에 근거한 이야기이기는 했다. 실제로 우리는 서로를 기꺼이 여겼지.

여신님께서는 한숨처럼 말씀하셨다.

─하지만 그게 지금도 유지되고 있는지는 모르겠구나.

"그게 무슨……."

─내가 포세데이아와 만나는 것도 꽤나 오래간만의 일이었단다. 그 세월 동안 녀석이 얼마나 변했을지, 우리 사이의 우정이 여전히 유지되고 있었을지에 대해서도 나는 확신할 수가 없었단다.

그리고 만나 보시니 그게 아니셨다는 이야기인가. 포세데이아의 앞에서는 내색하지 않으셨지만, 여신님께서는 속으로 이미 결론을 내리신 모양이었다.

─이틀 전, 내가 그 리콘인지 뭔지 하는 신관의 뒤를 따라 포세데이아의 신전으로 들어가려고 했을 때 녀석이 막아서더구나. 하기야 신이 되어서 다른 신의 신전에 쳐들어가는 행동이 매너가 아닌 건 맞다만, 예전 같았으면 나를 반가이 맞이하였을 녀석이다.

그러고 보니 이틀 전에 라플라스가 포세데이아가 내 목숨을 노릴 확률이 10% 정도 된다고 언급했을 때 여신님께서는 딱히 부정하지는 않으셨다.

진짜 그 정도는 될 거라고 생각하셨기 때문이리라.

…어쩌면 그거보다 더 높으리라 결론 내리셨을 수도 있고.

─오늘 본 녀석의 태도는 녀석이 정곡을 찔렀을 때 보이는 태도였다. 일견 대범해 보이나 속으로는 쌓아 놓지. 그리고 녀석은 오래 쌓아 두지 않는단다.

아, 100%라고 생각하신 모양이다.

"하지만 그럼 제게 복을 나눠 준 건……."

─나를 의식해서겠지. 아니, 나를 의식해서란다.

추측하던 여신님께서는 생각을 확신으로 바꾸셨다.

─그리고 널 죽이고 네게 준 것을 되돌려 받을 생각이야.

"…그런 것도 가능합니까?"

─불가능하지는 않지.

그렇다면 포세데이아가 내 목숨을 노릴 동기는 하나가 더 늘어난다.

─그러니 오늘, 해가 지기 전에 떠나거라. 그것이 너를 위함이다.

"하지만 제가 떠나면 여신님께서는……."

─내 걱정은 말거라. 녀석이 용납하지 못하는 건 오로지 네 존재다. 나는 상관없어.

여신님의 말씀이지만 이렇게까지 신뢰도가 떨어질 줄이야.

여신님께서도 그걸 자각하셨는지, 이어서 이렇게 말씀하셨다.

―아까도 말했지 않느냐? 나와 포세데이아의 우정은 유지된 채다. 나를 의식하는 것만 봐도 알 수 있지.

하긴 줬다 뺏는 것보다는 그냥 처음부터 주지 않는 게 더 편하고 확실하다. 그럼에도 불구하고 굳이 줬다 뺏을 걸 생각하고 줬다는 것은 포세데이아가 일리어스 여신님에 대해… 적어도 허세 정도는 떨고 있다고 유추할 수 있다.

―게다가 난 이미 네 덕분에 많은 것을 얻었다. 바깥에서 보지 않았느냐? 이 신전에 모여든 어린 양들을. 더욱이 시장마저 이제는 내 편이지.

그러나 나는 일리어스 여신님께서도 허세를 떨고 계시다는 생각을 지울 수 없었다. 평소라면 더욱 자랑스럽게 말씀하실 이야기임에도, 여신님의 목소리는 진지하기 그지없었다.

―나는 강해졌고, 앞으로도 강해질 것이다. 지금은 좀 미약해 보이나, 적어도 내 대전사의 걱정을 살 정도는 아니다. 그러니 대전사는 무례를 저지르지 말거라.

"…알겠습니다."

여신님께서 그러시다면야 그런 줄도 알아야지. 이렇게까지 말씀하시는데 계속해서 걱정하는 것이 무례이고 불신이다.

따라서 나는 고개를 끄덕였다.

―다행히 포세데이아의 힘도 시티 오브 화이트 바깥까지 미치진 못할 테니, 해가 뜬 동안 도시를 나서면 안전해질 것이다.

지금 시간은 오후. 서두를 정도는 아니지만 시간이 남아 돌

정도 또한 아니었다.

"신세 많이 졌습니다."

―내가 할 말이다.

여신께서는 피식 웃으시며 말씀하셨다.

―이것이 끝이 아니니, 인사는 길게 않으마.

그건 그랬다. 살다 보면 시티 오브 화이트에 다시 올 일도 생기겠지. 그때가 되면 일리어스 신전에도 방문하리라. 그러니 이것은 끝이 될 수 없었다.

나는 일리어스 신전을 나섰다.

*   *   *

내가 일리어스 신전을 떠나는 모습을 본 건 아마도 아무도 없을 것이다.

확신하지 못하는 건, 이미 일리어스 여신님께서 어둠장막의 단검을 썼음에도 내 움직임을 관찰하실 수 있다는 걸 이미 알기 때문이다.

포세데이아 여신도 같은 일이 가능하리라는 것은 그리 하기 어려운 추측은 아니었다.

그리고 내 추측은 현실이 되었다.

해가 지자마자 나를 따라오는 인물이 있었기 때문이다.

아니, 해가 지기 전에도 줄곧 나를 따라왔을 것이다.

"스파타 일리아다이."

그리고 태양이 하늘에서 완전히 모습을 숨긴 순간, 그러니까 자신의 우위를 확신할 수 있는 순간이 되었기에 비로소 내게 말을 건 거겠지.

"리곤 신관인가."

"이제는 신관이 아니야. 파문당했거든."

밤바다의 여신, 포세데이아의 신관이었던 리곤이었다.

"그렇다면 리곤이라고 부르면 되나?"

"아니, 네가 날 부를 필요는 없다."

리곤은 펑퍼짐한 신관복에서 무기를 꺼내 들었다. 초승달 모양의, 낫과 칼의 중간 정도 형태인 기묘한 무기였다.

"살려 달라고 할 필요도 없다. 결과는 변하지 않는다. 네가 향할 목적지는 오직 하나."

시퍼런 안광에서 살기가 치솟았다.

"죽음뿐이다."

리곤의 말에 나는 나도 모르게 웃음을 터트리고 말았다.

"이 스파타 일리아다이를 죽일 수 있다고 믿는 건가? 일개 신관인, 아니, 신관이었던 네가?"

내 비웃음에도 리곤은 별로 기분이 상한 것 같지는 않았다.

"검투 시합은 잘 감상했다."

리곤은 의미심장하게 말했다.

"하지만 그 정도로는 무리다. 너는 내 발뒤꿈치조차 따라잡지 못해."

"오, 그 정도야?"

하긴 그 정도는 될 것이다.

리곤이 본 것은 포세데이아도 봤을 테니까.

일개 신관인 리곤이 검투 대회 우승자이자 바로 오늘 기사 다섯을 상대로 승리를 거둔 내 앞을 자신만만하게 막아서는 일은 본래 없어야 정상이다.

즉, 이 상황 자체가 리곤의 뒤에 포세데이아의 후원이 있음을 증명하는 것이나 다름없다.

그리고 포세데이아가 리곤을 보낸 것이 확실하다면 그 여신은 리곤에게 내가 보여 준 것 이상의 힘을 부여한 후 보냈을 것이다.

리곤이 자신만만해하는 이유도 여신에게서 받은 힘을 믿기 때문일 것이고.

"내 소개를 다시 하지. 나는 포세데이아 여신님의 대전사, 리곤이다."

어째 일개 신관 주제에 거물처럼 구는가 싶더라니만, 신관도 아니고 대신관도 아닌 대전사였다. 그렇다면야 뭐, 자신이 있을 만도 하다. 축복도 스스로에게 걸었을 테고, 강복도 받았겠지.

"…씁쓸하군."

결국 일리어스 여신님의 견해가 맞아든 셈이다.

잘 생각해 보면 이상한 게 많긴 했다. 시장을 자기편으로 삼으면 유리한 걸 알면서도, 왜 포세데이아와 리곤은 시장의 약점인 고대 문명의 유물을 내가 온 후에나 훔쳐갔을까?

그 답은 사실 명백했다.

그 전엔 훔치는 법을 몰랐고, 내가 다녀간 후에 알게 되었기 때문이었으리라.

포세데이아가 내 범행을 지켜보고 있었고, 내가 유물을 그대로 두고 가는 것을 보고 좋은 기회라 생각해서 리콘을 움직였겠지. 그리고 리콘은 내가 했던 걸 그대로 따라 해서 유물을 훔쳐갔을 테고…….

이러면 앞뒤가 맞다.

증거는 없지만, 세상에는 정황증거라는 게 있다.

그러나 나는 굳이 정황 증거로 포세데이아를 탄핵하려 들거나 하지는 않았다.

"이 이상 대화를 나눠 봐야 의미도 없을 것 같군."

사실 의미는 있다. 나한테 의미가 있는 게 아니라 상대에게 의미가 있다. 밤이 깊어갈수록 리콘의 힘은 더해 갈 테니까. 밤바다의 여신에게서 힘을 받았으니 당연히 그러하리라.

그러니 지금 당장 바로 싸우는 게 오히려 내게 유리하다.

"덤벼라."

나는 검투용 검을 꺼내 느슨하게 쥐며 말했다.

다행히 리콘도 더 이상 시간을 끌 생각은 없는 모양이었다.

하긴 만전에 만전을 기한다면 애초에 지금 내게 말을 걸지는 않았을 것이다. 해가 지자마자 내게 접근해 왔다는 것 자체가 그의 성급한 성격을 말해 준다.

하지만 접근하려면 더 가까이 왔어야 했다. 적어도 칼이 닿는 거리까진 접근했어야지. 나를 베기엔 리콘은 아직 충분히 거리를 좁히지 못했다.

그리고 그 대가를 받았다.

드르르르르륵!

내 손가락 끝에서 발사된 정령탄을 전신으로 받아 벌집이 된 모습이 바로 그 대가였다.

"…여긴 시티 오브 화이트가 아니지."

나는 손가락 끝에서 피어오르는 연기를 훅 불어 날리며 리곤에게 선언했다.

스파타 일리아다이는 정령사가 아니다. 하지만 나는 정령사다. 그리고 시티 오브 화이트에서 이미 빠져나왔고.

도시에 체류하는 동안에는 스파타로서 행동하기 위해 묶어 놓고 숨겨 놓았던 내 능력들의 사용을 더 이상 자제할 이유가 없었다.

그래서 끼럭이랑 정령 합일을 하고 정령탄을 쏴 버렸다.

"역시 이거, 기습에는 딱이로군."

나는 정령 합일을 해제하고 허공에 나타난 끼럭이를 견착했다. 그리고 쓰러진 리곤의 머리를 겨누었다.

"일어나. 아직 안 죽은 거 안다."

"…크, 네놈."

아니나 다를까, 리곤의 목소리가 들렸다. 어느 정도 예상은 했지만, 나는 조금 놀랐다. 와, 진짜 안 죽었어?

"피식아!"

그래서 나는 피식이를 불러내 리곤의 주변에 산소 농도를 잔뜩 올렸다. 그리고 끼럭이의 정령류탄을 장전하고 곧장 쏴버렸다. 퐁! 쾅! 큰 폭발이 일어났다. 정령류탄만으로는 빚어낼 수 없는 폭발력이다.

"끄아억!"

비명 소리가 들린다.

즉, 아직 살아 있다는 뜻이다.

나는 뒤로 크게 뛰어 거리를 더 벌리고, 정령류탄을 퐁퐁 두 발 더 쐈다. 쾅! 쾅! 화려한 폭발이 두 번 더 이어졌고, 나는 만일을 기해 더 도망쳤다.

시야를 확보하기 위해 끼럭이의 조준경의 힘을 빌린 나는 나도 모르게 중얼거렸다.

"해치웠나?"

아니, 나 자신에게 해치웠다는 확신이 없다는 건 곧 아직 해치우지 못했다는 말과 같았다.

나는 피식이에게 정령력을 잔뜩 밀어 넣었다. 이번에야말로 산소 응축을 통해 제대로 한 방 날려 줄 생각이었다.

―작작해라, 미친놈아!

그때, 포세데이아의 목소리가 들렸다.

"포세데이아 님께서 여긴 어쩐 일로?"

"피시이이이……!"

나는 피식이에게 정령력을 밀어 넣는 작업은 멈추지 않은 채 물었다.

―그거 그만하라고!

"무엇 말씀이십니까?"

ー너 인마, 정정당당하게 칼로 승부해라!

"무슨 말씀인지 잘 모르겠습니다만."

"피시이이이이이!"

ー아, 그래! 내가 졌다! 됐냐?

"여신님께서 왜 끼어드시는지 잘 이해가 안 됩니다. 이건 저와 리곤의 싸움입니다. 리곤은 이미 파문당했다고 들었습니다만?"

"피시이이이이!!"

정령력을 가득 담은 피식이가 **빵빵**하게 부풀어 올랐다. 좋아, 이제 뿜어내기만 하면 되겠다.

"가라, 피식아!"

ー인정하마! 리곤은 아직 내 대전사다! 리곤으로 하여금 널 죽이라고 보낸 게 나다!

"피식이 발사!"

"피시이이이이이!!"

고농도의 산소로 이루어진 바람이 방금 전의 폭발로 일어난 연기를 불어 날리고 리곤 주변의 공기를 산소로 바꿔 놓았다.

ー…복을 강화해 주마!

나는 리곤을 향해 겨누었던 끼럭이를 치우며 말했다.

"아, 포세데이아 여신님이시로군요. 오랜만에 뵙습니다."

ー…망할 놈.

"예?"

나는 다시 끼럭이를 겨누었다.

—아무것도 아니다.

*　　　*　　　*

리곤은 살아 있었다.

하긴 살아 있으니까 포세데이아가 놈을 살리려고 그렇게 애를 쓴 거겠지만.

"…죄송합니다, 여신님."

리곤은 알몸이었다. 정령탄으로 벌집이 되고 정령류탄에 맞아 온몸이 갈기갈기 찢기는 과정에서, 몸은 재생이 됐지만 옷은 재생이 안 되는 바람에 생긴 안타까운 사고였다.

개인적으로는 그걸 다 쳐 맞고도 멀쩡히 살아 있는 게 사기 같지만, 내가 날릴 결정타를 포세데이아가 필사적으로 막은 것을 보아하니 끝까지 못 죽이진 않을 거 같아서 대충 납득하기로 했다.

어쨌든 포세데이아는 리곤을 살렸고, 나는 그 거래를 통해 강복의 세 번째 강화를 받았다.

—밤인 한, 너는 쉽게 죽지 않으리라. 적어도 한 번, 목숨을 구할 수 있을 것이다.

강화를 받자마자 나는 리곤이 이 추가 목숨을 통해 살아남았음을 직감적으로 깨달았다. 그리고 아마도 이제 그 추가 목숨도 남아 있지 않으리라는 것도 놈이 보이는 태도를 통해 대충 눈치챘다.

만난 건 오늘이 처음이지만 몇 마디 안 되는 대화에서 이놈 성질머리가 어느 정도 보였는데, 성질대로라면 나를 향해 눈을 부라려야 할 놈이 슬금슬금 내게서 멀어지려는 걸 보면 모르려야 모를 수가 없다.

—이제 됐지? 놔 줘라.

"야, 가라."

나는 리곤을 향해 손을 휘이휘이 내저었고, 리곤은 뒷걸음질하다가 곧장 내뺐다.

—가급적이면 다시 보지 말자.

내뺀 건 리곤뿐만이 아니었다. 포세데이아도 마찬가지인 것 같았다.

"아니, 그거야 제 맘이죠."

아니면 이 말에 대꾸를 안 할 리가 없으니까.

하지만 대꾸는 돌아오지 않았으니 내뺐겠지, 뭐.

—수고하셨습니다. 아, 죽음을 두 번 극복하셨습니다.

그동안 조용히 있던 라플라스가 뒤늦게 입을 열어 40루블의 입금을 알렸다. 카를의 사인은 보나마나 한 번은 리곤, 다른 한 번은 포세데이아겠지.

"포세데이아는?"

떠났다고 생각했지만, 그건 내 생각일 뿐이었다. 라플라스의 확답이 필요했다.

—여긴 포세데이아의 영역이 아닙니다. 리곤이라는 매개체

없이 새 주인님께 말을 걸 거나 다른 어떤 영향을 끼치는 것은
불가능합니다.

"그 말을 들으니 안심이 되는군."

리곤을 제압하는 건 쉬운 일이었지만 내가 제압한 건 리곤
이지 포세데이아가 아니다.

그러니 포세데이아가 내게 더 이상 영향을 끼칠 수 없다는
언급에 안심이 될 수밖에 없었다.

제7장

—

화이트아웃

"…아무튼 이걸로 시티 오브 화이트도 작별인가."

어쩌다 보니 도망 나온 느낌이 되긴 했는데, 원래 지금쯤 시티 오브 화이트를 뜨려고 하긴 했었다. 도시 안에 있는 유적들은 대충 다 돈 것 같고, 탐사 점수도 많으니까.

그리고 마지막 목표물이었던 암피세아트로의 월계관도 가져왔다. 원래는 월계관의 기능만 슬쩍 해 오려고 했는데 어쩌다 보니 월계관 본체를 그냥 가져와 버렸다.

"하긴, 상관없지."

이대로 도시를 떠나면 월계관을 훔쳐 간 범인으로 스파타가 지목당할 수도 있겠지만, 큰 상관은 없는 일이다.

어차피 스파타 일리아다이로서 할 일이 남아 있는 것도 아니고, 스파타의 얼굴로 다시 시티 오브 화이트에 들어갈 일은 없을 테니.

게다가 월계관은 원래 대회 우승자에게 주어져야 하는 물건이다. 그런데 이걸 검투사 노예들한테 주기 싫다고 전통을 바꿔 버렸다.

즉, 시티 오브 화이트의 시민들이 그렇게 좋아하는 전통대로라면 이 월계관은 승리자인 스파타 일리아다이의 물건이 되어야 하는 게 맞다.

아무튼 이제 이건 내 거다.

"내 거니까 그런 줄 알아."

─알겠습니다.

라플라스는 아무 감정도 담기지 않은 목소리로 대답했다. 그리고 곧장 생기 있는 목소리로 이렇게 이어 말했다.

─그러고 보니 월계관의 기능에 대해 들은 일이 없습니다만⋯⋯.

"그러고 보니 나도 말해 준 적이 없네."

나는 씨익 웃었다.

"궁금해?"

─네!

"이거 덤 하나다."

─⋯예.

별로 기껍진 않지만 그래도 궁금하긴 한가 보다. 어쨌든 받을 건 받았으니 됐다 치자.

"먼저 잘 자란 올리브나무가 필요해."

―아, 역시 월계관 자체만으로는 아무 의미도 없군요.

"당연하지."

나는 고개를 끄덕였다.

"만약에 그랬으면 대현자가 먼저 알았겠지."

―그건 그렇습니다만.

"그런 의미에서 적합한 올리브나무 위치를 좀 알았으면 하는데."

이 정도는 덤을 써서 알아낼 수 있겠지. 그렇게 짚고 한 말이었지만.

―이 지역에선 올리브가 자라지 않습니다.

예상외의 대답이 무료로 돌아왔다.

"…엥? 정말로?"

―정말입니다. 과거에는 어땠을지 모르지만 현재 시티 오브 화이트 근방에 자생하는 올리브나무는 없습니다.

"어……."

내가 너무 시무룩한 모습을 보인 건지, 라플라스가 곧 이어 말했다.

―올리브기름이나 열매라면 라틀란트 제국 측에서 수입해 오는 게 있긴 합니다만…….

"아, 그래? 기름이나 열매는 필요 없는데……."

아니, 필요 없지는 않다. 올리브는 맛있으니까. 올리브 자체를 요리 재료로 쓸 수도 있지만 절여서 먹는 것도 괜찮고 기름을 짜내어 요리에도 쓸 수 있고 기름 자체를 그냥 먹을 수도 있다.

다만 내게 필요한 건 올리브의 열매가 아니다. 열매든 기름이든 월계관의 기능을 되살리는 데에 아무런 역할도 못 한다.

필요한 건 나무 그 자체다.

—올리브나무는 라틀란트 제국 동부 변경에 주로 자생합니다. 본래 고대문명이 발원했던 곳이기도 하지요.

"…그럼 어쩌지?"

—저한테 말씀하셔도……. 그런데 월계관의 기능에 대해서 말씀입니다만.

"올리브나무 찾으면 알려줄게."

나는 손바닥을 뒤집었다.

그럼에도 불구하고 라플라스는 치사하다고 하지 않았다.

—여기서 가장 가까운 올리브나무의 위치는…….

그저 정보를 얻기 위해 최선의 방법을 택했을 따름이었다.

그것도 무료로 제공해 주다니! 친절하기 짝이 없다.

—아, 이 정보는 덤을 소모하셔야 합니다.

"…그러냐."

뭐, 그럼 그렇지.

올리브나무의 위치를 들은 나는 목적지까지의 거리가 꽤 있다는 걸 알고 곧장 계획을 선회했다.

"그럼 일단 이 도시에 온 원래의 목적이나 이루러 갈까."

원래의 목적.

그것은 당연히 유적이었다.

*　　　　*　　　　*

　시티 오브 화이트는 고대문명 시대에 세워진 도시이다.

　하지만 도시의 규모나 위치가 당시와 완전히 같았던 건 아니다.

　천년이 넘는 세월 동안 도시는 우여곡절을 겪으며 그 규모가 늘어나기도 줄어들기도 했고 그 위치가 수백 미터 정도 움직이기도 했다.

　그리고 내 목적지는 시티 오브 화이트가 아직 시티가 아니었던 시대의 위치였다.

　수로가 끊기고 사람들의 발길도 끊겨 이제는 황무지가 되어버린 옛 도시의 흔적.

　그중에서도…….

　"여기가 대묘역인가."

　─저주받은 대묘역입니다.

　라플라스가 내 혼잣말을 정정했다.

　─저주받은 대묘역은 이 지역 사람들이 부르는 명칭입니다만, 이런 이름이 붙은 이유는 이 대묘역이 진짜로 저주받았기 때문입니다.

　라플라스의 말에 따르면 저주받은 대묘역은 이미 여러 사람들과 여행자들, 학자들, 그리고 도굴꾼들의 목숨을 앗아간 곳으로도 악명이 높다고 한다.

"그리고 내가 그 위험한 곳에 왔단 말이지."

―전 주인님께서도 자주 오셨습니다. 오실 때마다 계좌를 가득 채워서 돌아가셨죠.

"그 돌아갔다는 말이 죽었다는 소리로도 들리는데."

―그것도 맞습니다.

하긴, 그게 그건가. 계좌를 채웠다는 건 죽거나 죽음을 극복했다는 소리니까. 그리고 대현자에게 있어서 그 두 가지 말은 같은 의미를 갖는다. 이제 내 머릿속에서 대현자란 죽을 기회만 있으면 일부러라도 한두 번쯤은 죽어두는 양반이 되어 있었다. 그러니 안 죽었을 리가 없다!

나는 훗, 하고 웃었다.

"라플라스."

―네, 새 주인님.

"공략. 얼마야?"

이건 비겁한 선택이 아니다. 이번 유적은 유적이라도 저주받은 유적이다.

트레저 헌터의 능력으로 얼마나 극복할 수 있을까? 함정이나 괴물 같은 건 공략법을 몰라도 어떻게든 극복할 수 있겠다는 자신감이 어느 정도 섰지만, 저주는 또 이야기가 다르다.

나한테는 위기감지가 있긴 하지만, 과연 저주에 위기감지가 반응할까? 한 번에 목숨을 끊는 저주라면 반응하겠지만, 예를 들어 천천히 정력이 줄어들어 가는 그런 저주가 있다면 아마 위기감지는 조용하겠지. 그렇다고 함정해체로 치우고 갈 수 있는 것도 아니고.

따라서 나는 안전과 생존에 조금 더 무게를 두기로 했다.

―그냥 성법을 올리셔서 저주를 푸시면 되지 않습니까?

라플라스가 이렇게 말한다는 것은 지금 내 성법 수준으로
는 저주를 풀 수 없기 때문이라는 말과 같다. 게다가 일단 저
주에 걸린 후에 그걸 푸는 것보다는 애초에 저주 자체에 걸리
지 않는 게 훨씬 낫다.

그래서 나는 공략을 샀다. 샀고… 그 결과.

"아니, 뭐 이딴 곳이 다 있어?"

나는 격분했다.

결론부터 말해서 공략법을 구매한 건 좋은 선택이었다. 만
약 공략법을 미리 몰랐다면 목숨이 몇 개 있었어도 모자랐을
것이다.

그런데 그 공략이라는 게 이런 식이었다.

"여기에서 오른쪽으로 일곱 걸음."

―죽음을 극복하셨습니다.

"그리고 왼쪽으로 세 걸음……."

―죽음을 극복하셨습니다.

라플라스가 고장 난 라디오처럼 죽음을 극복했다는 메시지
를 반복 출력하는 건 녀석이 고장 나서가 아니다.

정말로 한 발 잘못 움직이면 저주를 받아서 죽기 때문이다.

그것도 혹시나 안 먹힐까 봐 걱정한 건지 저주의 내용도 정
말 다양했다. 그 덕에 각각 다른 사인으로 체크되어 루블이 쭉

쭉 들어오는 건 좋았다. 좋았지만…….

"아니, 이거 알면 살고 모르면 죽는 거잖아?"

―그렇습니다.

라플라스는 단호하게도 대답했다.

"아니… 저주를 받아서 죽는 거면 성법 배워봤자 의미 없지 않아?"

―그렇지 않습니다. 5륜급까지 올리시면 저주방어와 해주를 통해 생존하실 수 있으니…….

"5륜급이냐!"

―지금 새 주인님의 신성력이 5륜급이시니 큰 부담은 안 되리라고 생각합니다만…….

물론 지금 내 신성력은 5륜급이긴 하지만 그건 신성력만 그렇다. 저주와 정화, 파마를 다루는 파미노계 성법은 전혀 배운 적이 없으므로 가장 기초부터 5륜급까지 사야 했다.

"악랄하구만."

―대현자님께서는 이런 부조리한 기믹은 절대 사용하지 않으시니 안심하셔도 좋습니다.

아니, 라플라스. 네가 악랄하다는 소리였는데. 하지만 이 대묘역의 기믹이 부조리하도록 악랄한 건 또 사실이긴 했다.

내 입에서 대현자가 더 양심적이라는 소리가 나올 줄이야. 하지만 이번엔 인정할 수밖에 없었다. 이 대묘역이 지나치게 비양심적이었다.

하긴 이렇게 무단침입자는 모조리 다 죽여 버리겠다는 기세로 덤빌 정도로 부조리하지 않았더라면 이 대묘역은 고대 제국 시대에 이미 도굴꾼들에 의해 다 털려 버렸을 것이다.

반대로 말하면, 이 대묘역은 도굴꾼들에 의해 털린 적이 없다.

즉!

고대문명 시대의 유물이 고스란히 남아 있었다!

귀족들의 부장품부터 서민들의 가보에 이르기까지, 몽땅 다!

그렇다고 이 유물들에 영양가가 있느냐 하면…….

그렇다!

ㅡ고대문명 시대에는 도시국가들이 난립했고, 그 도시국가 들이 이합집산하면서 문명을 이룩했습니다.

ㅡ각 도시국가는 본래 각기 마을 단위의 집단이 약탈자들로 부터 스스로를 보호하기 위해 모여든 것이 그 기원이고, 그 각 집단은 고대문명 시대만 해도 아직 자신들의 정체성을 기억하 고 있었습니다.

어째선지 라플라스가 흥분해서 설명을 이어나가고 있지만, 내게 중요한 건 이러한 배경지식이 아니다. 그 배경지식이 낳은 유물들이 더 중요하다.

국가라는 단위로 묶이기 전의 고대 토착 민족들은 각자의 힘을 모아 유물을 만들어 냈고, 그 유물들은 단순히 역사적인 의미만을 갖지 않는다.

다른 집단과의 경쟁에서 이기기 위한 노력이 빚어낸 유물들 에겐 힘이 있다. 트레저 헌터식으로 말하자면, 기능이 남아 있 다는 의미이다.

―예를 들어, 이 활은 사냥의 신을 모시던 집단의 영웅이 다루던 유물입니다. 대현자께서는 [이름도 잊힌 고대 사냥신의 활]이라고 이름을 붙이셨죠.

"이름도 길기도 하지."

―오래전에 부장품으로 묻힌 것이라 보존 상태가 그리 좋지 않음에도 불구하고 적당한 시위만 만들어 붙여주면 보통 활보다 월등히 멀리 화살이 날아가고, 또 눈에 띄게 잘 맞습니다.

"[멀리 쏘기]와 [명중 증가]가 붙어 있군."

―그렇게 말씀하시니 조금 로망이 없군요.

이런 식으로 두 개씩 기능이 붙은 유물들도 만만찮게 존재했다.

수준이 높다!

하지만 이렇게 유물의 평균 수준이 높음에도 불구하고 보물은 발견되지 않았다. 대묘역 전체를 탈탈 털었음에도 그랬다.

―제 추측을 말씀드리자면, 새 주인님께서 이제껏 모으신 보물들의 공통점은 국가의 힘을 하나로 모은 유물이었다는 점이라고 생각합니다. 제 추측이 맞는다면, 어느 정도의 중앙집권화가 이뤄지지 않는 한 보물은 탄생하지 않을지도 모르지요.

"고대문명 유적에서는 보물을 기대하기 힘들다는 소리겠군."

시티 오브 화이트에서는 보물인 월계관이 나왔지만 이건 고대 제국 시대의 유물이다. 아무리 그 문화적 배경이 고대문명 시대의 것이라 한들 뿌리는 뿌리일 뿐이다. 열매를 맺는 건 가지의 몫이다.

아무튼 다종다양한 유물을 손에 넣으면서 나는 또 한 차례 크게 힘을 불렸다. 유물 그 자체의 기능도 기능이지만 이번엔 정말 막대한 탐사 점수를 얻을 수 있었고, 루블도 엄청나게 들어왔으니 이걸 얼마든지 힘으로 바꿀 수 있다.

기능이 없는 유물들, 특히 서민들의 부장품들은 탐사 점수를 정산 받은 후에 제자리에 돌려놓았지만, 기능이 있는 유물들은 그냥 내가 챙겼다.

아무튼 막대한 양의 탐사 점수를 얻은 덕에 나는 드디어 [트레저 헌터의 유적 탐사 능력 1]을 강화할 수 있게 되었다.

"이거 강화에만 3,000점을 잡아먹으니 영 엄두를 못 냈었는데, 이런 기회가 아니면 언제 강화해 보겠어?"

그리고 그 성능은?

"이거 괜찮군. 전반적인 신체 능력이 오른 느낌이야."

[탐사 능력] 하나에 [직감], [손재주], [몸놀림]이 전부 포함되어 있으니 당연하다면 당연하지만, 3,000점 퍼부은 값은 확실히 한다는 느낌이다.

익히 예상했던 대로 [유물 감지 3]은 물론이고 [기능추출 3]도 더 이상 강화가 안 되는 것 같았다. 대신 새로운 능력이 나왔다.

"어맛, 이건 사야 해!"

나도 모르게 이렇게 외칠 정도의 능력이었다.

그도 그럴 것이, 새로운 능력은 이거였기 때문이다.

[유물 복원 1]

이제까지 불완전한 보물을 입수하면 그걸 복원하려고 또 루블을 낭비하는 악순환이 이어져 왔는데, 이 능력은 그 악순환의 고리를 끊을 가능성을 지녔다.

"어, 안 되네."

[유물 복원 1]을 얻자마자 월계관에 써봤더니 안 통한다.

하긴 첫술에 배부르랴. 기대도 안 했다.

"보물을 복원하려면 또 3까지 강화해야겠지."

—그럴 것 같습니다.

처음 당하는 것도 아닌데 실망할 것도 없다.

그냥 적당히 망가진 유물들을 수리하는 데에 써 봤더니, 마치 생물의 상처가 낫듯 아주 천천히 원래 모습으로 돌아가기 시작했다.

"이거 꽤 힘들군."

게다가 유물 복원은 공짜가 아니었다. 유물을 복원하려면 계속해서 집중한 채로 능력을 사용해야 하니, 시간도 시간이지만 집중력을 꽤 잡아먹었다.

"강화하면 속도까지 빨라지겠지?"

—이제까지의 사례를 종합해 추론하자면 그러리라고 추측할 수 있겠습니다만······.

"그래, 뭐. 다 예상이지."

나는 유물 하나 복원을 마치고 나머지는 다음으로 미뤄 두기로 했다. 다음 건 시간 생길 때마다 짬짬이 하면 되겠지.

—이번에 얻으신 경조사비는 어디다 쓰실 건가요?

라플라스가 적지 않은 기대감을 감추지 않은 채 내게 물었다.

그러나 나는 당장 루블을 쓸 생각이 없었다.

"아… 잔고가 얼마지?

―1,502루블입니다.

시티 오브 화이트에서 5각급 악마 잡느라 루블을 많이 썼는데, 이 정도면 꽤 회복했다. 그만큼 이 대묘역이 미친 동네란 소리도 됐지만…….

뭐 지나간 일은 지나간 대로 두자.

"일단 저축해 두기로 하자고. 그보다 다음 유적의 정보를 사야겠어."

―그러시겠습니까? 그렇게 하시죠.

*　　　　*　　　　*

시티 오브 화이트를 떠난 지 사흘째.

나는 바다 위를 날고 있었다.

그렇다. 나는 지금 날아서 바다를 건너고 있는 중이었다.

목적지는 라틀란트 제국 서쪽 변경. 본래 시티 오브 카를이 있던 그 지역 맞다. 그렇다고 시티 오브 카를로 가는 건 아니지만 말이다.

어쩌다 보니 루에노를 피해서 다른 대륙으로 도망 온 격이 되었지만, 아직 나는 서쪽 변경에 있는 유적을 다 파먹은 게 아니었다.

일단 몬토반드의 검 유적을 완전하게 정복하지도 못했다. 그냥 편법으로 깨고 왕검만 들고 나왔었지. 아무렇지도 않게 쓰고는 있지만, 내 왕의 검법은 아직 완성된 게 아니다.

당시엔 완전 정복을 엄두도 못 냈지만, 4검급을 코앞에 둔 지금이라면 클리어 할 수 있을 터였다.

물론 단순히 아직 못 들른 곳이 있기도 하고.

이게 다 루에노 때문이다.

하지만 이제 조금만 더 컴컴이를 키우면 정령력만 5령급이 아니라 진짜 다섯 정령을 거느린 5령급이 되기도 하니, 그렇게만 되면 더 이상 루에노를 피해 도망칠 필요가 없다.

…없을 것이다.

"그런데 내 날개로 날아가야 하면 이야기가 좀 다르지!"

처음 남부 대륙에 올 때는 좋았다. 맛있는 밥과 좋은 선실을 제공받으며 편하게 왔었으니까.

그런데 돌아가는 길이 이렇게 힘들 줄은 몰랐지!

─하지만 새 주인님, 이게 가장 빠르고 간편한 방법입니다.

라플라스의 말에 따르면 남부 대륙에서 라틀란트 제국으로, 그것도 서쪽 변경으로 직항하는 배편은 없다고 한다. 가장 빠른 배편으로도 두어 달쯤은 항행을 해야 한다나.

그것도 해안을 따라서 엄청나게 돌아가는 루트로 가야 하고, 도중에 자주 정박해 짐을 싣고 내리고 한다니 시간 낭비도 이만저만이 아니라고 한다.

이런 배편에도 아무나 탈 수 있는 게 아니라, 탑승을 위해서는 또 다른 제국인 신분을 사거나 복잡한 과정을 거쳐 신원을 증명해야 한다.

남부 대륙의 야만족이 제국에 밀항하는 걸 막기 위한 조처라나.

아니, 남부 대륙도 제국의 땅이라면서 왜 이런 데서는 태도가 또 바뀌지?

아무튼 생각만 해도 진저리 칠 만한 절차를 감수해야 별로 빠르지도 않고 불편하기만 한 배를 탈 수 있다고 한다.

─그러느니 일주일쯤 비행하셔서 가시는 게 낫지 않겠습니까?

"침식도 거르고?!"

─새 주인님께서는 일리어스와 포세데이아의 강복을 받으셨지 않습니까?

맞다. 일리어스 여신님과 포세데이아의 강복 덕에 나는 낮이든 밤에든 가리지 않고 눈 뜨고 있어도 마치 자는 것처럼 체력 회복이 가능하다.

─그리고 식사는 에너지 주입기로 대신하실 수 있지 않습니까?

맞다. 각성창 안에 든 에너지 주입기로 위장에다 음식물을 직접 집어넣을 수 있으니 굳이 어디 앉아서 도시락 펼치고 밥 먹을 필요가 없다.

"그래도 그건 그거고 이건 이거지!"

비행 주술을 펼치며 바람을 타는 건 일견 편해 보이지만 사실 그다지 편하지 않다. 바람의 방향이 바뀔 때마다 홰를 쳐 고도를 올리고 다시 양력을 확보해야 하기 때문에 체력도 체력 이지만 꽤나 신경을 갉아먹는다.

게다가 끼니를 거르는 건… 싫다! 다 밥 먹고 살자고 하는 짓인데 밥은 먹고 살아야지!!

어리광일지 몰라도, 그렇다면 나는 그냥 어리광을 부리겠다.

—가장 빠르고 덜 위험하며 편한 방법을 원하신 건 새 주인 님 아니십니까? 단언컨대 이 방법이 세 조건을 모두 충족시키 는 이동 방법입니다.

라플라스가 그렇게 변명하고 약 3초 후.

—아.

"아?"

—…죽음을 극복하셨습니다.

"카를이 죽었어!"

—새 주인님께서는 새 주인님이십니다.

뭐, 그건 그렇다. 실제로 나는 죽지도 않았고 위기 감지도 조 용했으니까.

"아니, 그보다 카를도 이런 미친 짓을 했었단 말이야?"

비행으로 바다 횡단이라니, 어지간히 미치지 않고서야 벌일 일이 아닌데.

—당연합니다. 이게 바다를 건너는 효율적인 방법 중 하나니 까요.

"효율적인 방법 중 하나? 그럼 다른 방법도 있다는 소리네?"

—네, 마법을…….

"아냐, 알았어. 고마워."

정령법을 5령급까지 찍고 우여곡절 끝에 성법도 신성력 최대 치만큼은 5륜급을 찍었는데 이제 와서 다른 우물을 또 파기엔 루블이 너무 아깝다.

—그리고 사실 일주일 내내 비행만 하실 필요는 없습니다.

"응? 뭐라고?"

—정면 우측을 보십시오.

나는 라플라스가 말한 대로 시선을 돌렸다.

"…섬?"

—그렇습니다. 무인도입니다. 저기서 휴식과 식사를 하시면 됩니다.

"오오!"

나는 환호하려다가, 라플라스의 말에 뭔가 빠져 있음을 깨 달았다.

"잠은?"

—밤이 되면 바닷물에 잠겨 버리는 섬인지라 수면까지는 무 리입니다.

"아항……."

그래도 쉴 수 있는 게 어디냐. 이 정도면 감지덕지. 나는 바로 무인도 쪽으로 방향을 틀었다. 딱히 날개를 놀릴 것도 없 이 방향 전환을 사용하면 끝이다.

                    *   *   *

"라플라스."

나는 불만을 가득 담아 라플라스를 불렀다.

ー네, 새 주인님.

라플라스의 대답은 언제나 그렇듯 태연하기 짝이 없었다.

"이건 무인도가 아니라 암초잖아."

발 디딜 곳이나 있을지 의심되는, 차라리 그냥 바위 한 덩어리라는 단어가 더 어울리는 게 무인도라니. 사기라도 당한 기분이다.

그러나 내 추궁에 대한 라플라스의 답변은 뻔뻔하기 짝이 없는 것이었다.

ー사람이 살지 않는 섬이라는 단어에는 부합하는 것으로 보입니다만.

"사람만 안 사는 거잖아."

그렇다. 이 무인도라고 하기에도 민망한 작은 바위섬에는 사람이 살지는 않았다.

대신 괴물들이 살았다.

"꿰에에에엑!"

"꾸아아아악!!"

어디서 한번 들어 본 것 같은 괴성을 질러 대며 달려드는 괴물들. 그 모습은 마치 물고기가 사람으로 진화한 것 같은 외견이었다.

"우리 어디서 한 번 만나지 않았던가?"

―사막어인과 바다어인은 비슷해 보이지만 전혀 다른 종입니다.

라플라스가 내 농담을 찰떡같이 알아듣고 바로 설명을 해줬다.

"아니, 저렇게 닮았는데?"

―일종의 수렴진화라 할 수 있겠지요.

"수렴진화가 뭔데 그래? 아니야, 설명할 필요 없어."

수렴진화란 전혀 다른 종이라도 같은 환경에 살면 그 환경에 맞도록 각자 진화한 결과 그 외견과 생태가 닮아 버리는 것을 뜻한다, 고 라플라스는 내 거부에도 불구하고 설명을 퍼부었다.

"사막 한가운데의 오아시스랑 바다랑 뭐가 같은 환경이라고… 어이쿠."

나는 내게 접근해 온 바다어인을 견착한 끼럭이로 드르륵 긁으며 투덜거렸다.

―죽음을 극복하셨습니다.

"이것들 전부가 하나로 퉁쳐서 20루블 분량이라니 밑지는 기분이구만."

한 무더기 몰려온 바다어인들을 모조리 처치하자 간신히 주변이 조용해졌다.

나는 젖은 암초 위에 불편하게 앉았다. 뭐 평평한 곳이 조금이라도 있어야 편하게 앉지. 바다 한가운데서 파도에 시달려 온 암초는 잘 단련된 전사의 근육처럼 울퉁불퉁하기 짝이 없었다.

"아니, 여기서 무슨 밥을 먹어."

사실 밥 먹는 것 자체야 별문제 없다. 평평한 곳이 없으면 바위를 깎아내서 만들면 그만이니까. 그런데 이렇게 해풍이 몰아치고 파도가 부서지는 곳에서 밥을 짓는 것에는 문제가 있다. 정확히는 밥을 지을 건 아니지만 뭐 그런 건 그냥 넘어가도록 하자.

내가 불평을 토로하자 라플라스는 의외의 제안을 해왔다.

─일리어스 여신에게라도 부탁해 보는 게 어떠십니까?

"엥? 여신님? 여기서? 갑자기?"

─새 주인님께서도 이미 예상하셨겠지만 포세데이아의 신관인 리곤이 그러했듯 일리어스의 대전사인 새 주인님께서도 응당 일리어스를 이 자리에 불러내실 수 있습니다.

아니, 나 예상 안 했는데. 하지만 리곤도 대전사고 나도 대전사인데 내가 일리어스 여신님을 불러내지 못할 건 또 뭐냐는 말에는 설득력이 있었다.

"어떻게 하면 되는 거야?"

─권능을 나눠받으셨잖습니까?

"그래서?"

─권능을 펼치시고 간이 제단을 펼치신 후 스파타로서 익히신 기도문을 써서 기도하시면 됩니다.

"아하…… . 그런데 나한테 간이 제단이 있었던가?"

─베이다 자작이 착복한 유물 중에 있을 겁니다.

있었던 거 같다. 있었던 것 같지만…….

"기껏 그렇게 감동적인 이별을 해놓고 고기 좀 구워달라고 불러내면……."

—좋아할 거 같습니다만. 그리고 그게 감동적이었습니까?

라플라스의 지적을 무시한 채, 나는 잠깐 고민했다. 하지만 아직 신선한 고기 몇 덩어리가 각성창 안에 남아 있었고 아직 일리어스 여신님께서 직접 구워주신 고기 맛을 잊지 못한 터라 라플라스의 제안을 못 이긴 듯 받아들이기로 했다.

—내가 왔단다, 스파타야! 몸은 성하구나! 다행이다! …그런데 여긴 어디냐?

내 갑작스러운 부름에도 여신님께서는 놀라지도 않고 너무나도 자연스럽게 나타나셨다.

시티 오브 화이트를 나설 때는 꽤나 비장한 작별 인사를 나누었던 것 같은데 이렇게 다시 보게 되니 반갑다는 감정보다는 황당하다는 감정이 앞섰다.

하지만 나는 내색하지 않고 말씀을 올렸다.

"예, 여신님. 이런 말씀을 올리기엔 황송하지만……."

—바로 말하거라! 내가 네 소원 하나 못 들어줄까!

"고기 좀 구워주십쇼."

아무리 그래도 너무 직설적으로 말했나? 말해놓고 후회하던 차.

—오, 마침 점심시간이로구나! 그래, 구워주마!

여신께서는 기꺼이 내 부탁을 들어주셨다.

그런데 여기서 한마디 더.

—설마 점심이라고 술을 안 먹겠다는 말은 하지 않겠지, 나의 대전사야?

듣고 보니 한마디가 아니었지만 뭐 그거야 어쨌든.

"물론 마시겠습니다."

[가다메아의 술병]은 역시 내 최고의 보물이었다.

만약 이 보물이 없었더라면 여신께 술을 나누어 드리는 게 아깝게 느껴졌을 테니까.

지금 와서 고백하는 거지만, 사실 일리어스 여신께서는 꽤나 말술이셨다.

*   *   *

술이 어느 정도 들어가고 분위기가 됐을 때, 나는 일리어스 여신님께 내가 떠난 후 시티 오브 화이트와 일리어스 신전이 어떻게 됐는지에 대해 넌지시 여쭤봤다.

—아, 미안하구나. 스파타야.

그런데 갑자기 사과의 말이 돌아왔다.

—도시에서 너는 죽은 걸로 되어 있단다.

나는 잠깐 입을 다물었다. 아무리 나라도 당황 안 할 수가 없는 대답이었다.

"…갑자기 말씀이십니까?"

—네가 야반도주했다고 솔직히 말할 수도 없잖느냐.

사실 야반도주는 아니다. 아직 해가 떠 있는 동안에 도시를 떴으니.

물론 이런 사소한 게 중요하지는 않으니 나는 굳이 입을 열어 여신님의 말씀에 반박하지는 않았다.

─그래서 그냥 이 땅에서 허용된 시간을 모두 보내고 원래 있던 데로 돌아갔다고 넌지시 돌려 말했단다.

"…거짓말은 않으셨군요."

사정을 아는 사람 입장에서야 그냥 시티 오브 화이트에서 볼일 다 보고 떠났다는 의미로 제대로 알아듣겠지만, 모르는 사람 입장에서야 일리어스 신전의 위기 때 잠시 부활했던 우리의 영웅 스파타 일리아다이가 일리어스 님께서 통치하시는 사후 왕국에 다시 불려갔구나, 라고 생각하기 딱 좋았다.

─그래, 난 그냥 대충 둘러댄 것일 뿐인데 내 말을 들은 아이들은 네가 죽었다고 믿더구나. 오해를 정정해 줄 수도 있었지만 귀찮아서 그냥 내버려 두었단다.

내 고기는 정성껏 구워주시면서 다른 신도들에겐 말 한마디 건네는 것조차 귀찮아하시는 우리 여신님을 어찌해야 할까요?

어쩌긴 뭘 어째. 그러려니 하고 말아야지.

"그럼 교세가 좀 줄었겠군요."

─그건 그렇지도 않단다. 시장이 내 신전에 와서 헌금하고 예배에까지 참석했으니.

사실 베이다 자작은 그 자신의 정체성을 철저한 라틀란트 제국인으로 규정한 이였다. 도시의 통치를 위해 어쩔 수 없이

토착 종교의 신전들과 영합하는 모습을 보이긴 했으나 실제로
는 신성교단의 지침을 따르는 삼성신교 신도이기도 했고.

그런 시장이 고대문명 시기의 신인 일리어스 여신님을 믿는
다는 것은 보통 일이 아니다. 언젠가는 라틀란트 제국으로 귀
환하겠다는 야망을 스스로 꺾은 거나 다름없으니, 사람 자체
가 확 뒤바뀌었다고 평론할 만했다.

물론 내가 다운로드 받은 내용에 따르면 실상은 조금 다르
긴 하다만, 시민들에게 비치는 시장의 대외적인 이미지는 그랬
다는 소리다. 그런 시장이 일리어스 여신교에 투신했으니, 시티
오브 화이트 시민들에게는 꽤 반향이 있었으리라.

"[바르하의 반지]의 힘을 쓴 보람이 있군요. 그럼 제가 없어도
일리어스 신전의 교세가 많이 커질 것 같습니다."

─안 그래도 네가 원형 투기장에서 보여 준 퍼포먼스 덕에
교세가 느는 게 심상치 않았는데, 시장까지 가세를 하는 덕에
제대로 물이 올랐단다.

그럼 그렇지.

시장은 비록 포세데이아 신전의 사주를 받았다고는 하나 도
시의 영웅이 된 스파타 일리아다이를 죽이려 한 데다, 증거는
발견되지 않았을 테지만 도시의 유물들을 빼돌리려 했다는 의
혹까지 제기당한 마당이다.

이후의 정국에서 살아남으려면 일리어스 신전에 투신이라도
해서 시민들의 지지를 얻어야 하는 것이 시장의 입장이었으리라.

즉, 시장 입장에서는 철저히 정치적인 선택을 한 셈이다.

물론 라틀란트 제국으로 돌아갈 때 사방에 기름칠을 하고 노후의 든든한 버팀목이 되어 줘야 했을 유물들을 모조리 잃어버린 것도 그 선택에 도움을 줬으리라.

　설령 내가 [바르하의 반지]로 억지로 개종시키지 않았어도, 그 시장이라면 본인의 생존을 위해 자의로 개종했을지도 모를 일이다.

　내가 알기로 [바르하의 반지]의 능력에는 저항이 가능한데, 그럼에도 불구하고 시장이 어째 반항도 안 하고 바로 고개를 끄덕이더라.

　―포세데이아는 좀 아쉽게 됐단다.

　"아쉽다니요?"

　―리곤 신관이 대외적으로는 파문당한지라 신관 하나가 줄어든 거나 마찬가지고, 신도 수도 반 토막이 됐으니. 그나마 있는 신도들도 시민들 눈치를 보느라 신전에도 못 나오고 있으니 그 세력이 많이 줄었단다.

　그렇게 말씀하시는 여신님의 목소리에는 아쉬워하는 기색이 얼마 없으셨으나, 나는 굳이 지적하지 않았다.

　이러한 것들을 일리어스 여신님께 말씀드릴 생각은 추호도 없었다. 어리석은 인간의 추측일 뿐인데 굳이 주워섬기며 여신님의 귀를 더럽힐 이유가 없으니까.

　―아무튼 이게 다 네 덕이란다. 고마운 일이야.

　"별말씀을……."

　어쨌든 결과만 놓고 보자면 일리어스 여신님과 신전은 잘나가고 있다.

그럼 된 거 아닌가?

—그러니 고기 한 점 더 먹거라! 대신 술 한 잔 더 주거라!

"예, 여신님."

당연히 된 거지.

나는 암초 위에 만든 간이 제단에 술을 올렸다. 그리고 고기를 받아먹었다.

고기 맛이 아주 좋았다.

늘 그랬듯이.

＊　　　　＊　　　　＊

그로부터 며칠 뒤, 나는 북부대륙으로 돌아왔다.

"땅이다! 대지다! 축복받은 가이아!!"

나는 흙 위를 데굴데굴 굴렀다. 땅이 이렇게 좋은 건지 몰랐다. 역시 사람은 땅에 발을 딛고 살아야 해! 이번 경험을 통해 나는 그것을 느꼈다. 아직 하늘은 사람의 영역이 아니야!!

한참 흙 위에서 뒹굴던 나는 옷이 다 더럽혀졌음을 깨닫고 [변신 브로치]를 사용했다.

"스파타는 여기까지로군."

나는 잭 제이콥스의 복장과 외모를 취하고는 한숨을 푹 내쉬었다. 오랜만이라고 하려고 했는데 잘 생각해 보니 별로 오랜만이라고 할 것도 아니었다. 스파타의 신분을 취한 건 시티 오브 화이트뿐이었고, 그 전엔 잭 제이콥스로서 남부 대륙을 누비고 다녔으니.

—여기서 얼마 떨어지지 않은 곳에 야생 올리브나무가 있습니다.

문득 라플라스가 말했다.

"오, 그래? 그럼 월계관을 완성시킬 수 있겠군."

—그렇습니다.

"좋아. 어디야?"

나는 라플라스의 인도에 따라 야생 올리브나무를 찾아 갔다.

"진짜네."

—제가 언제 거짓을 말씀드린 적이 있습니까?

말장난은 가끔 해도 거짓말은 한 적이 없는 게 라플라스다. 나는 씩 한 번 웃어주곤 나무로 다가갔다. 그리고 가지를 하나 꺾어 월계관에 엮었다. 황금 월계관에 녹색의 올리브 잎이 엮어 드는 게 아주 묘했다.

원래대로라면 꽤 손재주가 필요한 작업이었지만, 나는 별 어려움 없이 작업을 마쳤다. 이것도 [트레저 헌터의 유적 탐사 능력]에 합쳐진 [트레저 헌터의 손재주] 덕이겠지만 뭐, 트레저 헌터로서의 능력도 내 능력이니.

아무튼 이걸로 완성.

—이제 말씀해 주실 수 있으시겠군요.

"어? 아, 이 월계관의 기능 말이지? 응. 그렇지. 말해주기로 했지."

나는 완성된 감람월계관을 들어서 머리에 썼다. 그러자 감람월계관 전체가 황금빛으로 빛나기 시작하더니, 그 황금빛이 내 전신을 감쌌다.

"이 황금감람월계관의 진면목은 바로……"

굳이 잡을 필요도 없는 무게를 잡으면서, 나는 선언했다.

"[무적]이다."

―예? 무적… 이라고요?

라플라스는 믿을 수 없다는 듯 반응했다.

―그런 게 있으면 삶이 너무 쉬워지지 않습니까?

"응, 그렇지."

나는 부정하지 않았다.

"그래서 그런지 제한이 세 개 있어."

―세 개밖에 없습니까?

"아, 그냥 들어. 지금은 내가 설명할 시간이니까."

첫 번째 제한은 시간제한. 두 번째 제한은 횟수 제한. 세 번째 제한은 피해 제한이다.

신선한 올리브나무의 가지를 사용했을 때, 이 황금감람월계관으로 지속되는 무적 시간은 3분이다. 3분이 지나면 나뭇가지가 전부 시들고 무적 시간이 종료된다.

그리고 이 무적 시간 동안 치명타를 한 번 허용할 때마다 피해를 입는 대신 잎사귀가 하나씩 시든다. 이건 월계관에 엮인 올리브 나뭇가지에 달린 잎사귀의 숫자만큼 적용된다. 당연히 잎사귀가 시들 때마다 무적 시간도 줄어든다.

마지막으로 지나치게 큰 피해를 입었을 경우 가지 전체가 단번에 시들어 버리고 무적 시간도 끝난다. 이 경우에는 남은 잎사귀 숫자는 관계없다. 그냥 끝난다.

　ー아, 그런 거라면 어느 정도 납득은 갑니다만……. 그래도 대단한 기능이네요.

　"그런데 이게 끝이 아니야."

　ー예?!

　라플라스의 목소리가 뒤집어졌다. 매우 흡족한 반응이다.

　"무적을 발동하기 전에 받은 피해와 부정적인 효과는 무적 발동 시에 취소된다. 상처를 입은 상태였다면 즉시 치유되고, 중독, 질병, 저주 등의 효과도 없애 줘."

　ー그 무슨……. 삶이 지나치게 쉬워지지 않습니까?

　삶이 쉬워지는 거에 왜 이렇게 집착하냐고 묻고 싶었지만, 물을 필요도 없는 질문이었다. 나는 이미 답을 알고 있었다.

　이게 다 대현자 때문이다.

　"대신 무적 시간과 횟수가 줄어든다. 정확히는 잎사귀가 시들지."

　ー아, 대가는 치러야 하는군요. 다행입니다.

　무슨 의미로 다행이라는 거지? 나는 묻지 않았다.

　대현자 때문이다!

　"또 있다."

　ー또요?!

　"[무적]을 발동하고 있는 동안은 압도적인 카리스마를 얻는

다. …고 한다."

정확하게는 황금빛으로 빛나는 동안 주위의 시선을 끌어 모으는 능력과 말과 행동이 더 매력적이고 위엄 있게 보이는 능력, 마지막으로 말하는 내용을 정확하게 전달하는 능력과 그 말의 설득력을 높여주는 능력이 주어진다.

무적이라는 능력 명칭에서 느껴지는 뉘앙스와는 달리, 전투보다는 웅변이나 선동에 더 어울리는 타입의 능력이다. 이러한 관점에서 볼 때, 치명타 회피는 그냥 저격이나 암살, 테러 방지용처럼 느껴지기도 한다.

—아, 아아……. 저는 또 무적급의 기능일 줄 알고…….

"응. 뭐 일종의 부가 효과지.

아무튼 횟수 제한이 걸리긴 했지만 치명타 한정이고, 자잘한 피해는 시간제한 동안 막아주니까 내가 잘해서 치명타나 지나치게 큰 피해만 막거나 회피하면 꽤 오래 써먹을 수 있을 거다.

대신 한 번 써먹을 때마다 살아 있는 올리브나무를 찾아서 잎사귀가 많고 신선한 가지를 꺾어다 일일이 손으로 엮어야 하는 수고가 들지만, 누릴 수 있는 효과를 감안하면 그 정도 수고로움은 충분히 감당할 만하다.

"아무튼 이 기회에 나뭇가지를 충분히 꺾어 가야겠어."

그런데 이 올리브나무, 생각보다 별로 튼튼해 보이지 않는다. 날씨나 계절 탓인가, 아니면 기후나 토양 탓일까. 가장 신선한 가지를 사용했을 때 무적의 지속시간이 3분인데, 이 나무의 가지로는 2분도 채 못 채울 것 같았다.

"원래 제국 동부에 많이 자생한다고 했지?"

그리고 여긴 제국 서부다. 올리브나무가 빌빌거리는 것도 무리는 아니다. 자기 고향도 아닌데 용케 뿌리 내리고 산다고 칭찬해 줘야 하는 게 마땅하다.

그러므로 나는 이 기특한 올리브나무에게 선물을 주기로 했다.

"일리어스 여신이시여!"

방랑 신관이라고는 하지만 신성교단 출신인 잭 제이콥스가 고대문명 시대에나 알려졌던 이방 여신의 이름을 부르짖는 걸 누가 봤다간 식겁할지도 모르겠다. 보는 사람이 없어서 다행이지.

아무튼 나는 올리브나무에, 한낮일수록 힘이 강해지는 태양의 축복을 걸었다. 지금은 해가 중천에 뜬 점심녘. 비록 날은 조금 흐리지만 축복의 효과는 충분했다.

그리고 여기에 하나 더.

"태양신의 권능!"

태양빛이 흐린 하늘을 뚫고 마치 스포트라이트처럼 나와 올리브나무를 감쌌다.

효과는 즉각적이었다. 올리브나무 이파리의 색이 생생해지고, 축 늘어져 있던 가지가 팽팽히 일어나는 것이 보였다. 그야말로 축복이다!

"좋았어!"

그리고 나는 그렇게 살아난 올리브나무의 가지를 얼른 가지치기해 주었다.

가지치기치고는 더 생생하고 이파리도 많은 가지만 골라서 치는 것 같지만 뭐 어때! 태양의 축복이 걸려 있으니 별로 안 생생한 가지로도 충분히 살아갈 수 있을 것이다.

"후……."

만족할 만큼 가지를 꺾은 나는 시티 오브 화이트에서 가져온 적당한 항아리 유물에 깨끗한 물을 붓고 가지를 꽂아두었다. 아무튼 이걸로 한동안 써먹을 올리브나무 가지는 얻었다.

나는 보람차게 땀을 닦는 척했다. 사실 땀은 안 났지만, 그냥 나 하고 싶은 대로 했다.

그리고 충분한 가지를 쾌히 내게 제공해 준 고마운 야생 올리브나무에 말을 걸었다.

"앞으로도 건강해라."

그래야 또 와서 가지를 꺾을 테니.

내 내심을 알아챈 건지 어쩐 건지 올리브나무가 움찔한 것 같지만 분명 기분 탓일 것이다.

*   *   *

한편, 남부대륙의 카트하툼에서는 바르하 가문의 가주 엘리사 바르하가 자신의 저택에서 손님을 맞아들이고 있었다.

아주 귀한 손님이었다.

"가다메아의 대주술사께서 직접 왕림하실 줄이야."

가다메아의 대주술사, 가니메디아가 바로 그 손님이었다.

"중요한 일이니 직접 올 수밖에 없었습니다."

"그렇게 여장까지 하고?"

엘리사의 말에 가니메디아는 잠깐 할 말을 잃었다.

"…전 원래 여자입니다만."

"나야 알고 있었지만, 여기까지 오는 동안 당신을 본 사람들은 몰랐지 않았을까?"

엘리사 바르하의 눈빛은 날카로웠다. 목소리도 공격적이었다. 말투까지도 다른 도시의 수장에게 취하기에는 지나치게 무례해진 상태였다.

그럼에도 가니메디아는 화를 내지 않았다.

"우리, 파혼하죠."

용건이 용건이었기 때문에.

과거, 카트하툼과 가다메아의 친교를 위해 엘리사 바르하와 가니메디아, 두 사람은 약혼을 한 상태였다. 그 약혼을 파기하기 위해 가니메디아는 직접 사막을 뚫고 카트하툼까지의 여정을 감당해야 했다.

결코 쉬운 일은 아니었다. 잭 제이콥스가 날개 달린 식인사자의 왕을 처치하고 그 무리를 반수 가까이 줄였다지만, 아직 사막에는 살아남은 식인사자들이 도사리고 있었으니까.

그래서 가니메디아는 여기까지 오는 동안 길을 개척할 수밖에 없었다. 식인사자 잔당을 처치하고 직접 악령들을 내쫓고……. 이런 사정 탓에 카트하툼에 도달하기까지 시간이 꽤 걸린 건 어쩔 수 없는 일이었다.

물론 이건 가다메아의 무역로가 정상화되었음을 주변 마을과 도시에 알리기 위한 시위의 목적도 있긴 있었지만, 어디까지나 이 행로의 주된 목적은 이것이었다.

엘리사 바르하와 맺었던 약혼의 파기를 위하여.

"멍청이."

그러한 가니메디아의 제안에 날아든 것은 뜬금없는 욕설이었다.

"머, 멍청이?!"

"그래, 멍청이라 했다."

엘리사 바르하는 혀를 쯧쯧쯧 찼다.

"언제 올지도 모르는 잭 제이콥스를 기다리기 위해 나하고의 약혼을 굳이 파혼까지 하겠다고? 그게 멍청이가 하는 짓이지, 아니면 뭐야?"

"아, 알고 계셨습니까?"

가니메디아의 얼굴이 확 붉어졌다. 멍청이라 불린 것에 대한 분노는 간 곳 없었다.

"내가 그걸 모르겠나? 내가 누구야? 나는 바르하의 엘리사다."

"…저도 알고 있습니다. 엘리사 바르하께서 한 달간 잭 제이콥스와 사귀셨다지요."

그런 가니메디아의 말에도 엘리사 바르하는 별로 당황하지 않았다.

애초에 잭 제이콥스와 한 달간 침식을 함께 한 건 소문을 내기 위함이었으니, 소문이 나는 게 더 당연했다. 그리고 가니메디아가 여기까지 오는 동안 그 소문에 대해 들었어도 그다지 이상하지 않았다.

물론 소문의 내용과 진실은 약간 거리가 있었지만, 엘리사는 굳이 정정하지 않았다.

"생각을 좀 잘해 봐."

그보다는 가니메디아를 설득하는 것이 먼저였기에.

"그 녀석은 카트하툼에 와서는 날 꼬셨고 가다메아에 가서는 널 꼬셨어."

"사실 꼬신 건 저입니다만."

사실 나도 내가 꼬시다가 차였어, 라고 사실을 토로하는 대신 엘리사는 이렇게 물었다.

"그런데 다음 도시에서 여자를 또 안 꼬실까?"

"……!"

가니메디아는 깨달음이라도 얻은 듯 눈을 크게 떴다.

"그 녀석이라면 상대가 여신이라도 꼬셔 버릴지도 몰라."

"그, 그럴지도."

엘리사의 폭언에 가니메디아는 저도 모르게 고개를 끄덕였다.

"너는 나를 라이벌로 여기고 있을지도 모르겠지만, 사실 우리 라이벌은 한둘이 아닐 거야. 엄청 많을 거라고."

엘리사의 이어진 말에도 가니메디아는 다시 한번 고개를 끄덕일 뻔했지만 가까스로 참았다. 대신 엘리사의 시선을 피하려 고개를 돌리며 말했다.

"…말씀하시는 바를 잘 모르겠습니다만."

"그러니까 우리는 협력을 해야 한다는 소리야."

"협력이라면, 어떤 협력 말씀이신지……."

가니메디아는 여전히 시선을 피했지만, 그 귀는 쫑긋거리고 있었다.

"우리 둘 모두의 경쟁력을 급상승시킬 계획이 있어."

"계획?"

"그래. 아주 비장의 계획이지."

엘리사가 음험하게 웃었다.

* * *

"그래서 라플라스. 여긴 어디야?"

나는 내가 물어놓고도 참 빨리도 묻는다는 생각을 하고 말았다.

올리브나무와 황금감람월계관에 정신이 팔리는 바람에 그만……. 라플라스도 땅을 밟자마자 올리브나무 이야기부터 했으니, 녀석 책임도 있다. 있을 것이다. 조금은 있겠지?

─시티 오브 페르핀을 기준으로 동쪽 방향, 300㎞ 좀 넘게 떨어진 곳입니다.

"그래? 그럼 아직 더 한참 날아야 하겠군."

몬토반드의 검 유적은 시티 오브 페르핀보다도 서쪽이니 갈 길이 멀었다.

"하지만 그 전에 할 일이 있지."

─다섯 번째 정령의 소환이로군요.

"맞아. 정확해."

며칠 동안 하늘을 날아다니며, 나는 모든 정령력을 컴컴이에게 밀어 넣었다. 그 노력이 허사로 돌아가지 않고, 바로 오늘 아침에 컴컴이가 성장을 완료했다.

드디어 5령급으로 올라설 때가 온 것이다.

정령력만 5령급이 아닌 다섯 개체의 정령을 소환할 수 있는 진짜 5령급 정령사로…….

"그런데 이번엔 뭘 소환하지?"

─이전에도 말씀드렸듯 저는 자유 소환을 추천합니다.

라플라스의 말에 나는 눈을 엷게 떴다.

"너, 그냥 뭐가 나올지 궁금할 뿐인 거 아냐?"

─새 주인님의 자유 소환은 아주 흥미로우니까요.

뻔뻔한 건지 솔직한 건지, 라플라스는 부정도 변명도 안 했다.

─그럼 이렇게 하시죠. 이번에 자유 소환을 하시면 덤을 두 개 드리겠습니다.

"그렇게까지 보고 싶은 거냐?"

─흥미로우니까요.

솔직히 아주 내키는 제안은 아니었지만, 그래도 덤이라도 없는 것보다는 낫다.

더욱이 이제 4개체의 정령을 성장 완료시켜서 마음에 안 드는 정령이 나오면 소환 해제 능력도 사용할 수 있게 되었으니

한 번쯤은 시도해 봐도 나쁠 건 없겠다 싶었다.

자유 소환에 정령석을 하나 소모해야 하고 소환해제에도 정령력이 좀 많이 들긴 하지만 정령석에는 여유가 있고 정령력이야 쓰면 다시 채워지는 자원이니까.

"딱 한 번이다."

—네.

결과.

내가 불러낸 정령은 물의 정령도, 라면의 정령도 아니었다.

그럼 뭐냐?

"이게 뭐지?"

나도 모른다!

후오오오오······!

생소하지만, 어디서 들어 본 것 같은 소리다. 그 소리가 정령의 입에서 나오고 있었다.

아니, 정확히는 정령의 입에서 나오는 건지 어떤 건지 모르겠다.

왜냐하면 정령의 모습이 보이지 않았기 때문이다.

"라플라스!"

—저도 몰르, 모르겠습니다!

라플라스조차 상당히 당황한 것 같았다. 녀석이 당황하는 모습은 마치 내가 처음 끼릭이를 불러냈을 때랑 비슷했다.

모습이고 자시고, 눈에는 안 보이지만 어쨌든!

후오오오오······!

정령이 다시 한번 울었다. 그리고 어디선가에서 바람이 불어오기 시작했다. 아마도 정령이 내뿜고 있는 거겠지. 그렇다면 이건······.

"바람의 정령인가?"

─바람의 정령은 아니에요! 제가 아는 바람의 정령은 이렇지 않습니다!

"그럼 대체 뭐야?"

─저는 모릅니다만, 제가 모른다는 게 중요합니다!

라플라스가 모른다는 건 이 정령이 대현자의 데이터베이스에 아예 존재조차 하지 않는다는 의미이기도 했다.

─자유 소환으로 불러낸 정령이니 새 주인님의 세계를 구성하고 있는 원소 중 하나일 게 틀림없습니다!

그렇다. 정령사가 자유 소환으로 불러낼 수 있는 정령은 정령사 본인이 자신의 세계를 구성하는 원소라 믿어 의심치 않는 것들 중 하나로 그 신체와 능력을 얻고 이 세계에 현현한다.

그러니 틀림없다. 답은 내 안에 있다. 이것만은 분명했다.

"감도 안 잡힌다만."

후오오오오······!

세 번째로 정령이 울부짖었다. 어째설까, 나는 저 소리가 정령의 단말마처럼 들렸다. 그리고 불어오는 바람은 더 강해졌다.

"······!"

그 순간, 나는 깨달았다.

"알았다!"

정령의 정체도, 능력도, 이 소리의 정체와 바람의 본질도!

"이계의 바람!"

—예?

"이건 이계의 바람이야……!"

나를, 그리고 지구인들을 각성시킨 이방인들의 세계에서 불어오는 바람.

왜 이걸 잊고 있었을까? 나라는 인간을 구성하는 중대한 요소가 바로 각성이었다.

지구에서는 거의 쓸모가 없는 애물단지였기에 애증의 존재였지만 이 세계에서는 나를 살려주고 키워주는 내 각성 직업, 트레저 헌터.

그런 지구에서의 기억 때문인지 우선순위는 K-2나 산소보다 낮았지만 그래도 나의 세계를 구성하는 중요 요소 중 하나인 것만은 확실했다.

"큭!"

정령이 마지막으로 토해낸 이계의 바람이 세차게 불어 나를 감쌌다.

그리고 사라졌다.

이계의 바람도, 정령의 기색도, 전부 다.

"…뭐야?"

—제가 묻고 싶습니다만…….

"아니, 알았다."

나는 주먹을 꽉 쥐었다.

"라플라스."

―예, 새 주인님.

"기뻐해라."

―예?

"나, 2차 각성했다."

―예에에?!

같이 기뻐해 주니 고맙네.

*   *   *

잠시 기쁨의 광란 타임이 있었다.

"먼저 2차 각성이 뭔지에 대해서 설명해야 될 것 같군."

―예…… 부탁드립니다.

라플라스의 목소리에는 이상하게 기운이 빠져 있었으나 나는 크게 신경 쓰지 않기로 했다.

"아, 이거 덤 하나다."

하지만 이건 중요하기에 짚고 넘어가야 했다.

세상에 공짜가 어디 있냐! 대현자도 루블 받아 처먹더라!

―알겠습니다. 그럼 이로써 덤은 세 개로군요.

예상이라도 했다는 듯이 덤덤한 라플라스의 반응은 별로 마음에 안 들지만 챙길 건 챙겼으니 나는 자랑, 아니, 설명을 시작했다.

"각성은 이계의 바람을 맞아서 하게 된다는 건 이미 말했지?

첫 각성 후 각성 직업을 받은 각성자는 각 직업에 정해진 조건을 채워감으로써 성장을 할 수 있게 돼. 나 같은 트레저 헌터의 경우는 유적의 탐사와 유물의 수집이 그 조건이지."

―예, 이미 말씀하셨습니다.

라플라스의 타박에도 굴하지 않고, 나는 계속해서 설명했다.

"이렇게 성장한 후, 다시 한번 이계의 바람에 노출됨으로써 할 수 있는 게 2차 각성이야."

1차 각성의 경우, 어느 정도 카테고리로 나눠놓는 게 가능할 정도로 공통적인 부분이 많다. 나만 해도 선배 트레저 헌터를 여럿 알고 있으니까.

물론 그 선배들은 나를 모를 테고, 그놈들이 유적과 유물을 다 처먹은 탓에 난 전혀 성장하지 못했기에 존경은커녕 질시와 저주의 대상이지만. 그거야 뭐, 다 지난 일이지.

그런데 2차 각성의 경우에는 카테고라이즈가 불가능하다. 본인이 어떤 수련을 쌓고 어떤 방식으로 성장했고 어떤 삶을 살아왔느냐에 따라 전혀 다른 방식으로 각성하기 때문이다.

"사람에 따라 고유 능력을 각성하는 경우도 있고, 고유 특성이나 고유 무기, 고유 장비 같은 게 생길 때도 있고 아예 새로운 고유 직업을 얻는 사람도 있어. 희귀하지만 고유 임무를 받는 사람도 있다더군."

하나만 받는 사람도 있지만 두 개씩 받는 사람도 있고, 심지어 이것들 전부 받는 놈도 있다. 그야말로 인생은 불공평하다는 말이 제대로 나온다.

—어느 정도 개념은 이해했습니다.

라플라스의 말에 나는 상념에서 깨어났다.

—그럼 새 주인님께서는 뭘 받으셨나요?

"나? 나는 보자……."

그러고 보니 2차 각성을 했다는 기쁨에 휩싸여 내가 뭘 얻었는지 확인도 안 했다. 곧장 각성창을 열어 보니, 나는 자연히 내가 어떤 것을 얻었는지 알게 되었다.

"고유 보조 직업 보조 큐레이터와 고유 보조 슬롯인 일반 전시대를 얻었어."

—고유 보조……. 네?

"큐레이터에 대해서는 알아?"

—아, 네. 큐레이터는 박물관이나 미술관 등에서 전시회를 기획하고 작품을 수집, 혹은 연구 및 관리하는 사람입니다.

라플라스는 뭔가 또 사전적 의미를 읊었다. 그런 라플라스에게 나는 고개를 끄덕여 주었다.

"그거야."

—…전혀 모르겠습니다만.

"내 각성창의 유물들을 전시하고 그 보상으로 뭔가 얻거나 할 수 있는 직업이라고."

내 설명을 다 듣고서야 감을 잡은 듯, 라플라스는 고개를 끄덕였다.

—아아……. 트레저 헌터가 탐사할 때마다 뭔가를 얻었듯이…….

"그래, 큐레이터의 경우는 전시할 때마다 전시 점수를 얻는 다… 고 하네."

─그렇게 얻은 전시 점수로 뭘 할 수 있나요?

"유물 복원이나 복제, 유물 대여나 매입이 가능하대."

─복원은 트레저 헌터의 능력이랑 겹칩니다만, 다른 능력은 대단하네요.

내가 보기에도 그렇다. 복제로 유물의 기능까지 복제할 수 있을까? 그럼 기능의 대량생산도 꿈은 아닌데. 유물 대여나 매입도 호기심을 자극한다.

빨리 써보고 싶은데, 문제는 지금 가진 전시 점수가 없다는 거였다.

뭐, 갓 각성했으니 당연한 일이긴 하지만.

"얼른 전시를 해 봐야겠어."

전시 점수가 없으면? 벌면 된다. 그러려면? 전시를 하면 된 다. 당연한 논리였다.

─유물 전시에는 그 일반 전시대를 활용하는 건가요?

"그렇지. 역시 이해가 빠르군."

고유 보조 슬롯이라고는 해도 직업에 귀속되는 형태의 요소 니, 내가 받은 건 고유 보조 직업 하나인 셈이다. 하지만 이 보 조 슬롯도 그냥 전시 점수를 얻는 데에만 쓰이는 건 아니다.

"이 전시대에는 아무 유물이나 아무렇게나 넣어도 상관없지 만 어떤 테마를 설정하고 그 테마에 맞춰서 넣으면 테마 보너 스라는 걸 받을 수 있대."

—테마 보너스라면 전시 점수를 더 많이 얻을 수 있는 건가요?

"그건 물론이고 전시된 유물에 따라 특별한 보너스도 얻을 수 있다네. 한번 해봐야겠어."

나는 다시 전시대의 글자를 읽어 내려갔다.

—보조 큐레이터로서 일주일간의 임시 전시가 가능합니다.

—유물을 배치하고 테마를 설정하십시오.

일반 전시대의 슬롯은 세 개.

기왕이면 셋 다 좋은 걸 넣어 보고 싶었지만, 보조 큐레이터라 그런지 전시대가 일반 전시대라 그런 건지 보물이 안 들어가는 건 물론이고 기능이 달린 유물은 하나밖에 들어가지 않았다. 메인을 제외한 나머지 두 칸에는 일반 유물을 넣어야 했다.

"흠… 어쩐다."

고심 끝에 나는 그 세 개에 거인 힘의 가죽 반지를 메인으로 정하고 그와 비슷한 유물들을 엄선했다. 그러니 자연스레 테마는 거인이 쓰던 물건으로 포인트가 정해졌다.

각성창에 잔뜩 쌓여 있는 유물 중 거인의 브로치라는 이름의 가슴 갑옷과 거인의 골무라는 이름의 못생긴 투구를 골라내었다. 물론 두 유물 모두 이름만 이럴 뿐 별다른 기능이 붙어 있지는 않은 일반 유물이다.

전시대의 슬롯에 세 유물을 차곡차곡 골라 넣자, 전시대에서 메시지가 출력되었다.

　—[호기심이 이는] 등급 전시입니다.
　—테마 보너스가 주어집니다. [거인이 날뛰는 시대]! 추가되는 힘
이 배가됩니다.
　—이대로 전시하시겠습니까?

"그래."

나는 전시를 결정했다. 그러자 곧장 전신에서 힘이 솟구쳤
다. [거인 힘의 가죽 반지]가 주는 힘 보너스가 딱 두 배가 된
것 같았다.

"이게 테마 보너스인가."

좋다면 좋긴 한데 기대가 너무 컸나, 좀 실망스럽기도 하다.

"다른 놈들은 2차 각성 하면 날아다니던데……."

비유가 아니라 진짜로 칼 타고 날아다니는 놈을 봤다. 각성
창에 칼 넣고 다니던 놈이었는데 2차 각성까지 하고 날아다니
는 걸 보며 얼마나 부러웠는지 모른다.

하긴 그런데 잘 생각해 보니 그놈이 2차 각성을 한 것도 10년
이상 칼을 휘두르고 다닌 후의 일이다. 그놈뿐 아니라 보통 2차
각성자들은 1차 각성한 후 최소 10년은 굴러야 2차 각성을 할
기회가 주어진다.

그나마도 다 각성하는 게 아니다. 열 명 중 하나 정도?

그렇게 2차 각성을 실패하고 나면 후배들 각성 기회 뺏고도

아무 소득도 없었다며 눈칫밥을 먹어야 하기에 아무나 시도하는 것도 아니다. 본인이 이 정도면 가능하겠다는 확신이 들어야 시도하는 게 2차 각성임에도 성공률이 10% 밑이다.

반면 내 경우는 각성한 지는 오래됐어도 실제로 유적 파고 유물 모으기 시작한 지는 이제야 1년 거의 다 되어간다.

그런데 고작 1년도 안 구르고 2차 각성을 했으니, 사실 이건 좋아해야 하는 일이 맞았다.

게다가 내가 얻은 건 직업이다. 성장할 수 있다는 소리다. 전시를 계속해서 경력을 쌓고 결과를 내면 보조 딱지를 떼고 더 좋은 전시대를 받을 수도 있으니, 장래성을 보고 앞으로도 열심히 해야겠지.

"일단 전시 점수부터 모아보고 생각하자."

테마 보너스 하나만 보고 실망하기엔 아직 시기가 좀 일렀다. 이번 전시로 전시 점수가 얼마나 나올지는 모르겠지만, 아무튼 전시가 끝나 봐야 안다. 나는 일주일 후에나 두고 보기로 하고 전시대에서 신경을 껐다.

"어, 야. 그러고 보니 우리 복덩이 어디 갔어."

―복덩이라니요?

"각성의 정령 말이야."

정확히는 이계의 바람의 정령인가. 너무 길고 뭔가 좀 이상하니 각성의 정령이 낫겠다. 아무튼 분명히 소환했던 그 복덩이가 간 곳이 없다. 소환도 안 되고 부름에도 응답이 없다.

―그렇게 이름을 지으셨습니까…….

라플라스는 탄식했다. 왜? 뭐가? 내가 묻기도 전에 라플라스가 먼저 대답했다.

―복덩이는 소멸했습니다.

"엉? 어째서?"

―그 이유는 유료입니다만, 이 정도는 덤을 소모해서 말씀드릴 수 있을 것 같습니다. 덤을 소모하시겠습니까?

나는 당연히 고개를 끄덕였다. 그리고 충격적인 진실을 전해 듣게 되었다.

라플라스의 설명에 따르면 이 세계에 존재할 수 없는 것으로 만들어진 개념상의 정령은 소환해 봤자 몸을 구성할 원소를 얻지 못해 곧 소멸해 버린단다.

라플라스의 분류에 따르면 각성의 정령도 이 케이스에 속할 수밖에 없다.

이계의 바람이 이 세계에 존재할 리 없으니까.

―용케 새 주인님을 각성시키고 떠났다는 생각마저 듭니다만⋯⋯.

"아이고, 복덩아!"

나는 울었다.

아까워서.

이대로 자주자주 소환할 수 있으면 어쩌면 3차 각성도, 4차 각성까지도 노려 볼 수 있었을지도 몰랐는데⋯⋯ 물론 지구에서 3차 각성에 성공했단 소리 들어 본 적 없지만 아무튼!

너무너무 아깝고 안타깝다.

"정도 많이 들었었는데……."

—그건 아니죠.

라플라스의 태클이 너무 날카로워서 베일 것 같았다.

"자유 소환 한 번 더 해 보면 또 나오려나?"

—가능성은 낮다고 생각됩니다만……. 그 결과가 워낙 자유로워서 자유 소환이라는 명칭이 붙었을 정도니까요.

"어쨌든 제로는 아니라 이거지?"

그렇다면 다음에 다시 시도해 봐도 괜찮을 것 같았다.

지금이야 이미 2차 각성을 했고 새로 받은 보조 직업에 아직 보조라는 접두어가 붙어 있으니 당장은 시도할 필요가 없다.

그러니 나중을 기약하자.

"미리 정령석을 많이 모아 놔야겠어."

낮은 확률을 뚫는 건 많은 시행 횟수라고 대현자가 그랬다. 지금 이 순간만큼은 대현자의 말에 동의할 수 있을 것 같았다.

—그럼 다섯 번째 정령을 새롭게 소환하시겠습니까?

"그래야지."

어차피 6령급이라는 경지가 존재하는 게 정황상 확실한데, 굳이 나중을 위해 빈자리를 남겨놓을 필요가 없다. 루에노 문제도 있고 하니 일단 5령급부터 만들어 놔야지.

＊　　　　＊　　　　＊

다섯 번째 정령으로는 라플라스의 강력한 추천하에, 정령력의 정령으로 정해졌다.

"정령력의 정령? 그게 뭐야?"

─정령력으로 이뤄진 정령입니다. 정령력도 어디까지나 이 세계를 이루는 원소니 당연히 정령으로 성립하죠.

무슨 말장난 같다는 생각을 하고 있으려니, 라플라스가 한마디를 더 했다.

─정령력의 정령은 혼자 있으면 별 도움도 안 되고 존재감도 없지만, 정령 합일을 사용하면 진가가 드러납니다.

"좋아, 한번 믿어 보지."

이제껏 라플라스의 말을 듣고 내가 손해 본 적이 있었던가. …있었던가? 아무튼 이런 조언은 들어서 손해 볼 건 또 아니었다. 당장 자유소환으로 2차 각성을 했는데 뭐.

그래서 나는 정령력의 정령을 소환해 보았다.

그렇게 소환진에서 튀어나온 정령력의 정령은 정령력으로 이뤄진 작은 구체 형태였다. 나오자마자 나를 빤히 바라보던 정령력의 정령은 기묘한 소리로 울부짖었다.

"…훙!"

"어?"

뭔가… 마음에 안 드는데?

─이제 정령 합일을 써보시죠.

써보라고 해서 써 봤더니 정말로 진가를 보여 줬다.

"끼릭, 끼릭! 훙!!"

투타타타타타!

그저 정령력의 정령과 합일했을 뿐인 끼릭이가 마치 정령 폭주에 걸린 것 같은 화력을 뿜어내는 게 아닌가!

게다가 그 상태로 정령 폭주를 걸어 보니 최고 화력과 최고 연사력을 동시에 갱신해 버렸다. 그뿐만 아니라 정령력 효율도 상당히 좋아서 기존의 절반도 안 되는 정령력밖에 안 들었다.

"분하지만 인정한다."

각성의 정령보다야 덜하지만 이 정도면 5령급의 정령법을 활용하기에 딱 좋았다.

"그런데 왜 이렇게 늦게 추천한 거야? 이렇게 좋은 건 줄 알았으면 진작 소환할걸."

─당연히 이유가 있습니다.

라플라스는 마치 내가 할 질문을 예상이라도 한 건지 바로 대답했다.

─정령력의 정령은 성장이 느립니다. 정령력으로 이뤄진 정령인지라 정령사의 정령력을 별로 좋아하지 않거든요. 사람으로 치자면 입이 짧다고 표현할 수 있겠습니다.

"그렇구나. …어? 그럼 어떻게 키워?"

─정령 합일 후 정령 폭주를 통해 성장시키는 것이 정석입니다. 정령력은 많이 들고 효율도 낮지만 이게 가장 빠른 방법이니 어쩔 수 없습니다. 이러한 문제 때문에 대현자님께서도 보통 5번째 정령으로나 고르셨습니다.

"그렇군. 상급자용이라 이건가."

나는 납득했다. 그리고 결정했다.

"이름은 홍홍이로 짓는다."

—어째서죠?!

"홍홍거리니까."

정령 폭주로 인해 힘이 빠진 끼릭이를 돌려보내고 홍홍이를 혼자 남기자, 나를 빤히 바라보고 있던 홍홍이가 또 이런 반응을 보였다.

"홍!"

"봤지?"

—아……

라플라스는 하고 싶은 말은 많지만 하지 않겠다는 의미의 신음성을 냈다.

나는 녀석의 의견을 존중하기로 했다.

"아무튼 소환했으니까 잘 키워봐야지."

반짝이와 피식이, 컴컴이까지 마저 소환해 홍홍이와 정령 합일을 시킨 후 정령 폭주를 하는 반복 작업을 마쳤다.

"얘는 정령 폭주를 시켜도 힘도 안 빠지네."

합일한 상대는 녹초가 되어 돌아가는데, 홍홍이는 아무 일도 없었다는 듯 평온하기만 했다.

"홍!"

또 콧방귀나 끼고.

—정령 폭주는 정령에 정령력을 과부하가 올 정도로 주입하는 방식의 기술인데, 정령력의 정령은 정령력 그 자체니 그 정도로 과부하가 오지는 않으니까요. 오히려 합일한 대상에게 정

령력을 떠넘기니 지칠 일이 없습니다.

"그렇구나."

예상한 대답이었기에, 나는 내 가설이 맞았다는 것만 확인하고 고개를 끄덕였다.

어쨌든 정령 폭주를 네 번이나 썼더니 내 정령력도 바닥에 가까워졌다. 따라서 나는 계속해서 흥흥거리는 흥흥이도 돌려보냈다.

"볼일도 다 봤으니 이제 떠나야지?"

—어디로 가시겠습니까?

"당연히 몬토반드의 검 유적이지."

왕의 검법부터 완성해야 되니까.

완전한 왕의 검법을 익히고 나면 그것만으로도 4검급이 뚫릴 것 같다는 예감이 강하게 든다. 그 상태에서 [마각대환단]을 먹으면 검력을 더 많이 쌓을 수도 있을 것 같고.

이건 이미 라플라스와도 상담을 완료한 문제다. 사실 왕의 검법이란 것 자체를 트레저 헌터인 내가 발견한 거라 대현자의 지식을 망라한 라플라스조차도 정답을 모르지만, 그럴 가능성이 높겠다는 답 자체는 들었다.

답이 나왔으면 실행을 해야지.

"가자!"

나는 비행 주술을 사용해 날개를 확보했다.

"이쪽 대륙에서도 날개 단 인간은 별로 취급이 안 좋겠지?"

—그럼요!

대답이 단호하기 짝이 없네.

"쩝, 그럼 어쩔 수 없지."

나는 흑법을 써 모습을 감췄다. 그러고 나서야 홰를 쳐 하늘로 날아올랐다.

바다를 건너느라 일주일이나 비행을 해 질리긴 했지만, 그나마 착지할 곳도 없는 바다 위보다는 땅 위를 나는 쪽이 훨씬 마음이 편하다.

─저쪽입니다.

"오케이!"

나는 방향을 잡았다. 그리고 그대로 기류를 타고 활공을 시작했다.

『레전드급 전생자』 6권에서 계속…